講談社文庫

奇譚蒐集家　小泉八雲

白衣の女

久賀理世

講談社

目次

奇譚蒐集家　小泉八雲

序章

銀鼠《ぎんねず》の空と海が、身を委《ゆだ》ねあうように溶けてゆく。

神の絵筆が松精油《テレピン》をひと刷《は》きしてのけたのか、くすんだ水平線はいつしかゆるみ、あいまいに霞《かす》みだしていた。

あまたの神話に彩《いろど》られた、さいはての緑土――エリンの島《アイルランド》。

甲板から身を乗りだしてみても、その影はいまだ遠くうかがえない。

だがリヴァプール発ダブリン行の蒸気船《テティス《Thetis》号》はしぶとい老兵のごとく、うねる荒波を果敢に越えてひたすら西をめざしていた。

年の暮れのアイリッシュ海は、想像していたほどの寒さではない。

それでもたえず吹きつける波飛沫《なみしぶき》に、あえて身をさらそうという乗客はさほどいないのか、甲板の人影は数えるほどだった。

おれはしばらく船内をぶらついてから、舷縁《げんえん》にもたれかかった。寒がりの相棒は船室でうたた寝を始めていたので、しばらく放っておいても文句はないだろう。

ふと隣に目を向けると、閑散とした甲板にあらたな物好きが加わっている。

おれより二、三は年嵩《としかさ》だろうか。体格は悪くないが、ひどく血の気の失《う》せた、羊皮紙めいた顔色の青年だった。くたびれた外套《がいとう》をかきあわせた姿は、学生の休暇という風情ではない。

よろめくように舷縁にすがりつくさまは、たいそう気分が悪そうだ。船の揺れに耐えきれず、外の空気を吸いにきたのかもしれない。だがあのようにふらついていては、いつ足をすべらせて荒海に投げだされやしないかと、こちらのほうがひやりとさせられる。

「船酔いですか？」

たまらず声をかけると、赤毛の青年はゆらりとふりむいた。

淡い灰の瞳《ひとみ》が虚《うつ》ろに煙っている。

「……ひどい気分だ。空嘔《からえずき》ばかりで楽になれなくて」

「ひょっとして空き腹のまま船に？」

眉《まゆ》をひそめたおれに、青年は力なくうなずいた。

「出航を逃しかけて、ぎりぎりに飛び乗ったものだから」

「それがまずかったのかも。あらかじめなにか口にしておいたほうが、酔いにくいものなんですよ。満腹すぎると逆効果にもなりますが」

「詳しいんだな」

「船旅にはそこそこ慣れてるので」

先だって他界したおれの母親は、オペラの歌い手だった。

そんな母に育てられたおれにとって、各地の歌劇場を渡り歩くために海を越えることはさほどめずらしくもなかった。

「酔ってからでもなんとかできる方法があると、ありがたいんだけど」

「ああ、それなら林檎《りんご》をかじると効きますよ。あとは横になってひと眠りしたり、誰かと会話でもして気をまぎらわせると、多少はましになるとか」

青年は舷縁に身をあずけ、弱々しくこちらをうかがう。

「しばらくつきあわせても？」

「かまいませんよ」

ちょうど暇をもてあましていたところだ。

「ダブリンにはきみひとりで？」

「連れがひとりいます。学友の帰省につきあって、クリスマス休暇をあちらですごす予定なんです」

「親友かい？」

「おれはただの悪友ですよ」

苦笑まじりに肩をすくめてみせる。たしかに彼とは奇妙な縁で近しくなったが、みずから親友を称するのは少々こそばゆいというものだ。

「餓鬼のころのおれにも、そんな仲の従兄《いとこ》がいたよ。ふたりであちこち悪戯《いたずら》してまわっては、おとなたちに叱《しか》られてばかりいた。じつはこれから十三年ぶりに、その従兄に会いにいくところなんだ」

「十三年ですか」

「驚きだよな。六歳のときに家族で海を越えてから、一度も故郷の土を踏めないまま十年以上が経《た》っちまうなんてさ」

「一家でイングランドに移住を？」

「親父《おやじ》にとっては一世一代の賭《か》けだったらしい」

青年はしみじみと語った。

「だけど当時のおれが知らされたのは、向こうに渡った親族をしばらくたずねるってことだけ。船旅のあいだも、見送りの従兄がくれた玩具《おもちゃ》に夢中だったよ」

「すると彼のほうは、あなたが移民として故郷を離れることを……」

「わかってたんだろうな。だから大切な宝物を餞別《せんべつ》に譲ってくれたんだ。おれがよくそれで遊びたがったものだから」

「その玩具はいまもあなたの手許《てもと》に？」

「もちろんさ……って胸を張れればよかったんだけど」

青年は無念そうに首を横にふる。

「海を渡り終えて、下船した移民でごったがえしたリヴァプールの港で、ようようひと息ついたときには、もうどこを捜してもみつからなかったんだ。甲板に忘れたのか、誰かに盗《と》られたのか」

「それはなんというか……お気の毒です」

幼《おさな》い少年がどれほどの絶望感をおぼえたものか、察するにあまりある。

「そのときにはもう、どうもただの旅行じゃなさそうだって勘づいてもいたし、いつまでもぴいぴい泣きやまずにいたら、いらついた親父から拳固《げんこ》をくらうしで、おれの人生最悪の日だったよ」

大袈裟《おおげさ》に嘆いてみせる青年に、おれも笑みをかえす。

「ご家族は健在？」

「おかげさまでね。両親も妹も、移住先で生まれた弟も元気にやってるよ。あいかわらずの貧乏暮らしで従兄とは手紙のやりとりしかできなかったけど、今年は休暇を取ろうって決心したんだ。貧乏島のエリン野郎なんて本土の連中にからかわれてきたおれも、ついに憧《あこが》れの機関士になれたことだし」

「機関士？　鉄道のですか？」

蒸気船の機関士なら、こんな酔いかたはしないだろう。予想どおり、青年は誇らしげにうなずいた。

「まだ見習いだけどな。子どものころからの夢だったんだ」

青年がよれた外套の襟許《えりもと》をちらりとめくってみせると、そこからのぞいたのは鉄道員の制服らしい紺地の上着だった。なるほど。長年の夢を叶《かな》えた立派な姿を従兄に披露できるなら、なおさら感慨深い再会になることだろう。

「決まってますね」

「おれもそう思う」

青年はいたずらっぽく耳打ちすると、海風に吹き散らかされた髪をかきあげた。

「さっきより吐《は》き気《け》が治まってきたみたいだ。きみのおかげだな」

「お役にたてたならよかった」

「食堂に林檎が売ってないか、いまのうちにのぞいてみるよ」

「ええ。足許《あしもと》に気をつけて」

青年はかすかな笑みを残し、ややおぼつかない足どりで遠ざかっていく。

そのうしろ姿が階段に消えると、左舷《さげん》に残る船客はおれだけになった。

いや——いつのまにかデッキチェアのそばに誰かがうずくまっている。

背格好からして五、六歳の、赤毛の少年のようだ。

さきほどまではいなかったはずだが、単調な船旅に退屈して、甲板にでてきたのだろうか。なにかの玩具を甲板に滑《すべ》らせて、ひとり遊びに興じている。あの様子なら、よほどの高波にでも襲われないかぎり、海に投げだされる危険はなさそうだ。

「それにしてもすごい格好だな……」

ここからではっきりうかがえないものの、うつむいた横顔は痩《や》せている。にもかかわらずぱんぱんに着膨《きぶく》れて、胴は樽《たる》のようなありさまだ。荷物を減らすために、ありったけの服を身につけさせられているのかもしれない。

それならあの子もまた、いましがたの青年のように冬のアイリッシュ海を渡っているところなのだろうか。この先の人生を、故郷から遠く離れて送ることになるかもしれないとは、露とも知らぬままに……。

そのときだった。

「オーランド」

ふいに声をかけられ、我にかえる。

ふりむけば、小柄《こがら》な黒髪の少年がすぐそばにたたずんでいた。

とろりと波がたゆたうような、夜の海の瞳でこちらをみつめている。

その黒い瞳がこの世ならざるものを映すことを、おれはすでに知っていた。

パトリキオス・レフカディオス・ハーン。

出自をうかがわせる真の名を隠し、表向きはただのパトリック・ハーンを名乗っているこの浅黒い肌の少年こそ、今回の旅におれを誘った張本人である。

パトリックの華奢《きやしや》な肩には、虹《にじ》の光にきらめく大鴉《おおがらす》が、艶《つや》やかな羽を休めていた。あたかも守護霊のごときその優美な大鴉を、彼は夭折《ようせつ》した兄ジョージ・ロバートの化身としてロビンと呼び、誰よりも慕《した》っている。

ロビンの姿は、たいていの者の眼《め》には映らない。つまりおれたちは、その秘密をひそかに共有する仲なのである。もっともこちらは開眼したばかりの初心者で、相手はこの世の怪を蒐集《しゆうしゆう》することをなによりの楽しみとしてきた強者なのだが。

パトリックが問う。

「なにか興味深いものでも？」

「なんでもないよ。ただちびすけがひとりで遊んでたものだから」

「それは残念。きみがまた妙なものに取り憑《つ》かれてやしないかと、期待していたのに」

「よせって。こんなところじゃ洒落《しやれ》にならない」

おれが口《くち》の端《は》をまげると、パトリックはくすりと笑った。

「そうだね。海面に浮かぶ船は、まさに境界にいるのと同じだから」

境界《エッジ》。パトリックの育ったアイルランドでは、此岸《しがん》と彼岸《ひがん》——この世とあの世の端境《はざかい》のことをそう呼ぶという。

豊かな恵みをもたらす海も、ひとたびその懐《ふところ》に沈めば生き永らえることはできない。

死と直結した海は、人類にとってもっとも身近な異界である。その異界に接した領域では、どんな摩訶不思議《まかふしぎ》な夢が現《うつつ》に忍びこんできてもおかしくはない。

「だから急いで捜しにきたんだよ。きみは感受性が強いくせに隙《すき》だらけだから、いつあちらがわに連れていかれてもおかしくない。そうだろう？」

「自覚はしてるよ」

おれは顔をしかめた。なにしろこちらには前科があるのだ。パトリックの手助けがなければ、すでにこの世のものではなくなっていたかもしれない。

そんな彼との尋常ならざる邂逅《かいこう》から、まだ半年も経っていないとは驚きだ。

なにもかものきっかけは、おれの母の事故死だった。今年の夏のことである。

私生児としてこの世に生まれ落ちてからというもの、母ひとり子ひとりの生活を送ってきたおれは、名も顔も、存在すら知らずにいた父方の親族によって、北イングランドの辺境にある陰鬱《いんうつ》な神学校に追いやられた。

なんでもおれは先代のレディントン伯爵の私生児だそうで、その醜聞を隠したい一族の策略のままに、おれの私有財産は後見人を名乗りでた異母兄の管理するところとなったのである。

もはや無一文も同然の身であるおれは、理不尽な兄の采配《さいはい》に従うほかなかった。すなわち伯爵家の末弟としての体裁をととのえるべく、おとなしく神学を修めて聖職にでもつけというのだ。

おれはなすすべもなくロンドンを発《た》ち、田舎町《いなかまち》ダラムの神学校に向かった。そのエディンバラ行きの汽車で声をかけてきたのが、編入生のおれを学校から迎えにきたパトリックだった。

かつて列車内で殺されたという少年の、寄る辺ない魂に共鳴し、まさにあの世への旅路に誘われかけていたおれは、パトリックの機転のおかげでこの世に生還することができたのである。

この世とあの世の境界をさまようその幽霊列車には、失意と孤独に押しつぶされそうな子どもしか乗りこめないという。おそらくはパトリックもまた、呼ばれるだけの資質をそなえた子どもだったのだろう。

悪魔憑きとすら噂《うわさ》される変わり者のパトリックと、やはりろくな信仰心を持ちあわせていないおれは、いまやすっかり気のおけない仲になっていた。

「ついさっき知りあった相手がさ、一家でアイルランドを離れてから十三年ぶりに故郷の従兄をたずねるところだっていうんだ」

いましがた青年とかわしたやりとりを、おれはかいつまんで伝えた。

「だからあのちびすけの家族も、移民先に骨を埋める覚悟で海を渡ろうとしているのかもしれないなって」

パトリックはちらとそちらを見遣《みや》り、片頬《かたほお》にほのかな笑みを刻む。

「かもね。アイルランドからの移民の勢いは、もう何年もとまらないそうだから」

「たしかとてつもない飢饉《ききん》があって、それ以来の流れなんだよな」

「ぼくたちが生まれる直前の時期のことだね」

パトリックは舷縁に腕をかけ、ため息のようにささやく。

「四五年から四九年にかけてじゃがいもの不作が続いて、アイルランド全域の農村が壊滅的な打撃を受けた。新聞によれば飢餓と病《やまい》で百万人が死んで、同じだけの人数がすでに国外に脱出したというよ」

「そんなにか？」

「そんなになのさ。彼らのほとんどがまともな財産もないままにこの海を越え、帝国本土に、アメリカに、カナダに、オーストラリアに……。飢饉以前にはおよそ八百万を超えていた人口が、いまでは六百万を割っているらしい」

「信じがたいな……」

いまさらながら衝撃を受け、言葉をなくす。パトリックの語る惨状は、おぼろげなおれの認識をはるかにしのいでいた。

冬の海をながめやるパトリックの瞳は、砕《くだ》けては逆巻《さかま》く波濤《はとう》を映している。

「ダブリンからリヴァプールを経由して、来る日も来る日もどれだけの移民が新天地へと散っていったのかを考えると、気が遠くなるよ。彼らのさまざまな想《おも》いの欠片《かけら》が、いまにも木霊《こだま》してきそうではないかい？」

「……そうだな」

太古の昔から、あまたの船乗りたちを魅了してきたセイレーンの歌声とは、そのように折りかさなり、溶けあった心の断片が、波のまにまに漂いでてきたものではないかと想像したことがある。

移民の希望と不安の交錯した、切実な祈りの残滓《ざんし》が鼓膜をふるわせるとしたら、それはいったいどれほど胸を打つ旋律をたちのぼらせることだろう。

かすかな残響に耳をすませるように、おれたちは沈黙する。

冷たい風がうなりをあげて、涙に似た潮の味がくちびるを湿らせた。

「けれど水底からひそかに忍び寄るものは、人々の思念にかぎらないのかもしれないね。果敢に海を越えようとするものは、人だけではないのだから」

ふとパトリックがつぶやき、おれはそちらに目を向けた。

「人以外のなにが海を越えるって？」

「移民船そのものさ」

手の甲でこつこつと、パトリックは舷縁を叩《たた》いてみせる。

「この航路をくりかえし往復する宿命を負った連絡船は、数えきれないほどの移民をその身に乗せて、見送ってきた。航海をかさねるにつれて、幾隻かがこの世ならぬなにかを宿したとしても、不思議はないよ」

感傷的な夢想にすぎないと、昔のおれならまじめに受け取りはしなかっただろう。だがそんな夢がたしかにこの世に息づいていることもあると、おれはすでに身を以《もっ》て知ってしまっていた。

すべての移民が、移住先で成功するとはかぎらない。体力がなければ、長旅の途上で命を落とすことだってあるかもしれない。そこかしこに染《し》みついた渡航者の覚悟から、この船もそんな未来を感じとっていたとしたら？

おれは傷だらけの舷縁に、そっと指をすべらせた。

「ただ見送るしかないっていうのも、辛《つら》いものかもな」

あの青年の従兄も、子どもながらに移民の過酷さを予感していたのだろうか。新天地でのせめてもの支えになるようにと贈られた玩具には、彼の切なる祈りがこめられていたのかもしれない。

「目的地に送りだすことすら叶わなければ、なおさら無念だろうけれどね」

「どういう意味だ？」

「もしも大勢の移民を乗せた連絡船が遭難したあげく、彼らもろとも海の藻屑《もくず》と消えたりしたら、まさしく浮かばれないというものだろう？」

不吉な示唆《しさ》におれはひるんだ。

「だけど大西洋の横断ならともかく、アイリッシュ海を渡るだけの単純な航路で、遭難なんて事故は……」

「航海に絶対はないよ。どんな海であろうと危険はつきものだ」

ごくりと唾《つば》を呑《の》みこみ、おれは訊《き》きかえす。

「それならきみは、海の底に沈んだはずの船が、なにがしかの怪異の源になっているかもしれないっていうのか？　いったいどんな？」

「そうだね……」

パトリックは視線を宙にさまよわせた。

「たとえばぼくはとある航海士から、ひたすら故郷の港を捜してさすらう幽霊船の目撃談を入手したことがある。黒いマストに血のごとく赤い帆をはためかせた幽霊船は、不吉な前兆だとして船乗りたちに恐れられているというんだ」

「血のごとく……」

「その幽霊船の船長は、かつて遭遇した困難な航海で、神を罵《ののし》った傲慢《ごうまん》さをこの世ならぬものにつけこまれ、永遠に海をさすらう呪《のろ》いをかけられたのさ」

「え？」

「呪いを解く方法はただひとつ。七年の航海ごとに与えられた上陸の機会に、女性の真実の愛を得ることができれば……」

「ちょっと待て」

　おれはパトリックの耳をつかみ、ひねりあげた。

「それ《さまよえるオランダ船《Flying Dutchman》》の筋書きそのものじゃないか。ワーグナーのオペラにもなった！」

「いたたた、ばれたか」

　気を許すとすぐにこの調子でひっかけてくるから、こいつは油断がならないのだ。

「これでも音楽院に進む予定だったんだからな。音楽がらみの伝承でおれを騙《だま》そうなんて、考えが甘いぞ」

「それは迂闊《うかつ》だった。残念ながらぼくは観たことがないのだけれど、オペラの出来はどうだい？」

「そりゃあ悪くはないさ。仰々しすぎるきらいはあるけどな」

「さてはきみ、ブラームス派だね？」

「ブラームスには抜群のチェロ・ソナタがあるんだよ」

「ならしかたないね。いつかぼくにも聴かせてくれるかい？」

「そのうちにな」

　そっけなくあしらうも、パトリックがそれ以上しつこくねだることはなかった。

長らくおれの相棒であり、もはや半身ともいえる存在だったチェロは、信頼できる後輩の自宅に預けてあり、この旅には連れてきていない。

なぜならしばらくまえから、おれは弾けなくなったからだ。

どんなに他愛《たわい》ないパッセージでも指が動かない。どう歌わせるべきかわからない。旋律に命を吹きこむ情動が消え失せて、たとえ音を鳴らしてもなにもかもが上面のまがいもののように聴こえて、吐き気すらこみあげる。

絶望していたおれに、出会ったばかりのパトリックは告げた。母の死をきっかけに過去を奪われ、いずれ音楽で身をたてるという未来を絶たれたおれは、我が身をとりまくこの世の悪意に心を切り裂かれたのだと。

だが魂の息の根までをもとめられたわけではない。その証拠に、つかみとるべき音楽をなくしたおれは、代わりにこの世ならぬものを感じとる力を得た。

それがいまのおれにとって、世界をあるがままに享受《きょうじゅ》する手段なのだとしたら、じたばたせずに受《う》け容《い》れるのみだ。性格にやや難はあるにしろ、その点においてパトリックは頼もしい先達なのだから。

「冗談はともかく、この海域に幽霊船がでるという噂は本当にあるんだよ」

パトリックは懲《こ》りずにつらつらと続けている。

「海難事故で沈没したはずの移民船が、乗客たちの魂を乗せたまま、朽ち果てた姿でさまよっているというんだ。通りがかりの連絡船をあの世への道連れにして、死者の無念をなぐさめるためにね。とりわけこんな、天地の境の滲《にじ》んだ冬の日には、狙《ねら》われやすいそうだよ。ひょっとしたらすでに乗っ取られているかもしれない」

　不気味な語り口に、不覚にもどきりとしてしまう。

　おれは強気の姿勢で、動揺をとりつくろった。

「パトリック。悪いがその手にはもう──」

「ではきみの視《み》た少年についてはどう説明する？」

　ふいに問われてめんくらう。

「おれの視た？」

「そうとも」

　パトリックは肩越しに、目線でデッキチェアの列をさしてみせた。

　困惑に眉をひそめつつ、おれはそちらをふりむく。

「あれ？　いつのまに……」

　あの丸々と着膨れた──おそらくは移民であろう少年の姿は、どこにもなかった。そこにはぽつんと、先刻まで遊んでいたとおぼしき玩具が残されているだけである。

　黒と赤に塗られた箱のようなあれは……ブリキ製の蒸気機関車だろうか。

　……機関車？

「オーランド」

パトリックがひそやかに呼びかける。

「きみの語ったその子の姿を、ぼくは一度も目にしていないんだ。ぼくが甲板にあがってきたとき、きみの近くに人影はなかった。そもそもその子が移民なら、ダブリン行きの連絡船に乗っているはずがない。貧しい暮らしから脱けだすための新天地をアイルランドに求める移民なんて、このご時世にはいないのだから」

「……そんな馬鹿《ばか》な」

おれはたじろいだ。それならあの少年は、何年もまえに沈んだ移民船の犠牲者のひとりだとでもいうのだろうか？

おれは不穏な想像をあわててふりはらい、

「脅かすなよ。椅子《いす》の陰《かげ》にしゃがみこんでたせいで、見落としただけだろう？　そのあとひとり遊びに飽いて、親のところにでも戻ったんだろうさ」

「いまのいままで遊んでいた玩具を、わざわざ放りだしてかい？」

おれは一瞬くちごもったが、すぐにひらめいた。

「それだよ。その玩具が実在してることこそ、あの子が亡霊なんかじゃないっていう証拠になるじゃないか」

「でも」

　パトリックは黒い双眸《そうぼう》をすがめ、置き去りにされた玩具をみつめた。

　その肩先で、ロビンもこきりと首をかしげる。

　おれはたまらず頰をひきつらせた。

「な、なんだよふたりして」

「あの機関車は、ずいぶん錆《さ》びついているようだよ。まるで五年も十年も、ひたすら潮気にさらされてきたみたいに」

「……え？」

　ぞくりと背に冷たいものが走り、おれは舷縁から身を離す。こわばる指先から、なにか得体の知れないものが流れこんでくるような気がした。

　……おれはいつからここに、いたのだ？

「あの子が亡霊なら、おれが立ち話をした相手は……」

「その青年は、子どものころから鉄道の機関士に憧れていたそうだね」

　そう──少年時代からの長年の夢だ。

　そんな彼との別れを惜しみ、従兄は大切にしていた玩具を譲った。そして幼き日の青年は、贈りものにこめられた真の想いを知らぬまま、その玩具に夢中になった。

　ぴかぴかと光り輝く、ブリキ製の蒸気機関車に。

「それならおれは……とっくに死んでいた彼の、夢の姿を視ていたのか？」

ならば彼は事故から十三年経って、それでもまだおのれの死を受けとめきれずに、この世とあの世の端境をさまよっているというのだろうか。

おれは慄然《りつぜん》とした。やがて満ち潮のような哀《かな》しみが胸を洗い、あふれだしてひたひたと身の内を凍《こご》えさせてゆく。

おれはかすれ声でたずねた。

「……なにかおれにしてやれることは？」

「そうくると思ったよ」

パトリックは吐息に苦笑をまとわせながら、

「でもそれは相手のほうから教えてくれるのではないかな。どうやらきみ、もう憑かれているようだから」

「憑かれてって……」

どういうことだとたずねるつもりが、視えない手に喉《のど》が締めあげられたかのように、声にならない。

パトリックは黙ったまま、つと甲板に視線を流す。

おずおずとそのゆくえを追い、おれは息を吞んだ。

あの蒸気機関車が、いつしか五フィートほどの距離に迫っていた。船の揺れが、錆びついた玩具をこちらに滑らせているのではない。それは車輪をきしませながら、明白な意志でもっておれの足許をめざしていた。

き……きりきり……ぎり。

ぎこちない歩みは、あたかも瀕死《ひんし》の者がふるえる手をこちらにのばしてすがりつこうとするかのようで、おれの足はたちまち動かなくなる。

どうすれば――と目顔で必死に訴えるが、パトリックは無情にも首を横にふった。

「どうやらかけつけるのが遅かったようだ。もうぼくの手には負えない」

「そんな」

まさかこのまま幽霊船の妄執にからめとられて、あの世にひきずりこまれるしかないとでも？

おれは力をふりしぼり、なんとか一歩、二歩とあとずさったものの、ほどなく舷縁に肘《ひじ》がぶつかり凍《こお》りつく。とたんに勢いよく靴底がすべり、おれは重心を崩してのけぞった。

「うわっ！」

「危ない！」

とっさに腕をつかんだパトリックに支えられ、転倒をまぬがれる。

だが残る片腕をひきあげる、もうひとつの手があった。

「大丈夫か？　甲板は濡《ぬ》れてるから気をつけないと」

気さくに声をかけてくる相手をふりむきざま、

「どうもご親切に……」

礼を述べようとして、おれは絶句した。そこには先刻の青年の姿があった。外套の襟許から機関士の制服をのぞかせた、あの赤毛の青年が。

「どうした？　まるで幽霊と鉢あわせしたみたいな顔じゃないか」

「あ……あなたは……」

「きみもいまになって船酔いか？　ならこいつをやるよ」

青年はおかしそうに笑いながら、おれの手にちいさな林檎を握らせた。

その手はあたたかく、爪先《つまさき》は煤《すす》が染みついたように黒ずんでいる。

「生きて……いるんですか？」

「え？　船酔いって死ぬこともあるのか？」

ぎょっとした青年に、パトリックが愛想《あいそう》好《よ》く話しかける。

「ありませんよ。友人は少々心配性なもので」

「よかった。するときみが彼の連れかい？」

「ええ。ダラムの寄宿学校から、ぼくの帰省先に向かうところなんです」

「ダラムというと……」

「ニューカッスルの近くの田舎町です」

「ずいぶん遠い学校にやられてるんだな」

「寒くて黴臭《かびくさ》くて陰気きわまりないところですよ」

「そりゃお気の毒だ」

「まったくです」

なごやかなふたりのやりとりに、おれはひたすら呆気《あっけ》にとられる。

はたと足許に目を向ければ、錆びた機関車はたしかにそこにあり、ぎくりとする。だがどういうわけか、それの狙いはいまやおれを逸《そ》れ、青年の靴先をめざしてじりじりと移動していた。

おれの視線に気がついたパトリックが、青年の視界をさえぎるように身をかがめ、さりげなく機関車を拾いあげる。その手を背にまわしながら、

「ところでひとつうかがいたいことがあるんです。あなたは出航のまぎわにこの船に飛び乗ったそうですが、ダブリン行きの定期船は日に何本かありますから、切符を取りなおすこともできたはずです。どうしてもこの連絡船を逃したくない事情でもあったんですか？」

それがいったいどんな意味をもつ問いなのか、おれはいぶかしむが、なぜか青年のほうはよくぞ訊いてくれたという表情だ。

「それがさ、おれが十三年まえにダブリンを発ったとき、まさにこの《テティス号》でリヴァプールに向かったんだよ。だから次に故郷に戻るときは、なんとしても同じ連絡船に

乗ってやろうって、心に決めてたんだ」

「彼女は以来ずっと現役を続けて？」

「十五年も無事故でがんばってるんだそうだ。線路のある鉄道ですら死亡事故はたびたびだっていうのに、おそれいるよな」

「本当ですね」

パトリックはにこやかに応じる。そして隠していた片手をさしだした。

「ではやはりこれは、あなたがなくされた玩具ではありませんか？」

なにげなく受け取ったそれに、青年はとまどいの視線を注ぐ。

「おれが？」

「十三年まえにこの船で」

「これって……そんなまさか……」

呆然《ぼうぜん》と洩《も》らした青年の瞳が、ほどなく驚愕《きょうがく》と歓喜に染まっていく。

「まちがいないよ。従兄がおれにくれた機関車じゃないか！」

感極まったように、青年は古びた車体にくちづけた。

「はは。塩辛いや。でもどうしてきみがこいつを？」

「たまたま甲板の隅《すみ》でみつけたんです。ずいぶん傷んでいる様子だったので、行方知れずになったあなたの玩具のことを友人から聞いて、ひょっとしたらと」

パトリックがいかにもそれらしい説明をしてのける。

青年は愛おしそうに機関車をなでた。

「それにしても信じられないな。おれがこいつをなくしてからもう十三年だ。とっくの昔に拾われたり、捨てられたりしていて当然なのに……」

「でもこの子は車輪を持っていますからね」

パトリックは軽口をたたくように、片眉《かたまゆ》をあげてみせた。

「真の持ち主にふたたびめぐりあう日を待ち望みながら、ひたすら甲板を逃げまわっていたのかもしれませんよ？」


「よくも担いでくれたな」

青年を見送ると、おれはパトリックを睨《にら》みつけた。

「ぼくは嘘《うそ》は吐《つ》いていないよ。玩具が潮気にさらされ続けていたのも、きみの語った少年の姿を視ていないのも、本当のことだ」

「それを勝手に誤解しただけだって？　屁理屈《へりくつ》こねるなよ」

悪びれもしないパトリックの脇腹《わきばら》に、おれは肘打ちをくれてやった。おれの誤解をあえて否定せず、うろたえるさまを楽しんでいたのはあきらかだ。結局いつものパトリックの手に、まんまと乗せられたわけである。

すっかり脱力しておれは玩具に残された記憶だったのか」

「おれの視たあの子は、玩具に残された記憶だったのか」

林檎をもてあそびつつたずねると、パトリックはうなずいた。

「そのようだね。甲板にでてきた真の持ち主の気配を追って、精一杯の歩みできみのそばまでやってきたところだったんだろう」

「だったら憑かれているだなんて、おどろおどろしい言いかたするなよな。無駄に怯《おび》えたり同情したりして損しただろうが」

「きみにはそれくらいでちょうどいい。あちらがわのものにあまり気を許すと、命を取られることもある。とりわけ近しい相手を亡くしたばかりの者は、用心しないと」

「それならおたがいさまだろ」

一瞬の沈黙をおいて、パトリックはつぶやく。

「……ぼくはきみとは違うよ」

おれはちらと隣をうかがうが、真意を追及するのはやめておいた。

たしかにパトリックは、あちらがわのものとのつきあいに慣れている。

そして先日他界したばかりの父親とは、とても親しいとはいえない間柄だった。

赴任先のインドでマラリアに罹患《りかん》したという父親は、帰国船にて病死した。遺体はすでに水葬を済ませたそうだが、パトリックにとって久しぶりとなるこのたびの帰省は、その急報を受けてのものだった。

　ほんの数度しか会ったことがないという父親の死を悼むでも、快哉《かいさい》を叫ぶでもないパトリックの複雑な胸の裡《うち》は、おれもすでにかいまみている。

　おれはさりげなく話題を移した。

「あの機関車は、もうひとりでに動きまわることはないのか？」

「おそらくは。再会の願いはすでに成就したし、愛《いと》しい主人からくちづけも贈られているからね」

「真実の愛で積年の呪いは解けるって？　まるで『さまよえるオランダ船』そのものじゃないか」

「そんな奇跡も、聖なる十二夜なら許せそうではないかい？」

「まあな」

　おれは苦笑をかえし、ふと気がついた。

「呪いといえば、この海域をさまよう幽霊船の噂も、結局きみのでっちあげだったんだな」

「あの噂は本当のことさ」

「おいおい。まだそんな法螺《ほら》を——」

「ただ幽霊船が姿をあらわす理由が、巷《ちまた》では誤解されているんだ」

「誤解だって？」

「あれをごらんよ」

呆《あき》れるおれにはかまわず、パトリックは舳先《へさき》のほうに視線をやる。

そこにはこちらに背を向けた家族連れが、身を寄せあうようにたたずんでいた。両親のかたわらに、幼い男の子と女の子がひとりずつ。その輪郭《りんかく》は陽炎《かげろう》のようにゆらめき、頼りなく透けている。

「あれは……」

「海難事故で命を落とした移民の一家だろう」

声をなくしたおれに、パトリックがささやく。

「噂の幽霊船は死者たちのために、彼らを故郷か新天地に送り届ける連絡船を求めているんだ。無念を昇華して、この世を去る準備のできた魂が、せめて望む土地にたどりついてからあちらがわに旅だてるようにとね。だから境界のあいまいなこんな日になると、航路を行き来する連絡船に近づいて——」

パトリックは両手のひらを目線にかかげ、さりげなく交差させた。

「死者の魂を乗り移らせてやるのさ」

かさなりあった彼の両手が、ふたたびゆっくりと離れていく。

「……それが乗客を目的地に送り届けてやれなかった、沈没船の贖罪《しょくざい》なのか？」

「どれだけかかるかわからないけれど、その悔恨から解放されないかぎり、彼女が安らかに朽ちることはないのかもしれない」

「そしてさまよえる幽霊船の噂が消えることもない……か」

「幽霊船に真の眠りがおとずれる日まで、この連絡船もきっと協力を惜しまないはずさ。なにしろその名も《テティス号》だ」

おれは目をみはった。

「テティス……海の女神か！」

海神ネーレウスの娘にして、英雄アキレウスの母。

海難救助の女神として、いにしえより船乗りに崇拝されてきたはずだ。ひと昔まえの帆船では、舳先にその像が掲げられることもままあったという。

「ぼろぼろの機関車が十三年ものあいだ逃亡生活を続けられたのも、テティスのひそかな手助けがあったからかもしれないね」

「かもな。さすがはギリシア生まれの女神さまだ」

パトリックがほのかに笑む。

「ぼくの母の故郷だ」

「そうだな」

おれはふたたび一家のうしろ姿をみつめた。

故郷にたどりついた彼らが、次に導かれるのがどんな世界なのか。おれには知る由もないが、あのように旅だてるのなら、誰もにおとずれるはずの死にもそう怯えることはないのかもしれない。

透けたその姿の向こうには、いつしか淡い島影が浮かびあがっている。

「ぼくの育ったエリンの島にようこそ」

かすかな汽笛が水底から木霊する。

永久《とわ》の別れを告げるように。

安らかな門出を祈るように。

第1章

1

それは黒衣の老女だった。

太古の砂にうずもれた寒芍薬《ヘレボルス》の化石。

ついそんな連想をしたのは、ゆるやかに広がる喪服《ボンバジーン》の裾《すそ》が、うつむきがちに咲く濃紫の花弁に似ているためだろうか。

あるいはその葉や根に、致死性の毒が含まれているためかもしれない。

おれはおもいがけず私審判の日を迎えてしまったような心持ちで、屋敷《やしき》の女主人に相対していた。

「オーランド・レディントンです。このたびは滞在のお許しをいただき、ありがとうございました。しばらくのあいだお世話になりますが、どうぞよろしくお願いします」

できうるかぎりの礼儀正しさで、サラ・ブレナン夫人にあいさつする。

パトリックの父方の大叔母にして、後見人でもある彼女の心証を悪くしては、せっかくのダブリン滞在がだいなしになりかねない。年末年始の休暇を、おれはパトリックの実家であるこの邸宅ですごす予定なのだ。隣に肩を並べたパトリックも、いつになくそわそわとおちつかない様子である。

「この子の寄越した手紙によれば――」

暖炉《だんろ》のかたわらに腰かけた夫人は、いかめしい面持ちできりだした。ぴたりと額になでつけられた白髪《はくはつ》には、ほつれのひとつもない。

厳格で潔癖。まさにパトリックから伝え聞いていた印象のままだ。

「あなたは聖カスバート校の編入生だそうですね」

「はい」

「学校にはいつから？」

「今年の秋になります」

「そして学寮の二人部屋で、この子と起居をともにしていると」

「そうです」

「それまではどちらの寄宿学校に？」

「いえ……寄宿学校で学んだことはありません」

夫人はかすかに首をかしげ、おれの頭から爪先までさりげなく視線を走らせた。

それもそのはず、いまのおれはいかにも良家の子息という身なりをしているのだ。その手の家柄《いえがら》に生まれ育った少年は、たいてい十代のほとんどを名のある寄宿学校ですごすものである。

一流の紳士服店《テーラー》であつらえた上下一式は、忌々《いまいま》しいほど身体《からだ》になじんでいて、借りものなどでないことは一目瞭然《いちもくりようぜん》だった。できることなら、すぐにでも脱ぎ捨てて暖炉にくべてやりたいところだが、代わりにまとえる服もないのだからしかたがない。

「では専属の家庭教師から個人指導を？」

「そのようなものです」

まるで尋問だな。内心げんなりしながら、あいまいに肯定する。

おれは各地の歌劇場を渡り歩く母に連れられ、その先々の学校に編入したり、母の知人に勉強をみてもらったりしながら育った。その教師役はときとして、母の崇拝者であったり恋人であったりもしたが、嘘は吐いていない。

「寄宿学校での暮らしは勝手のわからないことばかりで、パトリックにはずいぶん世話になっています。廊下の歩きかたから礼拝の作法から、慣れない戒律について親切に教えてくれますし、苦手にしている科目の課題にもつきあってくれるので」

おれはここぞとばかりに、パトリックを持ちあげた。招待を受けた身として、これくらいの貢献はしてやらなくては。

ブレナン夫人は熱心なカトリック信徒で、パトリックがいずれ聖職者になるのを望んでいるという。まるでそのつもりのない彼とは、年々折りあいが悪くなっているらしいが、せめてまじめな学生生活を送っていることを印象づけておいて損はないだろう。

そんな下心を見透かしてかどうか、

「神学校には神にお仕えする道をめざして？」

より核心に踏みこまれて、おれはくちごもった。

さて。ここはどう対応するべきか。心にもない嘘は吐きたくないが、馬鹿正直に本音をぶちまけて不興をこうむってはたまらない。おれは慎重に言葉を選んだ。

「編入は後見人の意向でしたので」

「あなたの後見人というと」

「長兄です」

「レディントン家のご当主」

「はい」

「大叔母さま――」

みかねたようにパトリックが口を挟む。おれは目線でそれを押しとどめ、

「進路については、まだ模索しているところです。他に学びたい分野もありますし、生半可な覚悟では、神に一生を捧《ささ》げることなどできませんから」

だからパトリックにも、どうか望まぬ未来を強《し》いてくれるな。

そう続けたいところをこらえ、沈黙する老女の視線を受けとめる。

やがて皺《しわ》深い双眸を伏せた彼女は、

「そうですか」

さらなる追及はせずに、面接試験を終えることにしたようだった。

「たいしたもてなしはできませんが、上階に客室の用意をさせています。なにか不便があるようなら使用人に。ご要望には適宜お応《こた》えするよう、申しつけてありますから」

「お気遣《きづか》いに感謝します。なるべくご迷惑をおかけしないよう心がけます」

会釈をしつつ、足許の手提げトランクに手をのばしかけたところで、

「これまでダブリンに滞在したご経験は？」

ふいに問われておれは動きをとめた。

「いえ……ありませんが」

「アイルランドにいらしたことも？」

「今回が初めてです」

「そう。ではどうぞ休暇を楽しんで」

そのときようやく、老婦人の目許《めもと》がかすかにやわらいだようだった。しかしそれは寒空に吸いこまれる冬の陽射《ひざ》しのように、またたくまに消えてしまう。

ふたたび謹厳なまなざしで、彼女は祈りの文句をとなえた。

「いかなるときも神とともにあらんことを」

「……神とともにあらんことを」

「すまなかったね、オーランド」

応接間を辞すなり、パトリックがささやいた。

「大叔母さまにあれこれ穿鑿《せんさく》されて、気にさわっただろう？」

おれの境遇をあらかた知るパトリックは、いたく恐縮している。

「かまわないさ。おれがきみに悪い影響を与えていないか、見極めておきたかったんだろう。及第点をもらえたかどうかは怪しいものだけど」

パトリックの後見人として、信心深い学友による劇的な感化を望んでいたなら、さぞや期待はずれだったことだろう。

「早々に追いだされなかったのだから、落第ではないさ。あれでいて大叔母さまも驚いていたはずだよ。変わり者のぼくとつるんでいるにしては、きみはなかなかの風采《ふうさい》だ」

「身なりだけなら立派な御曹司だからな」

望んでもいないのに、こうして最高級の衣裳《いしょう》をあてがわれているのは、なにも異母兄の厚意からではない。レディントン家の末弟として、家名を汚すようなみすぼらしい格好はさせられないという、さもしい配慮ゆえのものである。

「身なりだけ？　とんでもない。たしかにその三《み》つ揃《ぞろ》いも革靴も目の飛びでるような値段だろうけれど、きみの容姿はいかにも正統な貴族めいているからね」

「よせよ」

おれはたまらず顔をしかめた。というのもおれの姿かたちは、あろうことか若かりし時分の異母兄に生き写しで、おれがレディントン家に生殺与奪の権を握られるはめになったのも、ひとえにそのおぞましい現実のせいだからだ。

そんなおのれの顔貌《がんぼう》について、おれがとやかく云《い》われることを好まないと承知しているパトリックは、さらなる主張をかさねようとはせずに、

「いずれにしろ、大叔母さまが気分を害してはいなかったことはたしかだよ。機嫌が悪いときはむっつり黙りこむのが、昔からの癖《くせ》だから」

「ならよかったよ」

「将来の展望についてのきみの語りようには、一瞬ひやりとさせられたけれど」

おれは不遜《ふそん》に片眉をあげた。

「ふてぶてしかったか？」

「いくらかね」

「あいにくと育ちが悪いもので」

「けれどあれはぼくのためだろう？」

パトリックは息をひそめるようにこちらをうかがう。

おれは照れ隠しに肩をすくめてみせた。

「おれのためさ。下手に敬虔《けいけん》なふりをして、明日から聖書の朗読につきあわされることにでもなったら、お手あげだからな」

「たしかにそれは災難だ」

パトリックが淡い苦笑を洩らす。

なにしろ聖カスバート校では、授業のない休日ですら早朝からのミサを欠かさない生活なのだ。しかも遅刻をすれば鞭打《むちう》ちの罰がくだされるのだから、気の休まるときもない。せめて休暇中くらいは、息苦しい戒律を忘れてすごしたいものである。

「さて。まずはきみの客室に案内しよう。ぼくの寝室の隣だそうだから、いつでも気軽に声をかけてくれたらいい」

「そうさせてもらうよ」

パトリックにうながされて、おれは階段に向かった。

「それにしても立派な屋敷だな」

「部屋数だけは多くてね」

アッパー・リーソン通りの七十三番地。

ダブリンの中心地から、南東に徒歩で三十分ほどの新興住宅地だ。

大運河《グランド・カナル》のほど近くにある、白壁が美しい四階建てのテラスド・ハウスで、間口はさほど広くない代わりに、かなりの奥行きがあるようだ。

「このあたりはまだ税金が安いから、市内の古くて狭い住まいから移り住んでくる人たちも多いみたいだよ。まさにぼくの大叔母さまのようにね。市外とはいえちゃんと水道も敷かれていて、手洗いだって水洗にできるし」

「それはありがたい」

内装も調度もいたって上品で、充分に手をかけられている様子だ。にもかかわらず暗い印象を受けるのは、屋敷の左右の壁が隣家に接していて、採光が悪いためだろうか。

「二歳のころに母とギリシアからダブリンまで渡ってきて、最初に身を寄せたのは市内にある祖母の家だったんだ。だけどあちらの身内はそろって国教徒なものだから、母はどうしてもなじめなかったみたいでね」

「そうか、きみの母君はギリシア正教だったから……」

先を歩くパトリックは、こちらに背を向けたままうなずいた。

「それでみかねた祖母の妹――つまりサラ大叔母さまが、ぼくたち母子を自邸に受け容れてくれたんだ。頼りの父はといえば、当時カリブ海のグレナダに赴任していて不在だったからね」

それから何度か大叔母とともに転居をくりかえし、五歳からはこの屋敷におちついたという。では四歳で生き別れたというパトリックの母ローザが、この広い屋敷でともに暮らすことはなかったのか……。

かつてパトリックの語った両親のなれそめは、まさにオペラの一幕を彷彿《ほうふつ》とさせる劇的なものだった。英国陸軍の軍医だった父チャールズは、赴任したシテール島で現地の美しい娘ローザと恋に落ちたという。

ローザの親族の反対に遭い、駈《か》け落《お》ち同然にチャールズの転属先レフカダ島へ移ったふたりは、その地でひそかに結婚式をあげたが、さらなる指令を受けたチャールズは新妻を残して島を発つことになる。

いまさら身内を頼ることもできないまま、ひとりきりでパトリックを産み育てたローザの苦労と不安は、いかばかりのものだっただろう。だがようやく、母子ともに夫の実家に移り住む手筈《てはず》がととのっても、彼女の孤独な日々は終わらなかった。

教派のみならず、気候も言葉も習慣も、なにもかもが故郷とは異なるアイルランドでの新生活は、ローザを憔悴《しょうすい》させるばかりだったのだ。夫はめったに帰国せず、その心も離れ、しだいに心身を病んでいった彼女は、幼い息子をおいて故郷に去ってしまう。

それきりローザがアイルランドに戻ることはなく、パトリックは母との再会を果たさぬまま、現在に至るという。

父チャールズはというと、こちらも残された息子をかえりみることはなかった。英国で離婚法が成立するなり問答無用で妻を離縁し、もともと結婚を望んでいたらしい幼なじみの女性と再婚したそうだ。

「ここの住人は、ブレナン夫人と使用人だけなのか？」

階段をのぼるパトリックに続きながら、おれは問いかけた。ひとけのない廊下は、冷えきっているわけでもないのにどこか寒々しい。

「そのはずだよ。いまはね」

「昔は？」

「同居の親族なら、ぼく以外にいたことはないよ。大叔母さまはずいぶんまえに夫を亡くしていて、ふたりには子どももいなかったしね」

家族──ではなく、あえて親族と語る口ぶりからは、大叔母とのなんともいえずよそよそしい距離感がうかがえる。パトリックが長らく帰省を避けてきたわけを、おれはようやく肌で感じとりつつあった。

パトリックにとって真に家族と呼べる存在は、遥《はる》かなるギリシアの地で暮らす母ローザと、ロビンだけなのかもしれない。移住する母子につき従ってアイルランドにやってきたロビンは、幼いパトリックのそばに残ることを選んでくれたのだという。

そのロビンは、先刻ダブリンの港に到着するなりどこかに消えてしまった。パトリックによれば、どうやらさっそく旧交をあたために飛び去ったらしい。どのような交友関係かは……いずれ機会があれば訊いてみることにしよう。

「ひょっとしてブレナン夫人の喪服は、ご夫君が亡くなって以来の習慣なのか？」

「そうらしいよ。ぼくのおぼろげな記憶のかぎりでも、大叔母さまはいつも黒い絹の衣裳を身にまとっていたし」

「まるで女王陛下みたいなんだな」

「本当にね。見慣れてはいるけれど、どうにも息苦しい気分にさせられるよ」

我らが大英帝国を治めるヴィクトリア女王は、六年まえに最愛の夫アルバート公を亡くしてからというもの、かたくなに喪服姿をつらぬいているという。

愛情と信頼にもとづいた女王一家の暮らしぶりは、おもに中流階級の人々からかくあるべき理想の家族の肖像とみなされていたこともあり、ひたすら喪に服す女王のふるまいは貞節な妻の美徳として讃《たた》えられてもいた。

だが喪服をまとうという行為は、ときとして死者を悼むだけではない主張を感じさせるものだ。パトリックは日々をおもしろおかしくすごすことを非難されているような、居心地の悪さを感じずにいられなかったのかもしれない。

「亡くなった大叔父がね、今際《いまわ》のきわに告げたそうなんだ。自分の資産は、ぜひともカトリックの縁者に受け継がせるようにとね」

手摺《てすり》に指先をすべらせながら、パトリックは淡々と説明する。

「遺志を託された大叔母さまは、ずいぶん難儀したらしい。なにしろ結婚してカトリックに改宗した大叔母さまの身内は国教徒ばかりなものだから、なかなかめぼしい候補がみつからない。そこにあらわれたのが――」

「きみたち母子だったわけか」

「そういうこと。大叔母さまは跡継ぎを必要としていて、母はぼくと心安らかに暮らせる環境を望んでいた。つまりぼくたちは、おたがいにおたがいの欲するものを与えあう存在だったのさ。いくら不信心な跡継ぎだからといって、いまさらぼくを放りだしたりしたら外聞が悪いばかりだし、早まった決断をしたものだと大叔母さまは後悔しているかもしれないね」

「……そんなことはないだろう」

「どうかな。ぼくをまともな信徒にすることが、神の御心にかなうことだと信じてはいるかもしれないけれど」

皮肉めいた口調には、パトリックの負いめが見え隠れしているだけに、こちらも勢いをなくさざるをえない。ただの利害関係のみにとどまらない情がからんでいるからこそ、彼もみずからの負債を苦く受けとめずにはいられないのだろうから。

「いずれにしろ、これまでなに不自由ない暮らしを送らせてくれたことには、感謝しているよ。ぼくが寄宿学校にあがるまでは、住みこみの乳母《ナース》や家庭教師《チューター》をつけてくれたし。そうえばあのころは、この屋敷もいくらかにぎやかだったな」

ふいにパトリックの声音がやわらいだ。

「決まって秋先から翌年の春にかけて、季節をまたいで長逗留《ながとうりゅう》する客人もいてね」

「きみとも親しかったのか？」

「うん……そうだね。毎年ジェイン従姉《カズン・ジェイン》さんがやってくるのを、ぼくも楽しみにしていたものだよ」

「従姉《ねえ》さん？」

「本当の従姉《いとこ》というわけではないんだ。親族でもなかったようだけれど、そう呼ぶことになっていてね。いつも黒の地味な服装に身をつつんでいて……でもいまにしてみればまだ二十歳そこそこだったのかもしれないな」

パトリックはひそやかに、夢の記憶を追うように語る。

「まるで宗教画に描かれた天使みたいにほっそりとしていて、波打つ栗色《くりいろ》の髪に澄んだ黒い瞳を持ちあわせた、とても美しい顔だちの女性《ひと》だった。大叔母さまのようにカトリックに改宗していて、近づきがたいところもあったけれど、ぼくのことはかわいがってくれたんだ」

「いまは疎遠に？」

こちらに背を向けたまま、パトリックはわずかに沈黙した。

「亡くなったのさ。もう十年近くまえのことになる。それ以来、大叔母さまはめったに客人を招かなくなったんだ」

「そうだったのか……」

おれはいたたまれず、髪に片手をさしいれた。たちまち鼻先をよぎるのは、かすかな潮の匂《にお》い。朝からの船旅ですっかり染みついた、アイリッシュ海の残り香だ。

「穿鑿するつもりはなかったんだ。ただ予想以上に広い屋敷だったものだから」

パトリックは肩越しにふりむき、口許《くちもと》をゆるめてみせた。

「いいんだよ。部屋をもてあましているのは本当のことだ。ともあれきみに用意した客室に扉はないはずだから、安心してくれたまえ」

「え？」

おれがとまどっていると、パトリックは足をとめ、こちらに向きなおった。

「おや。きみはまだ気がついていないのかい？」

「気がつくってなにに？」

ずいと顔をのぞきこまれ、たまらずのけぞる。

「だってこの屋敷ときたら、いまにもでそうじゃないか」

おれは幾度か目をまたたかせた。嫌な予感がじわりと足許から這《は》いのぼってくる。

「おい……ちょっと待て。でるってまさか、あちらがわの――」

「おっと。気をつけて」

やにわにさえぎったパトリックが、くちびるに指をたててみせる。

「そう大声で噂をすると、あいつらを呼ぶことになるからね」

ひそひそと忠告されて、おれは息をつまらせた。

「あいつらはみずからの存在を認める者をこそ、好んで近づいてくるものなのさ。そして怯え叫ぶ者たちの、血のしたたるような極上の恐怖を喰《く》らって糧《かて》にするんだ。子ども時代のぼくはいつだって、そこここの暗がりに潜むあちらがわのものに怯えていたから、性悪な夢魔に目をつけられてね。眠りについたぼくの夢にもぐりこみ、意のままにもてあそんで楽しむひとときを、夜な夜な舌なめずりをしながら待ちかまえていたんだよ」

「…………」

「ふりかえるに、あれはぼくがみずから招いていたようなものだったな。だからぼくの部屋には幾度もあちらがわとこちらがわを行き来した跡——扉が残っているかもしれないけれど、そちらの部屋は平気だよ」

パトリックが意味深に口の端をあげる。

「きみが下手に怯えたりしなければね」

「……よくも騙してくれたな」

「なんのことかな？」

パトリックはくるりと身をひるがえした。弾む足どりで階段をのぼりながら、

「そもそもきみ、よりにもよってこのぼくが子ども時代をすごした家に、本気でなにも棲《す》みついていないと考えていたのかい？　さすがに迂闊なきみだけはあるね」

……こいつめ。

はたしておれは、この地で心安らかな日々を送ることができるのだろうか。

そんな不穏な予感にとらわれながら、おれのダブリンでの休暇は幕をあけたのだった。

2

幸いにも、その晩のおれが悪い夢に襲われることはなかった。

それどころか清潔にととのえられた客室は、じめついた学寮とは比べようもない快適さで、旅の疲れもすっかり癒《い》えたおれの目覚めはいとも爽快《そうかい》なものだった。

晴れやかな気分で食堂に向かい、こちらも熟睡できたらしいパトリックとともに、意気揚々とアイルランド流の朝食《フル・アイリッシュ・ブレックファスト》をたいらげにかかる。

まばゆい黄身がとろりと流れる目玉焼き。

かみしめるごとに旨味《うまみ》のあふれる厚切りのベーコン。

ごろりとしたマッシュルームのソテーに、大蒜《にんにく》の効いたブラックプディング。

それに輪切りの焼きトマトと、ほかほかのパンケーキを幾枚か添えた一皿は、いかにも食べごたえ抜群だ。

夢中で半分ほどを食べ終えたところで、おれは至福のため息をついた。

「聖カスバート校でもせめてこんな朝食をだしてくれたら、まじめに授業を受けてやる気になるのに」

「それならそれできみのことだ。さっそく一時限めから、腹ごなしのうたた寝に精をだすのではないかい？」

「それもそうか」

おれは笑いながら、休めていた手をふたたび動かした。食事はたいてい自室でとるというブレナン夫人が同席していないので、行儀作法に神経を遣わなくていいのも気楽でありがたい。これほどのご馳走《ちそう》をふるまわれておきながら恩知らずなものだが、彼女と差し向かいではせっかくの料理のおいしさもいくらか減じてしまったかもしれない。

「特にこのパンケーキは最高だな。こんなにもちもちなのは食べたことがないよ」

しっとりとしたパンケーキに、かりりと表面の香ばしいブラックプディングをのせ、卵の黄身をたっぷりからめてほおばれば、たちまちえもいわれぬ絶妙な味わいが口いっぱいに広がる。

「それはボクスティ。すりおろしたり刻んだりしたじゃがいもに、小麦粉とバターミルクを混ぜた生地《きじ》を焼いた、北部の郷土料理さ」

「なるほど。食感の秘密はじゃがいもか」

「なんでも疫病《えきびょう》にやられてうまく育たなかったり、あちこち腐ったりして茹《ゆ》でることすら難しいじゃがいもを、なんとかまとめて食べられるようにするために編みだされた方法だそうだよ」

おれは舌を巻いた。なけなしの食糧をできるかぎり無駄にしないための工夫が、こんな絶品を生みだしたのだとしたら、なんとも驚かされるばかりだ。

「さて。まずは今日のおおまかな予定をたてないとね」

皿を空にしたパトリックは、濃い紅茶にたっぷりのミルクを注ぎながら、うきうきと声を弾ませた。

「なにしろダブリンの町ときたら、どこもかしこも観光名所であふれているからね。なんといってもダブリン城は見逃せない。それにクライスト・チャーチ大聖堂と聖パトリック大聖堂も、ダブリンに滞在するからには一度は足を運んでおかないとね。屋台料理を楽しみたいなら、セント・スティーブンス・グリーンの広い芝生も打ってつけだ」

「なあ」

「安心したまえ。いま挙げたのは、すべて徒歩でまわれる距離にあるから。でもリフィ河を船で移動しながら、河岸の景色をながめるのもまた一興だね。しばらく上流に向かえばダブリン動物園もすぐそこだ」

「パトリック」

「トリニティ・カレッジのそばには、何年かまえにできたばかりの国立美術館もあるよ。きみは買いものに興味はないかな？　でももしもお土産が欲しくなったら——」

「わかった！　わかったからおちつけって！」

パトリックがきょとんとする。おれはたまらず噴《ふ》きだした。

「そう一時にまくしたてられても、こっちの頭が追いつかないよ」

「ああ……ごめん。こんな機会はなかなかないものだから、ついね」

「とりあえずきみの熱意とダブリンの魅力だけは、充分に伝わってきたから」

おれは苦笑しつつ、

「じつはこっちにも提案があるんだ」

「本当かい？　もちろんきみの希望こそ最優先だとも！　どこへなりとも案内するから、遠慮はいらないよ」

「なら名所旧跡もいいけど、まずはきみにとってなじみ深いところのほうが興味あるな。よく散歩する道だとか、昔住んでた家だとか、おれが聖カスバート校に編入したてのころにも、そんなふうにダラムの町のあちこちを紹介してくれただろう？」

「それがきみの望みなの？」

「迷惑か？」

「そんなこと！」

パトリックは勢いよく首を横にふったものの、瞳にためらいをにじませた。

「でもありふれたものばかりで、きみを退屈させることになるかもしれないよ」

「そういうのがいいのさ。おれには長く腰をおちつけて暮らした土地とか、生まれ故郷と呼べるようなものはないからな」

そのひと押しが、パトリックの逡巡《しゅんじゅん》を払いのけたようだった。

「承知したよ。それなら今日は手始めに、散策がてらリフィ河をめざすことにしようか。ここからほんの数分のところに流れている大運河は、両岸の土手が散歩道になっていてね。気晴らしにはうってつけだから、よくそぞろ歩きをしたものなんだ」

「いいね」

はにかみながら語るパトリックの様子に、おれも内心ほっとする。彼の生いたちについてはそれなりに知る身だが、誰であろうとひとり心に秘めておきたい領域というものはあるはずだ。気心の知れた仲であっても、そこにずけずけと踏みこむ真似《まね》はしたくない。

「それともうひとつ」

いくらかかしこまり、おれはきりだした。

「もしもきみがこの帰省を機に誰かと会っておきたいなら、むしろそちらを優先してもらいたいんだ。おれの観光につきあうのは、あとまわしでもかまわないからさ。だってもう一年以上も、休暇をダブリンですごしてはいないんだろう？」

パトリックはめんくらったように黙りこむ。

急に幼げになるその顔から、おれはつと食卓の隅に目を移した。

空いた椅子の背から背に、さきほどからちょんちょんと横跳びをくりかえしている大鴉は、いかにもご機嫌そうだ。ゆくえをくらませていたロビンがパトリックの部屋にもぐりこんだのは、夜が明けてからのことだったという。

「見ろよ。ロビンだって、昨日の夜遊びで英気を養ったらしいじゃないか」

そう指摘してやると、パトリックが意外そうに目をみはった。

「わかるのかい？」

「なんとなくな」

毛艶《けづや》が増したという表現がふさわしいかどうか、この世ならぬものの輝きに一段と磨《みが》きがかかったように感じられる。

「せっかくのクリスマス休暇なんだ、きみにも会えるときに会っておいたほうがいい相手がいるんじゃないか？」

おれはできるだけ気楽な口調を心がけた。それでもおたがいに片親を亡くしたばかりという境遇から、パトリックはこちらが言外にこめた意味を汲《く》み取《と》ったようだ。

「そうだね。そのつもりはなかったけれど、考えてみようかな」

「そうしろよ。もちろんおれを連れてちゃ気が向かないってことなら、別行動にしてもかまわないしさ」

「いや……むしろきみを紹介してみたい相手なら、いないこともないんだ」

「おれを？」

おもいがけない反応に、今度はこちらが驚かされる。

「じつは昨日、大叔母さまから知らされたことがあってね」

おれはあれきりブレナン夫人と顔をあわせていないが、パトリックは夕食のあとに呼びだされて一対一で話をする仕儀となったらしい。

詳しい内容は訊いていないものの、面談を終えたパトリックは安堵《あんど》した顔つきだったので、こちらもひそかに胸をなでおろした。おれの生意気な態度のせいで、学友の選びかたがよろしくないなどと叱られることになっては、なんともいたたまれない。

「ぼくが子どものころ世話になった乳母《ナース》が、いまもダブリンで暮らしているというんだ。しばらくまえに市内で偶然にも行きあったとき、ぼくのことを気にかけていたそうでね。そういえばもう何年も顔をあわせていなかったなと」

「そういうことなら、ぜひたずねてみればいい。向こうも喜ぶだろう」

パトリックの気が変わらないうちにと、おれは身を乗りだした。

「居所はわかるのか？」

「うん。昔ぼくが暮らしていた屋敷のすぐ近くだって。いまも現役のナースで、雇われた家に住みこみで、子どもたちの世話をしているらしい」

「住みこみのナースか。それだと長く留守にするのは難しいものかな」

「そこまでは望まないよ。ほんの何分か、近況の報告ができればいいだけだから」

「だったらさっそく出向いてみるか？」

「え？　いまから？」

「あらかじめ訪問を伝えておくまでもないだろう？　裏玄関にでもまわって、屋敷の使用人に取り次いでもらえばいい」

「うん。でも……」

パトリックは急に煮えきらなくなる。

「ひょっとして迷惑がられるのが不安なのか？」

「……不安なのはぼくそのものだよ。背は低いし、目つきも悪くて、いかにも陰気な感じだ。彼女の想像より現実のぼくが見劣《みおと》りしたら、失望させることになるかもしれないじゃないか」

「つまらないこと気にするなって」

もそもそとパトリックが並べたてるのを、おれは笑い飛ばしてやった。

「面倒を看《み》てやった子が元気にしてるってだけでも、充分に嬉《うれ》しいはずさ。それにきみが陰気なのは子どものころからだろう？　いまさらさ、いまさら」

パトリックがあわあわとくちびるをわななかせる。

「き……きみという奴《やつ》は、なんて無神経なんだ！」

「並みの神経では、きみとつきあえないからな」

おれは涼しい顔で紅茶を飲みほした。

・

3

「ダラムに比べると、ダブリンはかなり暖かいんだな」

大運河沿いを歩きながら、おれは襟巻きを指でゆるめた。

骨の芯《しん》まで凍えるようなダラムの気候になじんでいたため、つい普段どおりに着こんでしまったが、襟巻きがなくても平気だったかもしれない。

しっかり腹ごしらえをすませたこともあってか、水面をすべる水鳥をながめながら散歩道をぶらつくうちに、手足の先までぽかぽかしてきて寒さは感じなくなった。

隣のパトリックも、軽快な足どりで説明する。

「河に氷が張るほど冷えこむ夜はないし、めったに雪にもならないかな。代わりにからりと晴れあがる日も、ほとんどないけれど」

おれは靄《もや》にかすむような鈍色《にびいろ》の空をあおいだ。

「たしかにいまにも降りだしそうだ」

「特にこの季節は、こぞって泥炭《ピート》が燃されるものだからね」

「屋敷の暖炉にくべてあった、あの黒ずんだ煉瓦《れんが》みたいなやつのことか？」

「そう。湿地に堆積《たいせき》した草木の遺骸《いがい》が、数年かけて炭化して、泥状になったものさ。それをあちこちの泥炭地から切りだして乾かすと、燃料として使えるんだ」

「便利なものだな。石炭よりも安くあがりそうだ」

「だからアイルランドでは、昔から重宝されているよ。ただ水気が多いだけ、煙がでやすいのが難点でね」

「汚れた煙が空をくすませているわけか」

「残念ながら」

「それでも霧の都《ロンドン》よりはずいぶんましさ」

いまやロンドンの代名詞ともなった深い霧は、ひしめきあう工場や家々から吐きだされた煤煙《ばいえん》のせいでもあるという。そのため三歩先すら黒い霧に閉ざされるロンドンほどではないにしろ、近年の大都市はいずれも似た様相を呈《てい》していた。

「ダブリンは北のアルスター地方に比べて、工業化が遅れているからね」

パトリックの声はいつしかほのかな翳《かげ》をおびていた。

「この町も昔はもっとにぎやかで、ロンドンに次ぐ第二の自治都市としての繁栄を謳歌《おうか》した時代もあったそうだよ。でも今世紀になってアイルランド議会がイギリス議会に併合されてからは、ずいぶんさびれてしまったって。田舎《いなか》のほうは、いっそうひどい状況らしいけれど」

土手の木々は両岸から枝をさしのべあい、その天然の拱廊《アーケード》をロビンがふうわりと遊泳飛行している。

木々を渡る小鳥たちのさえずりに耳をかたむけながら、おれたちはゆるやかな運河をさかのぼり、やがて橋を渡って対岸をめざした。このまま大通りをたどって北に向かえば、いずれ市内を西から東へと横断するリフィ河につきあたるという。

街並みはしだいに古びた趣《おもむ》きをまとい、それとともに往来の活気も増してくる。

からからと石畳を鳴らす乗合馬車《オムニバス》。

高らかな汽笛を空に響かせる蒸気船。

負けじと声を張りあげる、新聞売りの少年たち。

そんなにぎわいも、鉄道路線をたばねる大都市にありがちな獰猛《どうもう》な喧噪《けんそう》とは、ひと味ちがうものやわらかさである。

二十分あまりでリフィ河を越え、荘厳なクライスト・チャーチ大聖堂と、数年まえに一部が焼け落ちたというダブリン城の要塞《ようさい》のような偉容を右手にながめつつ、パトリックにうながされて河沿いを逸れる。

するとほどなく煉瓦造りの、豪壮なタウンハウスの建ち並ぶ界隈《かいわい》にたどりついた。

「ダブリンに来てしばらくは、このあたりに住んでいたんだ」

「へえ。なかなかの高級住宅地じゃないか」

すれちがう人々の身なりも上等で、おそらく医師や弁護士といった上中流階級が居をかまえる地区なのだろう。

「でもいつだって夕暮れみたいに暗くて、じめついていて、息苦しい印象ばかりが残っているな。まだ二、三歳のころのことだから、そうはっきりと憶《おぼ》えているわけではないけれど」

「なんとなくわかるよ」

おれは神妙に相槌《あいづち》を打った。華やかなテラスド・ハウスは、しかしながらやはり棟続きのため街路に面する壁にしか窓がなく、屋内に充分な外光を取りこむのが難しい造りだ。燦々《さんさん》と降りそそぐギリシアの陽光に親しんできたパトリック母子にとっては、さぞかし心の沈むような住まいだったのではないか。

「きみのナースの勤めている屋敷というのは？」

「それはこれから兄さんに案内してもらうのさ」

パトリックがうながすなり、ロビンは了解を伝えるようにひとはばたきしてみせると、低空飛行で街路をよこぎっていった。やがてその姿は、数本先の横道へと吸いこまれていく。

「さあ。はぐれないように、急いで追いかけよう！」

パトリックはすでにかけだしている。おれはあたふたとあとに続いた。

どうやら詳しい番地まで把握していたわけではなく、この界隈まで来たら彼女の気配をロビンにたどってもらうつもりでいたらしい。

「便利なものだな」

「兄さんにはたやすいことさ。それにぼくのナース——キャサリンのほうも、もうすでにこちらの来訪を悟っているかもしれない」

「まさか」

「そう決めつけるものではないよ」

息を弾ませながら、パトリックがおれをふりむいた。

「なにせ彼女は魔女なのだからね」

「魔女だって？」

とたんに石畳に蹴《け》つまずき、派手につんのめる。

おれはなんとか体勢をたてなおしつつ、

「そういえばきみのナースは、あちらがわのものを視たり聴いたりできたって……」

パトリックがいつかそんなことを語っていた。かつて世話をした子どもたちが、しばしば〝空想の友だち〟を生みだしていたと幼いパトリックに教えたのも、そのナースだったはずだ。

「そうだよ。キャサリンはものすごく怖いんだ。頑固で、目つきも冷たくて、ときに横柄ですらあって、爛々《らんらん》と燃えるあの緑の瞳でこちらをのぞきこまれると、たちどころに魂をつかまれて、どんな悪戯も白状せずにはいられなくなるのさ」

パトリックがさむけをおぼえたように身をふるわせる。

「なんだかこっちまで不安になってきたな……」

「とにかくごまかしの利かない相手だから、いざというときは加勢をよろしく頼むね」

怖気《おじけ》づくおれに、パトリックがさりげなく念を押してくる。

まさかおれを連れてきたのは、もとよりそれを期待してのことだったのか？

いまさらながらそう悟るも、もはや手遅れ。おれはこの世ならぬ鴉に導かれ、見知らぬ路《みち》を魔女の棲《す》み処《か》に向かって走り続けるしかなかった。

……本当に魔女なのかもしれない。

なにをどう鋭敏に感じとったものか、彼女はおれたちを待ちかまえていた。

とある邸宅の、錬鉄の柵《さく》のそばにたたずむ姿を目にしたとたん、説明されるまでもなく彼女だとわかった。

おもむろにこちらをふりむいた彼女が、長い腕を宙にさしのべると、ロビンはためらうことなくその腕をめざして滑空する。黒髪の長軀《ちょうく》はしなやかでいながらたくましく、はるか昔に絶滅したという幻の黒い狼《おおかみ》のようだ。

白い息を吐きながら、パトリックが呼びかける。

「キャサリン！」

「お元気そうですね」

「なんとかやってるよ」

それだけのやりとりで、離れていた年月の壁はすっかり取り払われたようだった。

気負いの抜けた表情で、パトリックはかつてのナースと向かいあう。その様子を、おれもしみじみと見守った。

ただ甘えるばかりではすまない相手だとしても、幼いパトリックにとってはきっとかけがえのない存在だったのだろう。なにしろキャサリンが雇われたのは、彼の母親が故郷に去ってほどなくのことだったというのだから。

「彼はオーランド。神学校の友だちで、休暇をぼくの屋敷ですごす予定なんだ」

そう紹介されて、おれはキャサリンに会釈した。

目をあげるなり、真正面から視線がぶつかり、息をとめる。

青みがかっても、灰にくすんでもいない。澄みきった光を放つ瞳は、緑柱石《エメラルド》というよりも夏の草原のごとき生命力を孕《はら》んでいる。白い額に刻まれた黒い眉は、深雪《みゆき》から頭をもたげた春の新枝のように若々しい。それでも魂をからめとるようなまなざしは異様な迫力を帯びていて、年齢は二十代とも四十代ともうかがい知れなかった。

息をつめたままその視線を受けとめていると、やがてキャサリンは口の端に含みのある笑みを浮かべた。

「どうやら好いお友だちができたようですね」

パトリックが気恥ずかしげにうなずく。

「彼とは秋に知りあったばかりなんだ」

「ずいぶんと頼りにされているようで」

「そうなんだ……って誰が誰を？」

「坊ちゃんが、ご友人をですよ」

「頼りにしているのはオーランドのほうだよ。感覚だけは妙に鋭いくせに、てんで無防備なものだから、危なっかしくて放っておけないんだ」

「さようですか」

パトリックは不服そうだが、キャサリンはさらりと流すばかりだ。

さすがは魔女だ。よくわかっている。おれが忍び笑いを洩らすと、すかさずパトリックが横目で睨みつけてくるが、もちろんそ知らぬふりをする。

「おふたりとも、厨房《ちゅうぼう》でよろしければ飲みものでもいかがですか？」

「けれどぼくたちがお邪魔をしては、あなたに迷惑がかからないかな」

「いまはちょうど奥さまが子どもたちのお相手をなさっていますから、しばらくのあいだならお咎《とが》めを受けることもないですよ」

「でも……」

なおもためらうパトリックに、おれはささやいた。

「ここはありがたくご厚意に甘えたらどうだ？　こんなめぐりあわせは大切にしたほうがいい。そういうものだろう？」

ロビンもぱたぱたと翼を広げ、同意を表明している様子である。

「ん……それならご馳走になろうかな」

「そうなさってください。どうぞこちらに」

キャサリンは地階に続く階段をおり、熱気のこもった厨房にうながすと、手早くあたためたジンジャーワインをふるまってくれた。

隅の長卓でふうふうとワインを冷ましながら、

「このお屋敷はもう長いの？」

「まだ一年ほどです」

「調子はどう？」

「まあまあですね。手のかかる子がふたりいますが、坊ちゃんほどではありません。どちらの子も、暗がりのおばけに怯えて泣きわめいたりはしませんからね」

「それを持ちだされたらかなわないよ」

気心の知れたやりとりに、おれもくつろいだ気分で耳をかたむける。

おたがいに近況を伝えあい、やがて一段落ついたところで、パトリックがきりだした。

「ところでこのお屋敷はどうなのかな？」

「どう――というと？」

「だからほら、なにか変わったものを視たり聴いたりすることはないのかなって」

パトリックはいそいそと、期待に満ちた瞳でたずねる。

キャサリンは無言で片眉をあげた。

「変わりありませんね」

きっぱりと告げられて、パトリックは落胆をあらわにする。

「……そう。残念だな」

「そうではありません。変わりないのは坊ちゃんですよ。めっぽう怖がりなくせに、いつだってあちらがわのものに興味津々で。目を離せばどこに連れていかれるものやら、気を抜くこともできませんでした」

「も、もう大丈夫さ。分別のつかない子どもじゃないんだから、ちゃんと身のほどはわきまえているよ」

「だとよろしいのですが」

疑いのまなざしを向けられて、パトリックがたじたじとなる。こんな様子のパトリックには、めったにお目にかかれない。おれはにやつきそうになるのを苦労してこらえた。

そのときふとキャサリンがつぶやいた。

「そういえば……気にかかる噂なら、ひとつなくもないですが」

「どんな噂？」

「こちらの邸宅にまつわることではありませんよ」

「なんでもかまわないさ。ぜひ教えて！」

まるで大好きな骨に飛びついて、意地でも離そうとしない仔犬《こいぬ》である。

キャサリンも呆れたように息をつく。そしてふいに目許をひきしめると、

「じつはわたしが去年まで雇われていたお屋敷に、このところバン・シーらしきものがあらわれているそうで」

「本当に？　それはすごい！」

パトリックはたちまち黒い瞳をきらめかせた。

「泣き声を聴いたの？　それとも姿を視た？　言い伝えのように、たなびく髪と赫《あか》い眼をしているものなのかな？」

「坊ちゃん」

矢継ぎ早の問いを、キャサリンがさえぎった。まるで鞭が宙を裂くような、厳しい声音だった。パトリックは冷たい水を浴びせられたかのように、しゅんとうなだれる。

「ごめん……はしゃぎすぎたね」

「おわかりならけっこう」

バン・シーというと、たしかアイルランドの地に伝わる妖精《ようせい》の名ではなかったか。

詳しく知りたいところだったが、おれが割りこむのもはばかられて、ここは口を挟まずになりゆきを見守ることにする。

キャサリンは淡々と状況を語った。

「啜《すす》り泣《な》く声を耳にした者もいれば、屋敷の裏手の森にたたずむ姿を目にした者もいるそうです。それに怯えきった若い使用人が、つい先日ここまでたずねてきましてね。彼女はわたしがその手の感覚に鋭いことを知っているものですから、本当にバン・シーなのかどうか正体を見定めてくれないかというんです」

「承知したの？」

「いいえ。こちらの子どもたちの世話を放りだすわけにはいきませんからね。あちらの坊ちゃんがどうなさっているか気になるので、空でも飛べるものなら様子をうかがいに出向きたいところですが」

「あなたならそれもやってのけそうだけれど」

「よしてください。魔女の夜会でもあるまいし」

いとも心外そうに、キャサリンが口の端をまげる。

おれたちはひそかに視線をかわし、こみあげる笑いをなんとかごまかした。

パトリックはひとつ咳払《せきばら》いをすると、

「キャサリン。そういうことなら、あなたに代わってぼくたちが真相を調べに行くというのはどうかな？　幸いぼくらにはこれといった休暇の予定もないし、暇をもてあましているところだったんだ。そうだろう、オーランド？」

「え？　ああ……うん」

とんでもない提案に唖然《あぜん》としながらも、勢いに押されておもわず同意してしまう。

「そのお屋敷はここから遠いのかな？」

「さほどでもありませんね。汽車なら日帰りで充分往復できる距離ですから」

「よかった！　それなら明日にもでかけてみるよ」

「ですが……」

予想外のなりゆきに、さすがのキャサリンもとまどいを隠せないようだ。

「もしも怪異の正体が他のものなら、それならそれであなたも安心できるはずだ。なにかわかったら、すぐに報告すると約束するよ」

キャサリンは黙ったままパトリックをながめやる。かつての幼子《おさなご》から少年に、そして青年の門口にさしかかりつつある養い子の成長ぶりを、ひそやかに見極めるようなまなざしだった。やがて根負けしたように、キャサリンは深々と息をつく。

「たしかに相手がバン・シーでは、わたしにできることはなにもありませんからね。これまでもあの一族——オブライエン家の許には、たびたびバン・シーがあらわれたそうですから、言い伝えにまどわされているだけかもしれません」

「よほどの旧家のようだね。そのお屋敷にはどれくらいいたの？」

「先任のナースがなにかの事情でおつとめを辞してから、ご子息が六歳で家庭教師《ガヴァネス》を迎えるまでのつなぎという条件でしたから、ほんの一年半ほどですか」

「そのときになにか気になることはなかった？」

「さて。しばしばあちらがわのものの息遣いを感じはしましたが、いまの騒ぎと係わりがあるかどうかまでは。それよりもあのご一家はどこか……」

「どこか？」

「——いえ」

キャサリンは慎重に、言葉を選ぶように告げた。

「ただおふたりなら、あちらのご子息の力になれるかもしれません。あの子は坊ちゃんに似ているところがおありですから」

「ぼくに？」

首をかしげるパトリックの隣で、おれはぴんときた。

「ひょっとして、その子も視える性質なんですか？」

「ええ。ですからひょっとすると、誰にも打ち明けられずにひとりで心にかかえこんでいることがあるかもしれません」

「わかった。その子と話ができるように、なんとか考えてみるよ」

パトリックが請けあうと、キャサリンは心を決めたように席をたった。

「ではお渡ししておきたいものがありますので、こちらで待っていてください」

そう言い残すなり、くるりと踵《きびす》をかえして屋敷の奥に消える。数分して戻ってきた彼女は、手に若草色の小枝のようなものを持っていた。すかさずパトリックが反応する。

「悪霊除《よ》けの金枝《ヤドリギ》だね！」

「古い森の樫《かし》に宿っていたものです。おふたりともこれを身につけていらしてください。いざというときの護《まも》りになるかもしれませんから」

「ありがとう。キャサリンのくれた護りなら、怖いものなしだよ」

「どうか過信はなさらずに。恐るべきは、あの世から忍びよるものだけとはかぎりませんから」

炯々《けいけい》たる緑の眼光で、キャサリンはおごそかに告げた。

「どうぞお気をつけて――パディ坊ちゃん」

4

「本気でその館《やかた》に乗りこむつもりなのか？」

キャサリンに見送られて屋敷をあとにすると、おれたちはふたたび河を越え、緑豊かな私有庭園セント・スティーブンス・グリーンまで足をのばすことにした。

そろそろ正午も近いので、往来もいっそうにぎやかさを増している。

「もちろん本気だとも」

「せっかくの休暇に、わざわざこの世ならぬものの噂なんて追いかけまわさなくてもいいんじゃないか？　きみにとっては久々の帰省になるんだから、なおさらもっと有益なことに時間を割《さ》いたほうが――」

「だからこそだよ。こんな機会はめったにないから、ぼくはぜひとも怪異の真相をつきとめて、かけがえのないナースの懸念を晴らしてあげたいのさ。この殊勝《しゅしょう》な心がけを、きみはむしろ称賛してしかるべきではないかな？」

「彼女を口実にするなんて卑怯《ひきょう》だぞ」

清々《すがすが》しいほど空々しい動機は、まともに取りあう気にもなれない。

だがおれにすげなくされたくらいで、めげるパトリックではない。

「そもそもだね、ぼくのダブリンでのありのままの暮らしぶりを知るのが、きみのたっての望みだったはずではないかい？　雨の日も風の日も、北に怪異の噂あれば行って目を凝《こ》らし、南に怪異の噂あれば行って耳をすますのがぼくの生きざまさ」

もはやナースに対する気遣いなど、どこぞに吹き飛んでいる。

「わかった。わかったよ。つきあえばいいんだろう」

おれは観念してため息をついた。

「まったく。パディ坊ちゃんのわがままにはかなわないよな」

なにげなくこぼしたとたん、パトリックがたじろいだ。みるまに顔を赤らめて、

「そ、その愛称はよしてくれたまえ」

「どうして？　昔はそう呼ばれていたんだろう、パディ坊ちゃん？」

「……意地が悪いぞ、オーランド」

「きみほどではないさ」

「オルリー坊ちゃんと呼んでやる」

「どうぞご自由に」

おれは颯爽と外套の裾をひるがえし、恨みがましいパトリックの視線をかわした。これ はしばらくついて遊んでやれそうだ。内心ほくそ笑みながら、

「それで――そのバン・シーとやらの言い伝えについて、説明してくれるつもりはあるんだろうな？」

パトリックの怪異蒐集につきあうからには、相応の心がまえで臨みたい。なんといってもこちらはまだまだ初心者なのだし、妖しいものを撃退する特別な力を身につけているわけでもないのだ。

「おや。きみはバン・シーを知らなかったのかい？」

「詳しい素姓まではな。アイルランドに伝わる妖精なんだろう？」

「そう。そして旧家の一族に、来たる身内の死を告げるんだ」

「え？」

どきりとして足をとめ、ふりむくなり漆黒の双眸に視線をからめとられた。

「一族のある者の死が近づくと、闇《やみ》を斬《き》り裂《さ》くようなすさまじい叫び声や、世にも哀しげな啜り泣きでそのことを知らせるのさ。この世ならぬ嘆きの声は、故郷を遠く離れた一族の者の耳にまで届くそうだ。その姿は若くして死んだ一族の乙女をなぞり、経帷子《きょうかたびら》に長い髪をたなびかせ、泣きはらした眼は燃えさかる焔《ほのお》のように赫いという」

凍りついたままのおれを、パトリックが悠然と追い抜いてゆく。

「バン・シー《Bean Sidhe》とは、ゲール語で《女の妖精《bean sidhe》》を意味していてね。祖先がブリテン島から移り住んできたアングロ・アイリッシュではない、生粋のゲール系の名家にしか憑かないといわれている。だから同じくゲール系の一族が住むスコットランドやウェールズの一部にも、バン・シーにまつわるさまざまな伝承が残っているらしい。もっともその名の由来からして、女性の姿をしたあらゆる存在がひとまとめにバン・シーとみなされ、語られてきたのかもしれないけれど」

流れるように語ってみせたパトリックが、肩越しにこちらをうかがう。

「驚いたかい？」

「……まさか死を呼ぶ女妖精が相手だとはな」

すっかり道端《みちばた》に取り残されていたおれは、なんとか足を動かしてパトリックに並んだ。

「だからキャサリンは、バン・シーの出現に喜ぶきみをたしなめたのか」

「その一族に近々死者がでてほしいと、期待したわけではないのだけれどね」

パトリックはただ、めったにめぐりあえそうにない貴重な怪異の情報に、興奮していただけだろう。キャサリンもそれは承知しつつ、誤解を招きかねない軽率な態度を咎めたのかもしれない。

「…………」

「たしか彼女、きみの提案を呑むときにこぼしてたよな。もしも相手がバン・シーなら、自分にできることはなにもないだろうからって」

「そうだね」

おれはパトリックをうかがった。

「つまりひとたびバン・シーに死を予告されたら、誰であろうとその運命からは逃れられないってことなのか？」

「伝承ではそう語り継がれているね」

「きみはなんとかする方法もあると？」

「それができたら、この休暇もいくらか有意義なものになるかもしれないね」

「有意義……か」

「もちろんバン・シー以外のなにかのからんでいる怪異なら、それ相応の対処ができるかもしれないし、野生の獣や鳥がおどろおどろしい啼《な》き声《ごえ》をあげている可能性だって、なきにしもあらずだ。その種明かしはさすがに期待はずれだけれどね」

「たしかにそれはちょっとがっかりするかもな」

おれは苦笑しつつ、パトリックに同意した。屋敷の者ならむしろ安堵するだろうが、わざわざ他家の事情に首をつっこんだあげくにたどりつくのがその結末では、拍子抜《ひょうしぬ》けもはなはだしい。

「おれもかなりきみに毒されてきたようだ」

「そこは薫陶を受けたと称しておきたまえよ」

怪異がからめば、どこまでも前向きなパトリックである。

その熱意にひきずられるのも、いまのおれには心地好《ここちよ》くすらある。

もしもおれたちが持てる力をつくし、この世の誰かを迫りくる死の定めから救いだせたとしたら、それはおれの魂になにかをもたらすことになるのだろうか。

ふいに浮かんだその問いは、雪道の足跡のように沈みこみ、昏《くら》くぬかるんで、しんしんと胸の底にとどまり続けた。

母の人生が永遠に凍りついた今年の夏。

突然の事故で彼女が逝ったあの日に、おれがなにかひとつでも異なる行動を選んでいたら、その死は避けられたのかもしれなかった。

そんな世迷《よま》いごとに片足を盗られたまま、いつしかこの世では救い主の生誕をことほぐ季節すらすぎゆこうとしている。

第2章

1

翌日の朝。

おれは張りきるパトリックに急《せ》かされながら、アルスター方面へ向かう汽車に乗りこんだ。もちろん影のない大鴉も同行している。

めざすオブライエン家の《金雀枝館《エニシダ》》は、ダブリンから海岸沿いを北に十マイルほどの町――マラハイドの近郊にあるという。

「マラハイドまでは一時間そこそこだから、昼食はあちらに到着してからだね」

コンパートメントに腰をおちつけると、パトリックは持参したバスケットをぽんぽんと叩いた。今日はダブリンの外まで足をのばすので、ブレナン家の料理人にそれぞれ軽食を詰めてもらったのだ。

寝惚《ねぼ》けまなこの機関車が、欠伸《あくび》のような蒸気を吐きだしている。

やがてのっそりと動き始めた列車は、石造りの立派な駅舎を抜け、煤にまみれた市街地を抜けて、くすんだ緑の連なる丘陵を誇らしげに走りだした。

襟巻きと手袋をとりながら、おれはたずねた。

「マラハイドには古い城があるんだって？」

「十二世紀の末に建てられた、アイルランド有数の古城だよ。駅から十分ほど歩いたところには、美しい砂浜も広がっていてね。休日に小旅行気分を味わいにくるダブリン市民も多いそうだ。もしもバン・シーの件があっさりかたづいたら、ぼくたちもついでに楽しんでいこう」

おれは苦笑した。

「まさか名所めぐりのほうが二の次とはな」

「バン・シーの憑いている旧家だって、魅力ではひけをとらないさ。なんといってもあのキャサリンが、屋敷に息づくあちらがわのものを感じていたのだから、それだけでもたずねてみる価値は充分にあるよ」

たしかにキャサリンは、屋敷にまとわりつくものの気配を認めていた。それがまさしく死を告げる女妖精だったとしたら、普段はなにを訴えかけるでもなく、鳴りをひそめているということなのだろうか。

「なあ。どの旧家に憑いたバン・シーも、一族の者が死ぬとき以外はおとなしくしているものなのか？」

「ぼくの知るかぎりではそうらしい」

「死を告げるときの様子は？　たしか赫い瞳に、たなびく髪に……」

「身にまとうのは純白の死装束だったり、緑の衣に灰の外套を羽織《はお》っていたり、樹《き》のそばにうずくまって、紗《しゃ》で顔を隠していたりするともいうかな」

「その顔は、かつて早逝した一族の娘のものなんだよな？」

「アイルランドではそのような言い伝えが多いね」

「それって、いわゆる幽霊とは違うものなのか？」

いまさらながら、そんな単純な疑問を投げかけてみる。

「そうした魂が、核になっていることはあるかもしれない」

パトリックは考えを整理するように、ひとことずつ語ってみせた。

「ただあちこちに類似の伝承が残っているのは、決まった姿があるわけではないあちらがわのものをそのように脳裡《のうり》に映しだす感性が、ぼくたちの魂に遺伝のように刷りこまれているからではないかな」

「……魂に？」

「あのね、早逝した乙女というのは、つまるところ他家から嫁《とつ》いできた女性ではないわけだろう？　ゲール系の……特にアイルランド各地の氏族《クラン》同士が激しく争っていたような時代から名を馳《は》せていた旧家では、親兄弟と夫が殺しあうなんていう状況も、決してめずらしくはなかったはずだから……」

おれはパトリックの云わんとしていることを理解した。

「未婚のまま他界した娘は、生まれ育った一族に対する愛着がそれだけ濁《にご》りなく、純粋なものとみなせるわけか」

パトリックはうなずいた。

「おまけに若い身空でこの世を去ったとなれば、未練も人一倍だろう。権力と結びついた一族の繁栄を、ひたすら渇望するだけの男たちとは違う。一族に連なる者たちの命そのものを慈しみ、健《すこ》やかであれと祈るような……そんな護りを象徴するものとして、ぼくたちはその姿をバン・シーに与えているのかもしれないね」

興味深い仮説に、おれはいつしか惹《ひ》きつけられていた。

「たしかに古い家柄に憑く妖精なら、年老いた姿でもよさそうなものだよな」

すると向かいあう座席から、パトリックが嬉々《きき》として身を乗りだした。

「それは注目に値する着眼点だよ。実際スコットランドの高地地方では、醜《みにく》い妖婆《ようば》の姿として語り継がれているんだ。そちらは亜種というべきかベン・ニーア《Ben Nighe》――《水辺の濯《すす》ぎ女》とか《悲しみの洗い手》とも呼ばれていてね」

「濯ぎ？　なにか洗うのか？」

「これから死ぬ者の死装束や、瀕死の戦士の血染めの鎧《よろい》を、川の浅瀬で泣きながら洗っているそうだよ」

おれはたじろいだ。

「……それはぞっとしない光景だな」

「勇気をだして彼女をつかまえれば、親切に死者の名を教えてくれるともいうね」

「……それも想像したくない状況だ」

たまらず頬をひきつらせると、パトリックはくすりと笑った。

「まあ、彼の地には彼の地に特有の風土や文化があって、それがあちらがわのもののとらえかたに影響を及ぼしているのかもしれないし、そもそもひとくくりにバン・シーと呼ぶべきものではないのかもしれない」

パトリックはゆるりと車窓に目を向けた。

「ともあれ親族の死の予感に怯え、嘆き、憤る魂の咆哮《ほうこう》があちらがわのなにかを呼びこんで、ひとつの力ある存在になったものではないか……というのはあくまでぼくの私見だけれどね。各地の氏族が勢力争いに明け暮れていたような時代は、一族の男たちがこぞって戦にかりだされたのだろうし、もしも負ければ敵に領地を奪われて、女子どもまでも皆殺しか、奴隷にされることもまれではなかっただろう。バン・シーとは、そんな悲惨な行く末を予期した女性たちの、嘆きの結晶ともいえるのかもしれない」

自分の未来がかかっているとなれば、切実さもひとしおだろうか。

そして追いつめられた魂が、ときに常識では考えられないものを生みだすことを、おれはすでに知っている。

「いずれにせよ一筋縄ではいかない相手だよ」

だからこそパトリックは、その手強《てごわ》い相手の正体をつかんでやりたいのだろうか。

夢みるようなささやきが耳に忍びこみ、伝染か共鳴か、かすかな不穏さをまとった高揚《こうよう》が、じわりとおれの身の内にも広がった。


マラハイドの町に降りたつと、潮の香りが鼻をくすぐった。

駅舎の正面には尖塔《せんとう》のそびえる教会があり、肩越しにダブリン方面をふりむけば、無骨な矢狭間《やざま》の刻まれた円塔が遠くに並んでいるさまがうかがえた。

「あれがマラハイド城か」

「城の所有者はトールボット家。祖はノルマン系で、ヘンリー二世に従って十二世紀初頭にこちらに渡ってきてから、いまでも子孫が住み続けているそうだよ」

「トールボット……どこかで聴いたことあるな」

「シェイクスピアの戯曲かなにかでは？」

「ああ！　そういえば『ヘンリー六世』でオルレアンの乙女《ジャンヌ・ダルク》と戦ったあの猛将が、たしかトールボット卿《きょう》とかいったか」

戯曲ならではの劇的な演出かもしれないが、味方の内輪もめのために援軍が遅れ、初陣で討ち死にすることになった息子を腕にかかえたまま、みずからも息絶えるという悲壮な最期が印象に残っている。

「ちょっと興味が湧《わ》いてきたな」

そうつぶやくと、パトリックがふりむいた。

「もしも城を案内してもらいたいのなら、案外きみの家名を告げてやれば歓迎されるかもしれないよ」

「レディントンの爵位をちらつかせろっていうのか？　それだけは御免だ」

「わかっているよ。ほんの冗談さ」

パトリックはあっさりひきさがった。傍若無人《ぼうじゃくぶじん》なところのある彼だが、おれが本当に嫌がることを強いたりはしないのだ。

「それよりも問題はオブライエン家のほうだろう」

おれはパトリックに水を向けた。

「裏玄関からたずねて、キャサリンに協力を求めた使用人を呼びだしてもらうところまではいい。そのあとはどうやって一粒種のご子息とやらと接触するつもりだ？　ナースの名をだしたところで、おれたちはわけのわからない他所者《よそもの》だ。そうやすやすと取り次いでもらえるとは思えないぞ？」

キャサリンによれば、オブライエン家の子どもは七歳になる跡継ぎの息子がひとりきりだという。なおさら警戒されてもしかたがない。

「それはこれから考える」

「でたとこ勝負か。不安だな」

「きっとなんとかなるさ。ともかくまずは辻《つじ》馬車をつかまえよう」

楽観的に決めてのけ、パトリックは意気揚々と歩きだす。

「ほら。きみも急いで！」

「はいはい」

広々とした目抜き通りには、硝子《ガラス》窓をそなえた小売店やパブが並んでいた。点々と目につく新しい邸宅は、端整で瀟洒《しょうしゃ》なジョージアン様式である。つまりその時代に気軽な観光地としてのマラハイドが人気を呼び始め、ダブリンの富裕層がこぞって別邸をかまえるようになったということらしい。

こぢんまりとしながらも、活気のある街並みだ。暖かな行楽の時季には及ばないだろうが、それでも街道はゆきかう馬車や人々でにぎわっている。駅前の辻馬車は出払っているようだったので、沿道をぶらつきながら客待ちの空き馬車を拾うことにする。

「あの積み荷は塩だね」

駅のほうに向かう荷馬車を見遣り、パトリックが説明する。

「製塩は昔からマラハイドの主な産業だそうだよ。いまでは鉄道のおかげで、その輸送もずいぶん楽になったのだろうね」

「この路線が敷かれたのは？」

「たしか四四年だったかな」

「飢饉の直前か」

「ちょうどアイルランドの全域に、続々と鉄道網が張りめぐらされていた時期だからね。このレンスター地方はいくらかましだったはずだけれど、大勢の移民が鉄道で大きな港をめざすこともあったかもしれない。同時にその列車で、大量の小麦や家畜が帝国本土に運びだされていくことも」

おれはひっかかりをおぼえた。

「小麦や家畜だって？　それなら食べるものは他にもあったのか？」

「疫病にやられたのは、あくまでじゃがいもだけだからね。そのじゃがいもを、ほとんどの農民たちが主食にしていたことが問題だったんだ。そして連年の不作で種芋すら食べつくした彼らに、もはや他の食糧を手にするお金なんてなかったのさ」

おれはとまどいながら、

「でも……だけどそういうときは、なにかしら救済策が施行《しこう》されるものじゃないか？　港を封鎖して食料を確保するとか、当座しのぎでもそれを配給してやるとか。まさか政府は無策のまま手をこまねいていたわけじゃないんだろう？　そんなわけが――」

「あるのさ。むしろ積極的に飢餓に追いやったくらいだ」

「なんでだよ」

パトリックを責めてもしかたがない。そう理解してはいても、あまりの非道に声を強めずにはいられない。

「アイルランドの土地の多くを占有するアングロ・アイリッシュ――おおむね本土在住の不在地主たちが、そろいもそろって地代収入が減るのを嫌がって、食料の輸出禁止に反対したからさ」

「自分の土地の農民が死にかけているのにか？　そんな血も涙もない奴らの要求に、政府が従ってやる義理なんててないだろう」

「政府とは、どこの政府のことだい？」

「あ……」

アイルランド情勢には疎《うと》いおれにも、ようやくその悲惨をもたらしたおぞましいからくりが読めてきたのだ。

「そう。一八〇一年の合同法によって自治政府がなくなってからのアイルランドは、帝国の植民地にすぎない。おかげで諷刺画《ふうし》に描かれるアイルランド人は、いつだって無知迷妄で、飲んだくれで、暴力的な怠け者ばかりだ。そんな野蛮人に、施しなんていう甘やかしは必要ない。それが善良で賢明なる帝国臣民の総意でもあったのさ」

「そんな……」

絶句するおれから、パトリックはついと視線をそらす。

「それがアイルランドの現実だよ。二〇年代には、伝説的な政治家ダニエル・オコンネルの活躍もあって、カトリック教徒のさまざまな権利も回復されてきたけれど、独立をめざす気運は年々高まっている。つい今年もダブリンで大規模な蜂起《ほうき》が――」

パトリックが急に声を途絶えさせた。どうしたのかと目をやると、肩のロビンがしきりとなにかを訴えている様子だ。その声ならぬ声に意識をかたむけたパトリックが、

「どうやらキャサリンの匂いがするらしい」

「え？　まさか彼女もこの町に来ているのか？」

「いや。おそらくかつて彼女と近しく接していた誰かに、その標《しるし》が残っているんだ」

「それってつまり……」

「そばに金雀枝館の住人がいるのかもしれない」

おれは反射的に顔をあげ、往来に視線をめぐらせた。

砂埃《すなぼこり》をたててすれ違う荷馬車。路肩に停《と》められた四輪馬車。

新聞を小脇《こわき》にステッキをつく紳士。せっせと荷車を押すたくましい青年。

雑貨店の店先で店主と話しこんでいる婦人。そのそばで手持ちぶさたな風情の少年。

六、七歳くらいの、上等な身なりをしたその黒髪の男の子が、ふいにこちらを向いた。

無遠慮な視線を悟られたかと、一瞬どきりとする。だが少年のまなざしは、おれたちからややずれていた。そこにはただ灰色の空が広がるばかり……ではなく、影のない大鴉がふわりふわりと浮遊している。

パトリックがつぶやいた。

「あの子、兄さんが視えているんだ」

「じゃあ、ひょっとしてあれがオブライエン家の？」

目的の坊ちゃんは、パトリックに似てあちらがわのものに敏感な性質だったはずだ。背格好の印象も、ちょうどナースの手が離れた少年のものである。

「きっとそうだ。キャサリンがしばらく世話をしていた子なら、その護りがついていてもおかしくないよ」

そんなことをささやきあっていると、ロビンに興味を惹かれたらしい少年が、とたたたとこちらにかけてきた。

「あ」

「まずいぞ」

店先の歩道から、少年が斜めに街道を渡ろうとしている。その方向に、一台の荷馬車が近づきつつあった。路肩に停められた馬車にさえぎられ、少年の姿は馭者《ぎょしゃ》の死角になっている。もちろんまっしぐらにこちらをめざす少年は、その状況に気がついていない。積み荷のない荷馬車は、かなりの速さで飛ばしていた。

みるまに迫る蹄《ひづめ》と車輪の音が、おれの足をすくませる。

「だめだ……」

嘶《いなな》きをあげて棹《さお》だちになる馬。

母を撥《は》ね飛ばした黒塗りの客車。

路肩の瓦斯燈《ガスとう》に激突し、砕ける車軸。

この目でまのあたりにしたはずのない、あの事故の光景が閃光《せんこう》のように脳裡にまたたいて、たちまち息ができなくなる。

「そこのきみ！」

パトリックが片手をふりまわしながら、けんめいに危険を知らせている。

「とまれ！　とまるんだ！　危ないから、こっちに来ちゃだめだ！」

だがその叫び声も、少年の耳には届いていない。

次の瞬間、おれはバスケットを捨てて地面を蹴っていた。

まにあうか。まにあわないか。考えている余裕はなかった。

ただひたすらに足を動かし、白い息を弾ませる少年のもとをめざす。

そして——ついに少年に飛びつくなり華奢な身体を横ざまに攫《さら》い、両腕にかかえこんだ勢いのまま肩から地面に転がって、蹄の行く手から逃れた。

「つ！」

とっさに車輪に背を向けたおれの耳許《みみもと》を、轟音《ごうおん》が地を揺らして駆け抜けてゆく。

しびれる鼓膜にどこからか、身を裂くような女性の悲鳴が木霊していた。

あれはいったい誰の悲鳴だろう。よもやあの夏の夜に刻みこまれた残響が、ようやくおれの許までたどりついて……。

「オーランド!?　大丈夫かい？　オーランド！」

そう呼びかける声で、おれは耳鳴りの底からひきずりだされた。泡《あわ》を喰ったパトリックがかけつける足音とともに、一気にざわめきが流れこんでくる。

おれはようやく腕をゆるめて、少年の顔をのぞきこんだ。身をかたくした少年は、ただ呆然と瞳をまたたかせている。

「……やあ」

「……こんにちは」

おれは気の抜けた笑いを洩らした。この状況でなにから話したものか、とまどっているのはおたがいさまらしい。

「礼儀正しいんだな」

「どんなときも、あいさつはちゃんとしなきゃだめだって」

「それはキャサリンの教えかい？」

「キャサリンを知ってるの？」

「あ……いや。なんでもない」

うっかりキャサリンの名を洩らしてしまったが、この状況で彼女の話題を持ちだすのはいかにも不自然だった。まともな説明ができずに困るのは、こちらのほうである。

それはともかくとして、やはりこの少年はオブライエン家の子息だったらしい。

「どこか痛いところはあるか？」

少年は首を横にふり、おれはほっとして手を放した。

「よかった。ならどこにも怪我《けが》はないって、早く伝えてやらないとな」

そして沿道のほうに注意をうながしてやると、

「母さま！」

少年は声をあげるなり、一目散にかけだしていった。

店先では、蒼白《そうはく》になった婦人が馭者らしい男に支えられている。あまりに衝撃的な光景をまのあたりにしたためか、気絶せずにいるのがやっとという様子だ。あの悲鳴もきっと彼女のものだったのだろう。

「坊や！」

彼女はくずおれるようにひざまずき、飛びついてきた少年を受けとめる。

「急に路を横切ろうとするなんて。なんて馬鹿なまねをするの。あなたは母さまの心臓をとめるつもりなの？」

なじるように叱りつける声は、だが安堵の涙にまみれていた。淡い曇天《どんてん》のような色あいのドレスは、半喪服だろうか。その裾が汚れるのもかまわず、彼女はひたすら息子を腕にだきしめる。

それをぼんやりみつめていると、

「こっちの心臓もとまるところだったよ」

頭上からパトリックの声が降ってきた。地べたに座りこんだままのおれを、呆れるような、咎めるような目つきでながめおろしている。

「まったく、無茶をしてくれるものだね」

「悪い。とっさに身体が動いていたんだ」

おれは首をすくめた。もしも少年の救出に失敗していたら、みずから事故に巻きこまれる結果になっていたかもしれない。あのときはおちついて考える余裕もなかったが、見ているほうは気が気ではなかっただろう。

「ぼくはまた、てっきりきみが身を投げだすつもりかと……」

独《ひと》り言《ごと》のようなつぶやきが、片耳をかすめて湿った空に流れ去る。

「いまなんて？」

「なんでもないよ」

パトリックは肩をすくめ、はぐらかしただけだった。

「それよりきみ、さっきはずいぶんな勢いで倒れこんでいたけれど、どこか痛めてはいないのかい？」

「ああ……打ち身と、擦り傷が少々ってところかな。たいしたことないさ」

「それはなによりだ」

ようやく目許をやわらげ、パトリックが手をさしのべる。

おれは遠慮なくその手につかまった。

「兄さんがきみにすまないって」

「ロビンのせいじゃないさ」

そのロビンはというと、いまは姿を視えなくしているらしい。おそらくは少年の目を気にして、それに自分がひどい事故のきっかけとなりかけたことが、いたたまれなくもあるのかもしれない。

さすがにぐらつく頭をひとふりして、おれは歩道へ向かう。すると両手にバスケットを提げ、あとに続いたパトリックが、我慢ならないように噴きだした。

「まるで乱闘で大活躍したみたいな格好だね」

「うわ。本当だ」

視線をおとせば、あちこちが土埃にまみれてひどいありさまだった。もしも道がぬかるんでいたら、とても往来を歩ける身なりではなくなっていただろう。

おれは外套を脱いで、ぱたぱたとはたいた。舞いあがった塵《ちり》を吸って、ひとしきり咳《せ》きこんでいると、やがて少年の母親がかけつけてきた。

「あなたが息子を救ってくださったかたね？」

どこか窶《やつ》れた風情ではあるものの、三十路《みそじ》に手が届くかどうかという、まだ若い母親だった。幅広のリボンで首に結んだボンネットからのぞく髪も瞳も、黒く艶やかなさまは息子とそっくりだ。上品でおだやかな顔つきもよく似ている。

「あなたがいてくださらなかったら、いまごろあの子は、あの子は……」

泣きはらした瞳にふたたび涙が盛りあがり、みるまにあふれてこぼれだす。

おれはうろたえ、しどろもどろになった。

「あ……いえ、こちらこそすみません。もっと早くに気がついてあげられたらよかったんですが……」

「そんな。どうか謝ったりなさらないで。あなたは息子の命の恩人ですわ」

「ただのめぐりあわせですから、どうかお気になさらず」

「そんなわけにはまいりません。ぜひともお礼をさせてくださらないと。おふたりはマラハイドにお住まい？　それとも観光でいらしたのかしら？」

「ダブリンからの観光です」

すかさずしゃしゃりでたのはパトリックである。

「ぼくのかつてのナースが、昨年までマラハイド近郊のお屋敷で働いていたそうなんです。それで興味が湧いたものですから」

「去年まで？」

「はい。彼女はキャサリン——キャサリン・コステロといいます。ひょっとして面識がお
ありですか？」

「まあ。なんてこと！」

彼女は口許に手をあてた。

「信じられないわ。彼女はうちで雇っていたナースよ」

「本当ですか？　するとあなたがオブライエン家の——」

「当主の妻のフィオナです。キャサリンには一年半ほど息子の世話をしてもらったの」

「それは奇遇ですね！　まさかこのようなかたちでお会いすることになるとは」

「しかもおふたりに息子を救っていただけたなんて、まさに神さまのお導きね」

「まったくもってそのとおりです」

パトリックがもっともらしく十字をきる。

あまりのしらじらしさに、おれは眩暈《めまい》がしてきた。

「そうとわかれば、なおさら我が家でおもてなしをさせていただきたいわ。あなたがたに決まった予定がなければですけれど」

「ちっともありません」

「よかった」

フィオナは濡れた瞳に笑みを浮かべた。長い睫毛《まつげ》に涙の粒がきらめいている。

「あいにくと屋敷は町からいくらか離れていますが、お帰りも駅までうちの馬車で送らせますから、どうか心配なさらないで」

おれはたまらず口を挟んだ。

「ですが急にお邪魔しては、ご迷惑になりませんか？」

こちらにとって願ってもない展開なのはたしかだが、目的を遂げるために相手の厚意につけこんでいるようで、なんとも気が咎める。

「とんでもない。お客さまをお招きする機会などめったにないので、息子もきっと喜びますわ。そうよね？」

フィオナ夫人がかたわらに目をやると、そこにはあの少年が、母親の裾に隠れるように顔をのぞかせている。おれと視線をあわせるなり、彼ははにかむようにほほえんだ。

続いてパトリックをうかがうと、こちらも全身全霊で承知しろと訴えている。

「……では息子さんの遊び相手ということなら」

「ありがとう。どうぞくつろいでいらしてね。内気なところはあるけれど、うちのパディはとても優しい子なの。おふたりにお友だちになっていただけたら嬉しいわ」

「うちの？」

「パディ？」

おれたちはそろって素《す》っ頓狂《とんきょう》な声をあげる。

フィオナ夫人はけげんそうに小首をかしげた。

「ええ。ありふれた名ですけれど、この子はパトリックというの。愛称のパディで呼んでやってくださるかしら？」

2

《金雀枝館》はマラハイドから延々と西に遠ざかった果てにあった。

町の家並みはすっかり絶え、うねる丘に点在する集落をいくつか越え、昏い林の小道を抜けた先に、その屋敷はたたずんでいた。

まだらに黒ずんだ石積みの外壁は、もはや古い城館の趣きだ。戦乱の世には、一族の砦《とりで》となったことも一度ならずあるのかもしれない。

「いかにもなにか棲んでいそうな雰囲気だな」

馬車から降りたおれは、堅牢《けんろう》な壁をあおぎながらつぶやいた。

同じく館をうかがっているパトリックに、

「なにか感じるか？」

「まだわからないな。でも兄さんが反応している」

おれは片眉をあげた。

「さっそくか」

「幸先《さいさき》がいいね」

「……ごもっとも」

ひそひそとささやきあい、オブライエン母子に続く。

そんなおれたちが怖気づいていると受け取ったのか、

「内装は新しいので、外観ほど住みにくくはないのだけれど」

そう断りつつうながされた玄関ホールは、底冷えのしそうな剝《む》きだしの石壁こそさすがの雰囲気だったが、奥に続く通路のダマスク織の壁布や、そろいの柄の絨毯《じゅうたん》が敷きつめられた階段など、洒落た摂政《リージェンシー》様式も見受けられて、たしかにすごしやすそうである。

出迎えたのはどうやら家政婦《ハウスキーパー》らしい、ふくよかでおちついた物腰の使用人だった。

フィオナ夫人が事情を説明するのを待ちつつ、さりげなく館内に目を走らせたおれは、いたるところに赤い実をつけた柊《ひいらぎ》と蔦《つた》が飾りつけられているのに気がついた。

「まさに《柊と蔦はともに生い茂り》だな」

ついなじみ深い讃美歌《さんびか》をくちずさむと、パトリックがふりむいた。

「キリスト教における柊は、救世主の茨《いばら》の冠と血の滴とみなされているけれど、アイルランドでも古代から不死の象徴とされていたんだよ」

「ケルトの教えか？」

「うん。対となる蔦は女性に守護をもたらすものとして、そろって祭祀《さいし》にも使われていたらしい」

「異教の風習がこんなふうに生き永らえているとはな」

キリスト教にまつわるしかつめらしい儀式やら象徴やらも、古代の知恵から受け継いだものなのかもしれない。そう考えると、なんだか愉快な気分になってくる。

「パディ。リーガン先生をお呼びしてくれる？　今日は午後の授業を減らしていただけるよう、ご相談しておきたいから」

「はあい」

ぱたぱたとかけだすパディを見送りながら、おれはふふと笑った。

「パディがふたりもいると、呼びかけるときにまぎらわしいな」

「全然まぎらわしくないよ。あの子はパディ。ぼくはパトリックですっきりさっぱり解決じゃないか」

予想にたがわず、パトリックは頬を赤らめて言いかえしてくる。

「ブレナン夫人にも、昔はそんなふうに呼ばれていたのか?」

「大叔母さまは、ぼくを名まえですら呼ばなかったよ」

おれは襟巻きをほどく手をとめた。

「え？」

「おまえとか、坊やとか、そんな感じさ」

「なんで」

驚くあまり、つい無遠慮に訊きかえしてしまう。

「さあ。大叔母さまは跡取りとしてのぼくを必要としていただけで、ぼく自身には関心がなかったからじゃないかな」

「そんな馬鹿な……」

だがおれはその先を続けることができなかった。所在なく黙りこんでいると、

「それよりもきみ、肝心の目的を失念してはいないだろうね？」

目をすがめたパトリックが、ずいとこちらの顔をのぞきこんできた。

「ぼくは同じ名のよしみでパディの相手をするから、きみはフィオナ夫人からバン・シーにまつわる情報をひきだしてくれたまえ。女性を誑《たら》しこむのはお手のものだろう？」

「た……誑しこむとかやめろ！」

「おや。年上の淑女は好みではないのかい？」

「よせったら！」

たまらずつかみかかろうとするも、ひらりと身をかわされる。

「お行儀が悪いな」

「いったい誰のせいだと――」

「おふたりとも、奥にご案内してもかまわないかしら？」

我にかえれば、家政婦に指示をすませた夫人が、にこやかにこちらをうかがっている。

おれはすっかり赤面させられたものの、パトリックがいつもの調子でからかってみせたことに、ひそかに救われた心地になってもいたのだった。


レモンの風味を効かせた、スモークサーモンとディルのサンドイッチ。

レーズンと干しあんずをたっぷり詰めた、クリスマス定番のミンスパイ。

おれたちの持参したその軽食に、オブライエン家の焼きたてブラウン・スコーンととろりとしたマッシュルーム・スープを加えて、即席の室内ピクニックは始まった。

急な来客のために料理人をわずらわせては心苦しいし、せっかく持たせてもらった軽食を無駄にしたくもない。そんなおれたちが、この手軽な昼食会をみずから夫人に提案したのである。

暖炉のまえに敷布《しきふ》を広げ、バスケットからそれぞれが好みの品をつまむというくだけた形式は、いたくパディのお気に召したようだった。

館の横手に面したこの応接間は、壁布も明るく、調度も優雅に統一されていて居心地が好い。それでもここでの暮らしは、パディにはずいぶんと淋《さみ》しいものなのではないか。彼のはしゃぎようからも、おれはそう感じずにはいられなかった。

金雀枝館の住人は、オブライエン親子をのぞけば住みこみの使用人が少数いるのみだという。

家令兼馭者のサリヴァン氏と、その妻で家政婦兼料理人のサリヴァン夫人。

キャサリンと入れ替わりに雇われた、女家庭教師のリーガン女史。

残る雑務一般をこなすのが、ハウスメイドのブリジットとモイラ。

パディの身のまわりの世話は、かつてはキャサリンの補佐をしていたモイラが、ナースメイドを兼ねて担当しているらしい。まだ十六歳だという彼女こそが、キャサリンに相談を持ちかけた使用人だった。

館の規模からすると、その人数では手がまわらなそうだが、家長のキリアン氏はめったに帰宅せず、来客などもほとんどないため、おおむね用は足りるという。それでも使用人はそれぞれ職務に忙しく、身近に同年代の子どもがいないパディには、友人と呼べるような相手がひとりもないらしい。

見ればふたりのパトリックが、ひとつのバスケットに身を乗りだしている。どちらも小柄で黒髪の両者が、ほとんどふれるほどに頬を寄せあうさまは、まるで齢の離れた兄弟のようだ。

ほほえましくその様子を見守っていると、

「紅茶のおかわりはいかが？」

かたわらの安楽長椅子《ながいす》からフィオナ夫人に勧められた。

「いただきます」

「パディがこんなに楽しそうにしているのは、本当に久しぶりよ。あなたがたにはいくら感謝してもしきれないわ」

おれたちの素姓については、すでにおおよその説明をすませているため、彼女の口調には親しみがこもっている。とりわけ神学生という身分が信用につながったようで、おれはうしろめたさを押し隠しつつ、なけなしの社交技能に号令をかけた。

「こちらこそお近づきになれて光栄です。このような縁に恵まれて、パトリックにとってもきっと忘れがたい休暇になることでしょう」

「ご友人想いなのね」

「い、いえそれほどでも」

おれは咳きこみ、危うくカップの中身をこぼしそうになる。ひきつる頬をなんとかなだめていると、パトリックがうまくやれという視線をちらちら寄越してきた。

「あ……ええと、こちらはずいぶんと由緒あるお屋敷のようですが、一族の他のみなさんが逗留されるようなことはないのですか？」

「ええ。遠い親族の者はいるけれど、つきあいは絶えていて」

「するとその装いは……」

フィオナ夫人はおれの視線を追い、自分の姿に目を向けて、ようやくなにを指摘されたのか理解したようだった。

「これは……」

わずかにくちごもり、ためらいをふりきるように告げる。

「この半喪服は、兄のエイダンを悼んでのものなの」

「あなたの兄君ですか？」

「クリミアで戦死を」

「クリミア戦争というと……」

五三年から五六年にかけての戦争なので、六七年の暮れも押し迫る現在からかれこれ十年以上は経つことになる。兄妹《きょうだい》の死にふさわしいとされる喪の期間は、もちろんとうの昔にすぎていた。

そんなおれの疑問を感じとったのだろう、彼女は儚《はかな》げな微笑を浮かべた。

「そうね。あれからもう十三年も経ってしまったなんて、とても信じられないわ。遺体もバラクラヴァに埋葬されたものだから、なかなかけじめをつける気になれなくて」

「では五四年の十月の戦いで？」

「まあ。お若いのによくご存じなのね」

「特派員の報告をまとめたものを、雑誌などで読んだことがあるんです。セヴァストポリの攻防戦に至るまでの激戦地として、特に印象に残っていたものですから」

「そのようね。わたくしは戦地からの手紙で戦況を知らされたわ。コレラの蔓延《まんえん》するブルガリアのヴァルナから、黒海を渡ってクリミア半島のエフパトリアに……そこから友軍のフランス兵と肩を並べて南へくだり、アリマ川で待ち受けるロシア軍を撃破してバラクラヴァに至るまで……」

手紙に綴《つづ》られた光景をひとつひとつたどるように、夫人はささやいた。

「キリアンや兄から手紙が届くたびに、どちらかの戦死か病死の知らせではないかと、息がとまりそうになったものだったわ」

「夫君も従軍なさったんですか？」

辛い記憶がよみがえったのか、彼女は目許をゆがめるようにうなずいた。

「先に志願したわたしの兄を追って、ふたりとも英国軍のアイルランド歩兵連隊に配属されたわ。彼らは……というよりわたくしたち四人は、昔からの幼なじみだったの」

「四人？」

「キリアンにも妹がひとりいたから」

そもそもは旧家同士の社交から始まったつきあいだったという。

キリアンとヘレンのオブライエン家。エイダンとフィオナのマクシェイン家。

偶然ながら兄妹それぞれの年齢も近く、まるで本当の四兄妹のように親しくなったそうだ。だが気になるのは、ヘレンの存在が過去形で語られたことである。

「もしやヘレン嬢は……」

ためらいがちに問いかけたとたん、彼女は両のまぶたを伏せた。黒い睫毛がかすかにふるえている。

「あの娘《こ》は……八年まえに急な病で亡くなったの。かけがえのないお友だちだったから、なおさら着飾りたい気分にもなれなくて」

「すみません。立ち入ったことをうかがって」

「いいのよ。義妹《いもうと》のことを身内以外のかたにお話しするのは久しぶりなものだから、なんだか胸が詰まってしまって」

おれはいたたまれず、あいまいにうなずいた。恵まれた暮らしぶりでありながら、夫人が薄幸そうな風情なのは、近しい相手を次々と亡くしてきたためかもしれない。彼女の半喪服はその布地だけでなく、クリノレットのふくらみもごく控《ひか》えめで地味なものだった。

夫人はつと窓に目を向けた。

「ヘレンは明るい娘だったけれど、幼いころから病がちで、自分には人並みの結婚は望めないだろうからと、代わりにわたくしの恋を熱心に応援してくれたの」

「では――」

「わたくしの初恋の相手はキリアンだったのよ」

淋しげな彼女の目許に、ほのかな笑みが刻まれる。

「やがて婚約したわたくしたちを、誰もが祝福してくれて。まるで奇跡のような輝かしい日々だった。それをあの戦争が、なにもかもだいなしにしてしまった。出征する兄たちをヘレンと見送ったあの日に、わたくしたちの青春は終わりを告げたの」

「跡継ぎのおふたりがあえて志願されたのは、旧家の伝統かなにかのためですか？」

フィオナ夫人は首を横にふった。

「兄が入隊を決めたのはお金のためよ。わたくしの実家はすっかり没落していて、守るべき土地も古い屋敷もとっくに手放した名ばかりの旧家にすぎなかったの。すでに両親は他界していたし、わたくしの婚約も決まって身軽になったものだから……」

当座の身をたてるためにも、軍隊生活はうってつけだったのか。

そういえば英国からクリミア戦争に派遣された兵士の三分の一は、アイルランド系カトリック教徒が占めていたはずだ。貧しさから従軍を決意した――そうするしか選択肢がなかったのだろう若者も大勢いたという。

だがこのオブライエン家は、そうした逼迫《ひっぱく》した状況にはなさそうだ。

そんなおれの疑問を汲みとったのか、

「オブライエン家も、長らく不遇の時代を耐え忍んできたのは同じ。資産を増やすことに成功したのは、義父の代になってからだそうよ。ちょうど時代が追い風にもなって、先祖の土地を買い戻して、館を再建して」

先代の当主は、不在地主のように小作人たちに理不尽を強いることもなく、地元の庶民にも慕われていたという。

「でもキリアンは、ひとつ年長だったわたくしの兄を慕っていたから」

「ではあなたの兄君だけを、戦地に向かわせるわけにはいかないと？」

「どんなにわたくしが懇願《こんがん》しても、決意をひるがえしてはくれなかった。しまいにはアイルランド氏族の勇敢さをイングランド兵にもみせつけてやると、ふたりで息巻いて。わたくしはこの金雀枝館で、ヘレンとひたすら兄たちの帰国を待つしかなかったの。そのうちに病に伏せていらしたお義父《とう》さまも他界なさって……。先祖の土地を守るために命を賭《と》して戦うのならまだしも、あんな戦争のために命を捨てるようなまねをするなんて！」

擦りきれた金属線がきしむように、彼女はかぼそい声を無念にふるわせる。

おれは気まずい沈黙をもてあまし、つとパトリックに目を向けた。

「彼の父君も、英国陸軍の軍医としてクリミア戦争に従軍されたそうです。戦場のどこかで、おふたりに出会う機会があったかもしれませんね」

「まあ……そうだったの」

おれは自分がどんなつもりでその事実を伝えたのか、はっきりと自覚していたわけではなかった。ただ彼らの選択がひとえに無意味で愚かなものだとみなされてしまうことに、抵抗を感じたのかもしれない。

「彼のお父さまはご健在なのかしら」

「他界されました。つい先日その報を受け取ったそうで」

「戦死なさったの？」

「いえ。赴任先のインドでマラリアに罹患したとか」

「そう……お気の毒に」

かすかなつぶやきは誰に向けられたものか。定まらない焦点が、そのまま彼女の失意の深さを物語っているようだった。誰かひとりを、なにかひとつの原因を責めたてることができたら、いっそ楽になれる。それができずにもがき苦しんでいる彼女に、あえて怒りの正当性を挫《くじ》くような口を利いてみせるとは、おれもたいがいおとなげない。

苦い後悔をかみしめつつ、冷めかけの紅茶をすすっていると、

「母さま！　お兄さんたちをぼくの部屋に案内してもいい？」

ふいに明るい声が飛んできた。立ちあがったパディの手は、パトリックの手とつながれている。もうすっかり打ち解けたようだ。気安くつきあえる相手が身近にあまりいないだけで、もともと人懐《ひとなつ》こい少年なのかもしれない。

「そうね。かまいませんよ」

母親らしいおだやかさで許可を与えると、彼女はおれたちに淡い苦笑を向ける。

「よろしければ息子のわがままにつきあっていただける？」

パトリックは待ってましたとばかりに請けあった。

「もちろんですとも」

「喜んで」

おれもそう続けて腰をあげた。部屋をあとにするパトリックたちを、さっそく追いかけようとしたところに、

「あの。ひとつお伝えしておきたいことが」

小声で呼びとめられてふりかえる。

「じつはあの子……ときおりおかしなことを口にするのだけれど、決して悪気があるわけではないの。だからどうか気になさらないで」

「おかしなこと？」

そう問いかえすと、彼女はためらいがちに打ち明けた。

「あの子には兄弟もいないし、ひとり遊びをすることが多かったせいか、空想癖が高じてしばしば夢と現実の区別がつかなくなるようなの。つまりその、なにかそこにいないものが存在するかのように、まるで友だちとやりとりをするかのようにふるまったりするのだけれど、それがときどき怖いくらいに真に迫っていて。わかるかしら?」

「とてもよくわかります」

おれは我知らず口許をゆるめていた。

「おれもパトリックも、子どものころは似たようなものでした。だからパディとはきっと好い友だちになれるはずですよ。保証します」


二階の角にある子ども部屋からは、館の裏手が一望できた。

荒れた草地の先には、葉の落ちた木々が、なだらかな丘に腕をからませあっている。

視界を埋める樹木の壁はまるで館を——館に住まう一族を、この土地に封じこめようとしているかのようだ。季節柄もあるのだろうが、聖カスバート校の鬱蒼《うっそう》とした雑木林にも増して息苦しい風景だった。丘の裾野《すその》に目を向ければ、汚れた枕《まくら》のようなかたまりが、草の陰からぽつぽつとのぞいている。

「あれは羊……いや、岩かな」

「お墓だよ！」

すかさず教えてくれたのは、窓辺によじのぼったパディである。

「お祖父さまとか、お祖父さまのお祖父さまとか、ずっと昔にこの家に住んでいた人たちも、みんなみいんなあの森のそばで眠っているんだって」

おれはたまらず片頬をひきつらせた。

「……それはなかなかの絶景だな」

「ぜっけい？」

「誰もが心動かされずにはいられないような、すばらしい景色ってことさ」

パディは嬉しそうにうなずいた。

「夏になれば、黄色い蝶々《ちょうちょう》の花がいっぱい咲いて、もっと絶景になるよ」

「蝶の花？　ああ、なるほど！　それで金雀枝館か」

金雀枝は春から夏にかけて、可憐《かれん》な蝶のような黄色い花を咲かせる。箒《ほうき》状の枝は実際に束《たば》ねて箒の材料にもされ、花をつけた枝が風にしなる光景は、あたかも蝶の群れがひらひらとまといついているかのようなのだ。ただの荒れ野とみなしていた草地には、どうやら館の名の由来となった金雀枝が一面に茂っているらしい。

「それでね、お花の蝶々には、他の蝶々も混ざっているんだよ」

「昆虫の蝶たちのことかい？」

「うん。紋黄蝶《もんきちょう》に、紋白蝶《もんしろちょう》に、揚羽蝶《あげはちょう》も。リーガン先生と図鑑で調べて、籠《かご》がいっぱいになるくらいにつかまえたんだ」

「それはすごいな」

「それとね、秋になると地面から飛びだしてくる蝶々もいるんだ。でもその蝶々はすぐお空に溶けちゃうから、一度もつかまえられたことはないの」

「空に溶ける蝶？」

さきほど金雀枝の花を蝶に喩《たと》えたように、また他のなにかを蝶になぞらえて語っているのだろうか？

おれが首をかしげていると、パトリックがかたわらの木馬に手をかけ、ゆらりゆらりと動かしながらみずからの見解を述べた。

「それは死者の魂かもしれないね」

「あ……そういうことか」

墓のそば近くを舞う蝶。それだけでもぴんときてしかるべきだった。

アイルランドを始め、洋の東西を越えたさまざまな地域で、死者は蝶の姿をまとってこの世に漂いでてくるといわれている。そして死者の魂というものは、この世とあの世の境がもっともあいまいになるサウィンの季節——晩秋にさまよいだすものだという。

パトリックがおだやかに続ける。

「子孫のきみが近くにいることを感じとって、元気に暮らしているか様子をうかがいにきたのではないかな」

「キャサリンもそう教えてくれた。だから怖がったり、めずらしがって追いかけまわしたりするものじゃないって。ぼくちっとも怖がったりしないよ。あ……いけない！」

パディはなぜか急にあわてふためき、両手のひらで口をふさいだ。

「どうかしたのか？」

おれがたずねると、パディはもごもごとささやいた。

「母さまが、そういうことばかり話していると、お友だちに嫌われてしまいますよって。でもぼくにはお友だちなんていないし……」

うしろめたさともどかしさのせめぎあう、心細げなくちぶりだった。

ふいにパトリックが身をかがめ、パディと視線をあわせる。

「きみのお母さまはすばらしい女性かもしれないが、どうやら男同士の友情というものをよくご存じではないようだな。真の友情とは、そうやって大声でふれまわったら叱られてしまうような秘密を、こっそりわかちあうことから始まるものなのだから。そうだろう、オーランド？」

「え？　うん……まあ、そんなところかな」

「だからまず手始めに、ぼくの兄さんを紹介しよう」

パトリックが宙に目をやると、ぽんとロビンが姿をあらわした。

「あ！　あのときのきれいな鴉！」

「兄さんもきみと友だちになりたいそうだから、きみさえよければこのお屋敷にしばらく滞在するのを許してあげてくれないかな？」

「いいの？」

パディはますます瞳をきらめかせる。

「お母さまや使用人のみんなに怪しまれないよう、注意できるかい？」

「うん。ちゃんと気をつけるよ。餌《えさ》はいる？」

「それは大丈夫。あの森でしばらくすごせば、元気になれるはずだからね。ああいう古い森は、あちらがわのものにとって居心地の好いものなんだ。なかには悪さをする奴もいるけれど、兄さんはそんなことないから安心していいよ」

「あちらがわのものって、ときどき視えたり視えなかったりするふしぎなものたちのことだよね？　キャサリンも裏の森にはひとりで近づかないようにって。ぼくみたいな子どもは連れていかれやすくて、戻ってこられなくなるかもしれないからって」

「そうだね。特にこういった歴史のある土地とか館には、なにかと力あるものが棲みつきがちだから。きみもふしぎな体験をしたことが多いようだね」

パトリックはおもむろにパディの顔をのぞきこみ、

「じつをいうと、ぼくはあちらがわのもののからんだふしぎなできごとに、とても興味があってね。さしつかえなければ、きみの貴重な体験談をぼくたちに披露してはくれないかな？　秋には墓地に蝶があらわれるなら……冬はどうだろう。この冬になってから、なにか変わったことはないかい？　お屋敷の誰かが噂していたことでもいいよ」

死の女妖精について語らせるべく、パトリックがそれとなく誘導している。

あらかじめロビンという飴《あめ》を与え、頼もしい理解者の顔で望みの情報を得ようとするとは、まさに悪魔的な手腕。ロビンを金雀枝館にとどまらせるのも、おそらく真の狙いは敵地に内偵を送りこむことだろう。

仁義にからめとられたパディが、ためらいをふりきるようにおれたちをみつめる。それは救いを求めてすがりつくようなまなざしでもあった。

「……夜になると、ときどき女の人の泣き声が聴こえるの」

おれは目をみはる。まさに求めていた情報だ。

パトリックがさらなる問いをかさねる。

「それはきみだけの体験かい？　それとも……」

「みんな聴いてるよ。母さまも、サリヴァン夫妻も、モイラたちも」

「リーガン女史は？」

「先生は……気のせいだから騒いじゃいけませんって」

「きみは泣き声を聴いただけ？」

キャサリンによれば、たしか姿も目撃されていたはずだ。

「声が聴こえるようになって何日かしてから、あの森の樹のかげにふわふわした白い寝巻きの女の人が視えたよ」

白い寝巻きとは死装束のことだろうか。

「なぜ遠くからでも女性だとわかったのかな？」

「ええとね、黒くて長い髪がなびいていたから」

それもまた伝承に残るバン・シーの姿だ。

「その姿に気がついたのは、窓の外から泣き声が聴こえたからかい？」

「ううん。その夜はあの窓から空を観察していたんだ。月の満ち欠けについて、リーガン先生に習ったばかりだったから」

パディの視線を追えば、寝台のすぐそばに森を望む窓があった。

「ぼくすぐに隣の部屋のモイラに教えたの。そうしたらモイラもびっくりして、急いで母さまに知らせることにしたんだ」

隣室との壁には扉がふたつ並んでいて、ひとつは手洗い、ひとつはナースメイドの私室に通じているため、廊下をまわらずとも行き来できるという。以前はその小部屋をキャサリンが使っていたようだ。

「それで母さまとブリジットが、ふたりで調べに行ったんだ。飛ばされた洗濯ものがぱたぱたしているだけかもしれないからって」

「でもただの布ではなかったんだね？」

パディはこくりとうなずいた。

「母さまたちが森に近づいていくと、哀しそうな泣き声が聴こえてきて、ランプで照らしてみたら、口も鼻もない真っ白な顔に、真っ赤なふたつの眼だけが、ぎらぎら光っていたんだって」

その人影は、ブリジットにはおぼろげな霧のようなものに視えたらしい。

「それを知ったモイラはすごく怖がって、やっぱりこのお屋敷にはバン・シーが憑いているに違いないって。でも詳しいことは教えてくれなくて、母さまに訊いてみたら怖い顔になって、そんなことはすぐにも忘れておしまいなさいって叱られちゃった。それであとからブリジットに何度もお願いして、こっそり教えてもらったの」

「彼女はなんて？」

パディは声をおとした。

「……ずっと昔からこの家に棲みついている妖精が、これから死ぬのが決まっている誰かのことを悲しんで泣いているのかもしれないって。でもただの古い言い伝えだから、信じちゃだめですよって注意された。お母さまは気の迷いでそんなものをごらんになっただけだからって」

「それからもバン・シーの泣き声は続いているんだね？」

「そう。待降節《アドベント》が始まったころからずっと」

「館の外から？　それとも内から？」

「ん……よくわからない。でも一度だけ、とても近くで声が聴こえたような気がして、目を覚ましたことがあったの。そうしたら──」

白い衣裳に身をつつみ、黒髪を腰まで流した若い女性が、泣きはらした瞳でたたずんでいたという。

「ぼく悲鳴をあげそうになったけど、頭まで毛布をかぶって我慢したんだよ」

そのままいつしか意識を手放し、朝になって目覚めたときには頰が濡れていたという。

鋭敏な子どもならではの感性で、バン・シーの哀しみに共鳴でもしたのだろうか。

そのときぽつりとパディがつぶやいた。

「ぼく……また妖精に連れていかれちゃうのかな」

「また？」

いったいどういうことかと、おれたちはとまどいの視線をかわす。

そして訥々《とつとつ》と明かされたいきさつは、なんとも不可思議なものだった。

「その日の課題は、どんぐりとか赤くなった葉っぱとか、秋の森のいろんな植物を図鑑と照らしあわせながら集めてくることだったんだ。それで森を歩きまわっていたら、だんだん眠くなってきて……」

いつのまにか妖精の棲み処に迷いこんでいたという。

「なんだかとってもふわふわした気分だった。白いドレスの女の妖精さんたちがあちこち散歩していて、歌ったり、知らない言葉をしゃべったりしていたよ。甘いお茶とか、おいしいお菓子もたくさんくれて、でもだんだん怖くなってきて……」

そのときの感覚がよみがえったのか、パディは不安げに首をすくめる。

「次に気がついたときは、森の奥の樹の根にもたれていたんだ。泥だらけのブリジットがぼくを揺さぶっていて、そのときにはもうすっかり陽が暮れかけていたんだよ。急にぼくがいなくなったから、みんなであちこち捜しまわっていたんだって」

「リーガン先生か誰かが、きみの課題に付き添ってはいなかったのかい？」

「ブリジットがついていてくれたけれど、ぼくがどんどん奥にかけていくから見失ってしまったんだって。でもぼくがみつかったのは、一度みんなでちゃんと捜したところだったんだよ。母さまはどこかの樹の洞で眠りこんで、ふしぎな夢をみたんだろうって。そんな洞なんてどこにもないのに」

パディは不服そうだが、たしかにこの件ばかりは、夢とみなすのが妥当な気もする。

パトリックをうかがえば、こちらも判断がつきかねるように考えこんでいた。

とまどいぎみの沈黙を、やがておちついた叩扉《こうひ》の音が破った。応《いら》えを待たずに姿をみせたのは、地味な紺地の服に金灰の髪をひっつめた女性だった。

ふりむいたパディが、あわてて腰をあげる。

「リーガン先生」

禁欲的な長身痩軀《そうく》の彼女は、厳粛なおももちで告げた。

「勉強部屋においでになる刻限をすぎておりますよ、坊ちゃん」

「ごめんなさい。……もうちょっとだけ、ここでお話ししていたらいけませんか？」

「ですが奥さまとお約束をなさったでしょう？　あまりおひきとめしては、お客さまにもご迷惑をおかけしますよ」

「……うん」

「うんではなく、はいとお応えなさいませ」

「は、はい」

しゅんとしたパディが、すがるようにこちらをふりかえる。

「またぼくと会ってくれる？」

「もちろんだとも。きみのお母さまのお許しさえいただけたら、明日にもまたうかがわせてもらうよ」

すかさず請けあうパトリックに、おれも続けた。

「せっかく友だちになれたんだから、これきりさよならなんて、そんなもったいないことはしないさ」

それは決してお愛想というわけではなかった。相手がこちらに心を許してくれているとわかるのは、素直に嬉しいものだ。

「ぼく母さまにたくさんお願いしてみるよ！」

先に勉強の用意をしているよう、女史にうながされたパディは、元気いっぱいに部屋を飛びだしていった。

「廊下を走ってはいけませんよ」

「はあい」

軽やかな足音はみるまに遠ざかり、女史は呆れたように息をつく。

「……失礼。ごあいさつがまだでしたわね。家庭教師のシネイド・リーガンです」

その慇懃《いんぎん》ぶりにかしこまりつつ、おれたちもそれぞれに名乗った。

「おふたりをお招きしたいきさつについては、奥さまからすでにうかがいました。身を挺《てい》して坊ちゃんをお守りくださったそうですね。わたくしも深く感謝しております」

「いえ。とっさに身体が動いただけのことですし、怪我もありませんでしたので」

だからあまり大袈裟に扱われるのは、どうにも居心地が悪い。

「それはよろしいことでした。もしもあなたが大怪我を負われていたら、坊ちゃんもさぞお気に病まれたでしょうから」

「ところでひとつうかがいたいことが」

一歩パトリックが踏みだした。

「なんでしょう」

「この金雀枝館では、死を告げる女妖精が出没しているそうですね。さすがは旧家らしい言い伝えだと感銘を受けたのですが、あなたはどのような見解をお持ちですか？」

リーガン女史はかすかに眉をひそめる。

「坊ちゃんからそのように？」

「噂を小耳に挟んだだけです」

パトリックが情報源をはぐらかすと、女史はそれ以上の追及はせずに嘆息した。

「……もちろんまともに取りあうようなものではありません。旧弊な迷信にとらわれて、いたずらに主家のみなさまを惑わせるふるまいには、感心いたしませんね」

使用人の言動にかこつけて、おれたちが教え子の心を乱さないよう釘《くぎ》をさしているのだろうか。とはいえ、それしきのあてこすりでひるむパトリックではない。

「それらしい嘆きの声を、幾人もが耳にしているとか」

「あれは獣の遠吠《とおぼ》えかなにかにすぎません」

「すると声そのものは、あなたも聴いたことがあるのですね？」

「ですから声ではなく――」

「ではその姿については？　死装束をまとった赫い眼の女を、こちらの奥さまも目撃されたそうですが、あなたは？」

　面と向かってたたみかけられ、リーガン女史はくちごもった。女主人の証言を持ちだされては、一笑に付すのもためらわれたのかもしれない。おちつきなく視線をさまよわせながら、

「先日……所要があってサリヴァン夫妻の私室をたずねたおり、裏の森に臨む窓から彼らがそれらしいものを目にとめたようでしたが……わたくしにはただ、森の奥で夜霧が流れたとしか……」

　その主張はこれまでとは打って変わって心許《こころもと》なげで、うしろめたそうでもある。ことによると怪異に対する彼女の本心は、家庭教師としてあるべき常識的な態度とは異なるところにあるのかもしれない。だがそんなぎこちなさも、すぐに取り澄ましたような女教師の顔に隠されてしまう。

「そろそろわたくしは勉強部屋にまいりませんと」

「おひきとめしてすみません」

　パトリックもおとなしくひきさがり、おれたちはひそかに肩をすくめあいながら、彼女

に続いて子ども部屋をあとにする。

そこにエプロン姿の若いメイドが、階段のほうから小走りでやってきた。

女史はちょうどよいとばかりに、

「モイラ。おふたりを一階までお連れしてもらえるかしら」

「はい。奥さまからそう頼まれてきたところです」

「そう。ではあとはよろしく」

わたくしはこれで——とかすかな会釈を残して、リーガン女史は背を向ける。

遠ざかるうしろ姿は端然としていて、足どりにもまるで隙はない。客人とも同僚とも、必要以上になれあうつもりはないのかもしれない。

対してモイラのほうはというと、すでに興味津々のまなざしでおれたちをながめまわしていた。白いキャップからくるくるとはみだした赤い巻き毛にまで、いまにも弾けんばかりの好奇心がみなぎっているかのようだ。

「あのあの！　おふたりはキャサリンのお知りあいなんですよね？　ひょっとしてマラハイドまでいらしたのって……」

「キャサリンは忙しいから、ぼくたちが代理で調べにきたんだ」

パトリックがそう認めるなり、

「やっぱり！」

感激をおさえきれないように、モイラは両手を組みあわせる。

「キャサリンならきっとなんとかしてくれるはずだって、あたし信じてたんです！」

「まずはきみをたずねて、詳しい事情を訊くつもりでいたんだ。それがマラハイドの町で偶然にもオーランドが――」

パトリックの視線を追い、モイラがおれににじりよる。

「予知能力をはたらかせて、坊ちゃんの身に危険が迫っているのを嗅《か》ぎとったんですよね？　さすがはキャサリンの育てた坊ちゃん！　おみごとです！」

おれは呆気にとられ、よろめくようにあとずさった。

パトリックがさもおかしそうにからかってくる。

「きみはいつのまにか魔女の眷族《けんぞく》にでもなっていたようだね」

「煽《あお》るなよ」

ため息まじりに頭をかきながら、おれはモイラに向きなおった。

「悪いけど、きみはいろいろと誤解しているよ。おれはキャサリンの世話になったことはないし、予知もなにも、あのときおれたちのいたところからは、パディが荷馬車の進路に向かっているのが見渡せたってだけだ」

「あれ？　そうだったんですか？」

それでもモイラは一瞬で当惑からたちなおり、

「でもでも、あなたのおかげでバン・シーの予告が避けられたことに変わりはありませんから、これで一安心ですね！」

「一安心？」

とっさには意味が呑みこめず、おれはぽかんとした。

「まさかきみ、おれがパディの死の運命を変えてのけたから、もう不慮の事故や病で急死する心配もないと思っているのか？」

するとモイラは意外そうに首をかしげた。

「だってそのまま事故に遭っていたら、坊ちゃんが亡くなっていてもおかしくなかったと奥さまもおっしゃっていましたよ？」

ではフィオナ夫人もまた、同様の安堵をおぼえているのだろうか。女妖精が予期していたのはオブライエン家の跡取り息子の死で、まさにそれが実現しかけていたところに、おれが救世主よろしくかけつけてみせたのだと。

「まいったな……」

そういう理由なら、おれたちに対する手放しのもてなしぶりも納得だ。おれはおのれの迂闊さを呪いたくなった。たまらずパトリックをふりむき、

「だけど予期された死を、こんなにあっけなくくつがえせるものなのか？」

「どうだろう」

パトリックは口許に手をあてて考えこんだ。

「そもそも怪異の正体も、予告されたのがパディの死なのかどうかすらも定かではないからね。けれどこれでもろもろの怪異がやんだら、きみの行為が決定的な影響をもたらした証明になるかもしれない」

「バン・シーなら鳴りをひそめるはずか？」

「しばらく様子をみたいところだけれど……」

モイラはすがるようにおれたちをうかがった。

「なら結果がわかるまでおつきあいいただけます？」

「もしも許されるのなら、ぜひそうさせてもらいたいな」

パトリックがうなずくと、モイラは自信たっぷりに請けあった。

「おふたりが望まれることを、奥さまがお断りになるはずがないですよ！」

だとしてもそれは、おれたちが息子の救世主だとみなしているからにすぎない。そうとわかったいまでは、もはや胃が痛くなるような心境だ。

モイラにうながされ、おれたちも階段に向かって歩きだした。

「ところでパディは、妖精の棲み処に連れ去られたこともあるそうだね」

パトリックがきりだしたとたん、モイラはぎくりとしたように足をもつれさせた。

「キャサリンはなにも知らないようだったけれど、その件については相談してみなかったのかい？」

「あれは……森で迷子になった坊ちゃんが、疲れて眠りこんだだけだろうってみんなも話してましたし、今回のバン・シー騒ぎと関係があるとも思えなかったので、あえて伝えるまでもないかなって……」

もごもごとした説明はどうにも弁解じみている。なにか隠していることがあるのではないか……と考えているとパトリックに脇腹をつつかれた。どうやらぼんやりしていないで加勢しろということらしい。

おれはなるべく親身な印象を与えるべく努力した。

「ええと……なにか気がかりなことがあれば、打ち明けてもらえないかな。誰にも知られたくないことなら、かならずきみの望みを優先すると約束するよ」

決して洩らさないと誓うことまではできなかったが、それでも約束のひとことに心動かされたのか、モイラは足をとめてふりむいた。

ぎこちなく顔をあげ、意を決したように息を吸いこむ。

「じつはあたし……いまこのお屋敷にいる坊ちゃんが、パディ坊ちゃんの姿をした妖精なんじゃないかって不安になることがあるんです」

「……え？　あの子が妖精？」

荒唐無《こうとうむ》稽《けい》な懸念に、おれはとまどうしかない。

だが隣のパトリックは、鋭いまなざしで問いかけた。

「取り替え子《チェンジリング》だね？」

「はい。坊ちゃんはあちらがわでの記憶がまだらに残っているみたいで、あれからたびたびぼんやりしては、裏の森のほうをみつめていらしたりするんです。それだけ印象深い夢だったのかもしれませんけど、あたしなんだか怖くて……」

「それならなおさら、キャサリンに相談してみたほうがよかったのではないかな」

「できません！　あたしはナースメイドなのに、もしも本当に坊ちゃんがあちらがわのものに乗っ取られていたなんてことになれば、キャサリンにも奥さまにもどう顔向けしたらいいか！」

それでも一族の死を告げるという女妖精があらわれるに及んで、目をそらし続けるわけにもいかなくなったということか。

読み書きが得意でないというモイラは、半月に一度の休日をじりじりと待って、キャサリンをたずねたらしい。キャサリンがバン・シーの真偽を見定めるべく金雀枝館にかけつけてくれれば、すべてを告白する心積もりもあったが、結局その機会を逸《いっ》したまま現在にいたるという。

「たしか森でパディとはぐれたのは、もうひとりのメイドの……」

「ブリジットですね。その日はあたしがお休みをいただいていて、リーガン先生も前日にお身内から急な電報を受け取ったとかで、朝からお留守にされていたんです。それでブリジットが坊ちゃんの課題に付き添うことになって。彼女はキャサリンが抜けたあとに雇われたばかりで、子どもの扱いにはそんなに慣れてないみたいですけど、それ以外ではすごく有能であたしも頼りにしてます」

「そのときの状況を、彼女はどう説明しているのかな？」

「それが……まるで目には視えない扉をくぐり抜けたかのように、一瞬で坊ちゃんの姿が消えてしまったって」

「一瞬で」

「あとになってこっそり教えてくれたんです」

真実を告白しても誰にも信じてもらえないどころか、自分の落ち度をごまかそうとしていると非難されるかもしれないので、黙っていたのだという。

「急に坊ちゃんがいなくなって、しばらくひとりで捜しまわっていたけど、そのときにはもうとっくにあちらがわの世界に姿を隠していたのかもしれないって。ブリジットは幽霊とか妖精とか、その手のものをまるで信じていなかったんですけど、そんなことがあってからはこの館ではなにがあってもおかしくないって怯えているみたいです。平気なふりをしてますけど、あたしにはわかります」

「奥さまはどう考えているのだろう？　樹の洞にでももぐりこんで、奇妙な夢をみていたにすぎないと、パディには諭《さと》されたそうだけれど」

「本心からそう納得なさっているのかどうかはわかりません。でもともかくも坊ちゃんはかすり傷ひとつなかったのだから、嫌なことはできるだけ早く忘れてしまいたい。そんな感じですね」

「それならブリジットがお咎めを受けることもなかった？」

「ええ。奥さまはお優しいかたなので、一度の失敗で使用人を追いだすようなことはなさいません。ちょうど旦那《だんな》さまもお留守でしたから、この件についてはみんなで口をつぐんでおくことにしたんです。もっとも坊ちゃんがしばらく行方をくらませたところで、旦那さまは気にもとめなかったかもしれませんけど」

おれはとっさにたずねずにいられなかった。

「なぜだい？　大切な跡取り息子だろう？」

モイラはきゅっとくちびるを結び、目を伏せた。

「旦那さまはパディ坊ちゃんをとても邪険に扱われるんです。まるでこの世のなにもかもを憎んでいるみたいに、浴びるようにお酒を飲んで、たしなめる奥さまにも手をあげられたりして……」

脳裡にフィオナ夫人の嘆きがよみがえる。彼女はなにもかもが戦争でだいなしになってしまったと語っていた。

「彼が荒れるようになったのは、戦地での体験がきっかけだろうか」

「そうなんです。なんでもクリミア半島のどこかでの戦いで、属していた中隊がほとんど全滅するようなひどい体験をされたそうで。顔にもめだつ傷を負われて、普段はこういう仮面で傷を隠しているくらいなんです」

モイラは片手のひらを持ちあげ、右の眼から額にかざしてみせた。

指と指のあいだからのぞく青灰の瞳に、はからずもどきりとさせられる。

「片眼《かため》を失ったのか」

「眼球そのものは無傷だったみたいです。でも砲弾の破片をいくつも受けて、額から頬にかけて深い火傷《やけど》を負われたそうで」

「気の毒だな」

「はい。旦那さまも気に病まれているのか、身のまわりのお世話は昔からお仕えしているミスター・サリヴァンにしか任せないんです」

「それならきみは、彼の素顔を目にしたことはないのかい」

「じつは一度だけあります」

モイラはふいに声をひそめた。

「旦那さまがお帰りになっているのを知らないで、寝室のリネンを替えようとしたことがあったんです。そうしたら仮面をはずした旦那さまが寝台で眠っていらして……肌が爛《ただ》れ崩れたような、本当にひどい火傷でした。あたしおもわずぞっとして、リネンをばらまいてしまったくらいで。たしかにあれでは気がふさいでも当然ですけど、だからといってご家族にまで当たり散らしていいってことにはならないと思うんです」

「まったくだね」

パトリックが憤然と同意する。

「腕力の劣《おと》る者に、それも自分の妻子に手をあげるなんて、屑《くず》のすることだ」

「そのとおりですよ！　だからあたし、もしもこの家のバン・シーが旦那さまの死を予告しているのなら、むしろ──」

モイラは我にかえった様子で口をつぐんだ。その死を歓迎しないでもない──とでも続けるつもりだったのか、あたふたと視線をさまよわせて、

「ち、ちがいます！　そういう意味じゃなくてですね。どうしても、どちらかを選ばなくちゃならないなら坊ちゃんよりも……じゃなかった。いまのは忘れてください！　こんなこと考えたら、おばあちゃんの幽霊に叱られちゃう」

「きみのおばあさんに？」

どういうことだろうかとおれが問うと、

「去年亡くなったあたしのおばあちゃんは、昔この金雀枝館で働いていたんです。だからフィオナ奥さまのこともよく知っていて、町でお会いした奥さまから退役された旦那さま

のご様子をうかがって、おいたわしいことだって同情してました。若いころのキリアンさまは、使用人の体調も気遣ってくださるような、思いやり深いかただったたって」

「きみはその縁でここに？」

「はい。もうすぐ二年になります。ちょっとさみしいところですけど、実家はマラハイドなのでなんとかやってますよ」

「それだけ続いているなら、ちゃんと働きぶりを評価されているんだろうな」

本心からそう告げると、モイラはたちまちはにかんだ。

「奥さまはよくあたしを褒めてくださいます。坊ちゃんもかわいいですし、あたしもこのまま長くおつとめができたらいいなって……あ！　取り替え子のことは、奥さまには絶対に内緒にしてくださいね」

おれたちはそろって約束した。ただでさえ心労にさいなまれているだろうに、なおさら苦しませるようなまねをするべきではないだろう。

階段をおりると、その夫人が待ち受けていた。

「パディがご迷惑をかけなかったかしら？」

「それどころか紳士的にもてなしてくれましたよ」

にこやかなパトリックに、彼女も口許をほころばせる。

「いましがたもあの子にねだられたばかりなの。すっかりおふたりになついてしまったようで、あなたがたをぜひまたお招きしてくださいなって。わたくしとしても、おふたりがこのまま当家に滞在してくだされば、パディにとってどんなにかすばらしい十二夜になるものかと想像していたところなの。お若いかたが長くすごすには退屈なところでしょうけれど、パディを町まで連れだしていただいてもかまわないわ。あの子のために、考えてみてはもらえないかしら？」

オブライエン家の平穏とはいいがたい実情を聞きかじったばかりなだけに、熱心な訴えがなおさら切実に聴こえる。とはいえ、いくらなんでもこのまま泊まりこむわけにはいかないだろう。招待を受けるにしても、一度はダブリンに戻ってブレナン夫人の許可を取りつけなければ。

当然パトリックもそう考えているものと思いきや、

「光栄なお誘いに感謝します。もともとダブリン近郊の名所名跡をめぐるつもりでいましたから、なりゆきしだいでは泊まりになるかもしれないと、保護者にもあらかじめ伝えてあります。ひとまず今夜かぎりということでもかまわなければ、ありがたくお受けしたいのですが……」

うさんくさいほどの笑みをたたえて、そんなことをのたまった。

「なんて嬉しいこと！　でしたらさっそくお部屋の用意をさせましょうね。ああ、それに晩餐《ばんさん》の準備も申しつけないと。食材は足りるかしら。あの、わたくし使用人たちと相談をしなくてはなりませんから、失礼しますわね」

「どうぞおかまいなく……」

いそいそと立ち去る彼女に、おれはそう声をかけることしかできなかった。

「おい。あんなでまかせをぺらぺらと、いったいどうするつもりだよ。このまま外泊するにしても、町から電報でも打って知らせないことには──」

「問題ないよ。大叔母さまにはちゃんと伝えてあるから。気が向いたらドロヘダあたりまできみを案内して、帰宅は明日にするかもしれないってね」

「どこだって？」

「ここから北に三十マイルくらいのところにある町さ。ボイン河の古戦場や、ニューグレンジの遺跡や、タラの丘まで足をのばすかもしれないともね。いずれもダブリン近郊の名所名跡だよ」

パトリックは憎らしいほどに涼しい顔だ。

「……まるでこうなることを見越していたみたいだな」

「客人として歓迎されようとまでは目論んでいなかったよ。でもバン・シーはたいてい夜に存在をあらわすものだというのに、それを待たずにとんぼがえりするなんてことが、このぼくにできるはずがないだろう？」

「やっぱり泊まりこむつもりだったんじゃないか！」

「違うよ。とりあえず駅の近くにでも宿を取って、夕食をすませてからあらためてきみと金雀枝館の敷地《しきち》に忍びこんで、夜が更けるのを待つつもりでいたのさ。それなら誰にも迷惑はかからないし」

「かかるだろうが」

「誰に？」

「このおれにだよ！」

まったくなんという執念だ。まさかそんなこそ泥めいたまねすら、やってのけるつもりでいたとは。

「……おれが甘かった。きみはそういう奴だよな」

そして結局のところ、そんなパトリックにもつきあってやるこのおれは、やはり弁明の余地なく甘い奴なのだった。

3

急な来客だったにもかかわらず、晩餐の食卓にずらりと並んだ料理は、いたって豪勢なものだった。

艶々《つやつや》としたローストチキンは、砕いたパンと炒《いた》めたたまねぎの詰めもの《スタッフィング》ではちきれんばかり。肉の旨味に爽《さわ》やかさを添えるタイムの風味と、赤ワインの効いたグレイビーとの相性が抜群だ。

鱈《たら》のフィッシュ・ケーキは、表面はかりかり中身はふわふわ。つけあわせの麺《めん》状の海藻も、つるつるこりこりとした食感がおもしろい。おれのために、アイルランドならではの料理ばかりを選んでくれたのだ。

やがて名残惜《なごりお》しくもパディが就寝の支度《したく》のためにひきあげていき、フィオナ夫人もまた息子におやすみのあいさつをと席をはずした。

正餐室《せいさん》に残ったおれたちには、サリヴァン氏が食後のコーヒーを注いでくれる。

心づくしのもてなしに、あらためて感謝の意を伝えると、

「いえいえ。お客さまのために腕をふるう機会などめったにないことですから、妻もたいそう喜んでおりますよ」

にこやかに応じるサリヴァン氏は、六十代にさしかかったくらいだろうか。夫婦ともども髪には白いものが混ざっているが、身のこなしはきびきびとしていて若々しい。歴史ある旧家に仕えているという誇りが、そうさせているのかもしれない。

「先日の降誕祭ではわたしも妻の買いだしにつきあいましたが、どうやらあれもこれもとそろえすぎてしまったようで。おふたりのおかげで、むしろ食材を無駄にせずにすんだというものです」

あるいは当主のキリアンが不在だったために、せっかくの食材を余らせることになったのか。そんなうがった読みも浮かんでいささか複雑な気分になるが、パディにとっては楽しい晩餐の席となったようなのが救いだった。普段は食が細めだという彼も、今夜はみずから給仕のサリヴァン氏におかわりをねだっていた。

パトリックがさりげなくたずねる。

「オブライエン家には、長らくご夫婦で仕えているそうですね？」

「ええ。恥ずかしながら、妻とはこの金雀枝館で出会いまして。どちらも貧しい小作農の末の子で、家族からも厄介者とみなされていたところを、旦那さまに拾っていただいたようなものでした」

「ではそれからずっと住みこみで？」

サリヴァン氏はしみじみとうなずいた。

「ですが辛いと感じたことはほとんどありませんでした。読み書きも教わり、見習いから階段をのぼるように、旦那さまにも頼りにしていただけるようになり。昔はいまの倍以上の使用人がおりましたが、妻との結婚をみなが祝ってくれたときには、オブライエン家にお仕えできた幸運に心から感謝したものです」

「お子さんは？」

「残念ながら子どもには恵まれませんでしたが、オブライエン家のお子さまがたの成長を見届けることができましたから。パディ坊ちゃんも、ヘレンお嬢さまのご幼少のみぎりにたいそう似ていらして」

「いまのご当主の妹君にあたるかたですね」

つまりパディの叔母か。それならおもかげがあってもふしぎではない。おれには母子がそっくりなように感じられるが、サリヴァン氏としては幼いころから見守り続けたヘレンの姿をかさねずにはいられないのだろう。

おれは遠慮がちにきりだす。

「急なご病気で亡くなられたとか」

サリヴァン氏は痛ましげに目を伏せた。

「そうですね……もう八年近くになりますか。もともとご病弱ではありましたが、性質の悪い風邪をお召しになって、あっけなく。まだ若くてお美しくて、花の盛りもこれからというときでいらしたのに……」

仕える身ではあれど、我が児のように愛おしく感じてもいたのかもしれない。

するとパトリックがここぞとばかりに問いかけた。

「そのときこちらのお屋敷で、なにか異変はありませんでしたか」

「といいますと?」

「死の予兆として、この世ならぬものがあらわれたりとか」

たちまちサリヴァン氏は息を呑んだ。

「とんでもない！」

とっさに否定し、みずからの反応にうろたえたように、視線を泳がせる。

「いえ……失礼いたしました。ご冗談がお好きとは知らず」

おれたちはちらと視線をかわした。サリヴァン氏はぎこちない笑みでとりつくろうが、なにかあると察さずにはいられない狼狽《ろうばい》ぶりである。

ここはもうひと押しと、パトリックが口を動かしかけたときだった。

にわかに正餐室の外が騒がしくなり、おれは開いたままの扉に目を向けた。この階のどこか、おそらく玄関ホールのほうで、誰かが激しく言い争っているようだ。男女がひとりずつ。フィオナ夫人と……相手の男は誰だろう。

「……旦那さまがお帰りになられたようです」

小声でサリヴァン氏から伝えられて、おれたちは仰天した。よりにもよってこんな夜にとあたふたしているうちに、乱れた足音がこちらに近づいてくる。

「客とはこいつらのことか」

足音の主が姿をみせるなり、一瞬で心臓が凍《い》てついた。

剝きだしの頭蓋骨《ずがいこつ》が、黒い眼窩《がんか》からこちらを睨みつけている。

けれど視線を剝《は》がすこともできずに、よくよくみつめかえしたそれは、乱れた黒髪からのぞいた白い仮面なのだった。

右の眼窩を刳《く》り抜き、額から頰のなかばまでを覆《おお》ったその仮面は、戦地で負ったという癒えない傷を隠しているのだろう。いっぽう残りの半面は、無造作に垂れた髪にほとんど覆われていたせいで、より仮面の異様さがきわだって感じられたようだ。

もっともそうとわかったところで、不穏な鼓動は一向に鎮まってはくれなかった。

「怪しい餓鬼どもだな」

「怪しいだなんて、失礼はよして」

夫を追いかけてきたフィオナ夫人は、気の毒なほどに顔色をなくしていた。

「おふたりは神学生なのよ。こちらのレディントンさんは、町で事故に遭いかけたパディを我が身の危険もかえりみずに救ってくださったの。それにこちらのハーンさんは、うちのパディと同じナースにお世話をしていただいたというのよ」

「ナース？」

キリアンはぎろりと妻を睨みつける。

「コナハト出身のキャサリンよ。忘れたの？　去年までうちに住みこみで、パディの面倒をみてくれていたじゃないの」

「ああ……あの生意気な目つきの。使用人のくせに、なにかといえば意見をしてはばからない、忌々しい女だった」

そう吐《は》き捨《す》てる声は、酒に灼《や》けてざらついている。いまもかなり酔っているのか、離れていても饐《す》えた酒の匂いがまとわりついてくるようだった。

「それで？　おまえはあの賤《いや》しい田舎女に育てられた見習い修道士どもを連れこんで、おれが留守のあいだによろしくやっていたわけか」

「やめて！」

フィオナ夫人が恥辱に声をふるわせる。

キリアンは嘲《ちょう》笑《しょう》するように口の端をゆがめた。

「かまわないさ。オブライエン家の切り盛りをおまえに任せたのは、このおれだ。貞淑な妻の仮面で旧家の名誉を守るも、そんなものはかなぐり捨てておのれの快楽を追い求めるも、おまえの好きにすればいい」

「いいかげんにして。おふたりがいなければ、パディは命を落としていたかもしれないのよ。わたくしを貶《おとし》めるのはかまわないわ。でもあの子の命の恩人には敬意を払ってちょうだい」

キリアンは不遜に左の眉を跳ねあげる。

「命の恩人か。ならばおまえたちの騒ぎたてていた死の予告とやらが、まさに成就するところだったわけだな。それは愉快なことだ」

「なんてひどいことを！」

夫人は悲鳴のように叫んだ。

「パディはあなたの息子なのよ？　それなのにそんなふうにおもしろがるなんて」

「ほう。だったらおまえは、迫りくる死を嘆かれるのがおれならよかったわけか」

「そんな意味ではないわ」

「いいや、そうだとも。崇敬されるオブライエン家の当主として、おれがさっさと死んでくれればどんなにいいかと、おまえは願っているのだろうからな」

嘲笑をたたえた片頬と、動きのない仮面のいびつさに、ぞくりと背すじが冷える。

キリアンはやにわにこちらをふりむくと、おどけたしぐさで腕を広げてみせた。

「若き司祭さま。おれもきみたちを歓迎しよう。好きなだけこの呪われた館に逗留してくれたまえ。そのありがたい信仰心で死の女妖精を祓《はら》ってのけられるものなら、ぜひそうしてもらいたいものだ」

声なき哄笑《こうしょう》を残し、キリアンはよろめくように扉に向かった。

気遣わしげに控えていたサリヴァン氏が、我にかえってあとを追う。

ふたりの足音が遠ざかり、やがて上階に消えるまで、おれたちはひとことも声を発することができなかった。

「せっかくの楽しい夜がだいなしね」

フィオナ夫人はふりむき、ぎこちなくほほえんでみせる。

しかしその笑みは自嘲《じちょう》にすらなりきれず、伏せた目許は惨《みじ》めに赤らんで、正視することすらままならない。

「さぞご気分を害されたでしょう。彼に代わってお詫《わ》びしますわ」

「おれたちこそ！　こちらから名乗ろうともせず、ご当主が不愉快に感じられたのもしかたがありません」

キリアンが怪しむのも道理ではある。そもそも目的を隠してオブライエン家に近づいたやましい身としては、申し開きのしようもない。

「だとしてもとても許される態度ではないわ。こんな家には、きっと長居などなさりたくはないでしょう。でも……厚かましいお願いだとは承知しているのだけれど、できることならパディとはまた会ってやってもらえないかしら？　あの子、あなたがたとお近づきになれたことを本当に喜んでいて……」

すかさずパトリックが身を乗りだした。

「もちろんそうさせてもらうつもりです。ダブリンは日帰りで行き来できる距離ですし、休暇が明けるまではできるかぎり訪問させていただきたいです」

たしかにこんな状況になっては、キリアンの発言を真に受けて長々と泊まりこむわけにもいかないだろう。

「おふたりともありがとう。心から感謝するわ」

疲れきった頬に、ようやく笑みらしい笑みが浮かぶ。

するとパトリックが、きまじめなまなざしで告げた。

「ところでいましがたご当主が、死の女妖精について語られていましたが」

おれはどきりとする。まさかここでいきなり本題にきりこむとは。だが当事者のほうから口の端にのぼらせたいまこそ、話題にするにはうってつけの機会である。

「あれは……その……ただのくだらない世迷いごとにすぎないの。どうかお気になさらないで」

その件にはふれられたくないのか、おちつかなげに視線をさまよわせる。

「ですがパディもさきほど打ち明けてくれました。近ごろこの金雀枝館にバン・シーらしきものが出没していると。白い死装束をまとったその姿を、あなたもまのあたりにされたことがあるそうですね？」

夫人はたちまち身をこわばらせた。そしてしばし苦悶《くもん》に顔をゆがめると、ついに抵抗を諦《あきら》めたように食卓の席に腰をおろした。

「……そう。すでにそこまでご存じなのね」

「パディのことは、どうか叱らないであげてください。歴史ある一族ならではの言い伝えなどがあれば、ぜひ教えてくれないかとぼくたちのほうから訊きだしたんです」

罪のない少年が咎められないよう、パトリックがさりげなくとりなす。

おれも心を決め、悄然《しょうぜん》とする彼女に話しかけた。

「マラハイドの町でパディが事故に遭いかけたとき、あなたはバン・シーが知らせていた死の定めが、まさに彼の身に襲いかかったと感じられたんですね」

そして逃れられないはずのその定めを、おれがくつがえしてのけたとも感じた。これでもう、息子の命が危機にさらされることはないかもしれない。そんな希望が芽生《めば》えたからこそ、彼女はこれほどまでにおれたちに礼をつくそうとしているのではないか。

「つまりあなたもそれだけ、一族に憑いたバン・シーの存在を信じている。そうではありませんか？」

「…………」

うつむいた彼女は、しばらくのあいだ口を閉ざしたままだった。やがて勇気をふりしぼるように目をあげると、

「お断りしておきたいのだけれど、わたくしはそうした古い言い伝えの数々を、盲目的に信じこんでいるわけではないの。霊感……というのかしら、そうしたものが特に鋭いわけでもないし、パディには視えているらしいなにかも、ほとんどはあの子の空想にすぎないと考えているわ。でもあの女妖精……バン・シーだけは、頭ごなしに否定することができ

ないの。だって十三年まえに義父がみまかったとき、わたくしはすでにそれを経験しているのですもの」

おれは目をみはり、念のために確認した。

「それはオブライエン家の、先代のご当主のことですか?」

「ええ。ちょうどキリアンが出征していて、ヘレンとわたくしで兄たちの無事を祈りながらお義父さまのお世話をしていたの。そんな時期に、夜毎《よごと》すすり泣く女性の声を聴いたの。誰もいないはずの森にたたずむ、白い人影も視たわ。そんな日々がしばらく続いて――」

「ほどなくご当主が亡くなられた?」

フィオナ夫人はこくりとうなずいた。

「このオブライエン家にはバン・シーが憑いていて、たびたび一族の者の死を告げてきたと伝えられているの。あのときもそのとおりになったのよ。こんな迷信じみたこと、お若いかたにはどうかしていると笑われてもしかたがないけれど」

「いえ、そんなことは……」

だがその先をどう続けるべきか、おれは言葉につまった。そっとパトリックをうかがうと、おれのためらいを汲み取ったのだろう、すかさず目線で承諾を伝えてきた。

おれは夫人に向きなおり、

「じつはおれは――おれたちは、そうしたものを視たり聴いたりする感覚を人並み以上に持ちあわせているんです。特にパトリックは子どものころからその傾向が強くて、経験も知識も豊富ですから、お力になれることと思います」

「まあ……本当に？」

彼女は交互におれたちをみつめると、やがてパトリックに視線を定めた。

「そういえばキャサリンが、かつて面倒をみていたお子さんについて話してくれたことがあるわ。うちのパディよりももっと空想癖がひどいお子さんがいたけれど、いまでは思慮深い少年にご成長なさったから、あまり厳しく咎めずに見守ったほうがいいと。そのお子さんというのは……」

「たぶんぼくのことです」

パトリックはこそばゆそうに、口許をむずむずとさせた。

おそらくキャサリンとしては、雇い主に怪異を肯定してみせるわけにもいかず、便宜的にそのような説明をしてみせたのだろう。思慮深いというパトリックの評価が、どこまで彼女の真意を反映しているかは謎だが。

ともあれフィオナ夫人の表情からは、しだいにこわばりが抜けていった。幻覚とも幻聴ともみなせるあちらがわのものに、心をとらわれていること。加えてその恐怖を常識的には決して理解してはもらえないだろうことが、いっそう彼女の心を苛《さいな》んでもいたのかもしれない。

緊張をほどいた彼女は、みずから一連の騒動について語ってくれた。

夜の森で女妖精を目撃した件は、おおむねパディが説明したとおりだという。

「わたくしずいぶん取り乱してしまって。サリヴァン夫妻が親身になって支えてくれなければ、正気を保《たも》っていられたかどうか」

「古参のおふたりですね」

パトリックが真摯《しんし》に相槌を打つ。

「かつて先代の死が予告されたことは、夫妻もご存じでいらしたわけですか」

「知っているどころか、ふたりともわたくしと同じ体験をしているわ。それだけにわたくしが恐ろしい記憶に惑わされているだけではないかと、心を砕いてなだめてくれるのだけれど……どれほど毅然《きぜん》とふるまおうとしても、内心の不安は伝わるものね。モイラなどもずいぶんと怯えてしまって。面と向かって口にはしないけれど、みなそれぞれに説明しがたい経験をしているようなの」

「ご当主はどうお考えなのですか？　バン・シーらしきものを、これまでに視たり聴いたりされたことは？」

夫人は力なく目を伏せた。

「夫はほとんど留守にしているし、わたくしが訴えても小馬鹿《こばか》にするばかりで」

「死が予告されているのは、ご自分かもしれないというのに？」

「それは……」

　彼女は苦しげに息を継いだ。

「たとえバン・シーが存在するとしても、自分のような堕落した当主の死を嘆くはずがないと考えているのではないかしら」

　おれはふと疑問をおぼえ、パトリックに訊いてみた。

「バン・シーがその死を嘆く相手に、なにか条件みたいなものがあるのか？」

「条件というのか……たとえばたぐいまれな偉人とか聖人とか、徳の高い人物が死ぬときは、複数のバン・シーが泣き叫ぶ声が聴こえるものともいわれているね」

　そのさまを想像すると、なかなか壮絶なものがある。おれは内心ひるみつつ、

「つまり誰もがその死を惜しむような人物ほど、バン・シーにも悼まれやすいかもしれないわけか」

「そうだね。だから死者にとって、バン・シーの嘆きは栄誉でもあるんだ。アイルランドの農村にいまも残る《泣き女》という風習を、きみは知っているかい？」

　おれは首を横にふり、説明をうながした。

「泣き女は葬儀の席に雇われて、死者のために全身全霊で嘆き悲しんでみせるんだ。死者が名士であればあるほど、雇われる泣き女は増えるものだそうだ。あれはもともとバン・シーの模倣だという説がある」

「模倣？」

「死者の人柄《ひとがら》や家柄が、大勢のバン・シーに泣いてもらえるほど立派なものだと、暗に誇示する意図があるのではないかというんだ。もっともこの世の理《ことわり》で読み解くなら、むしろそうした泣き女の風習からバン・シーの伝承が語られるようになったと解釈するべきなのだろうけれどね」

「なるほどな」

荒れた生活を送っているらしいキリアンは、だからこそ当主失格のおのれが死の宣告を受けるはずがないと、その皮肉を嗤《わら》ってのけることができたわけか。

もしもその理屈が的を射ているとすれば、やはり残る候補は——。

そこまで考えて、おれは我にかえった。うっかりいつもの調子でやりとりしていたが、当事者のいるところでかわす会話ではなかったかもしれない。

「すみません。つい夢中になって」

「いいのよ。本当にお詳しいのね」

こちらに悪意はないと承知してくれているのだろう、応じる声音はおだやかだ。

だが追いつめられた瞳は、いつしかひたとこちらをみすえていた。

「でもこれであなたもおわかりね。あの子の身にふりかかる厄災を、わたくしが恐れずにはいられなかった理由が。代われるものなら、わたくしが代わってあげられたらどんなによいか！」

身を絞るような吐露に、胸をつかれる。と同時に、おれはひっかかりもおぼえた。

「あの。バン・シーが予告をする対象に、あなたが含まれることはないのですか？　嘆きを受けるのは、直系の男子のみと決まっているわけではないんですよね？」

「さあ……言い伝えではそうともかぎらないようだけれど」

あいまいにつぶやいた彼女は、泣き笑いのように目許をゆがめた。

「でもあいにくと、この家のバン・シーがわたくしの死を予告することはないわ。当主の愛も得ていない妻の死を、彼女が憂《うれ》うはずなどないもの」

ほとんど吐息のようなささやきが、悲鳴のように鼓膜に残る。

「いずれにしろパディの死に怯える日々も、これできっとおしまいになるわ。なにもかもあなたがたのおかげね」

「それは――」

安心するのはまだ早いのではないか。おれはとっさにそう訴えたくなるが、祈るようなまなざしを受けては、口をつぐまないわけにはいかなかった。

そのとき正餐室の扉口に人影がさした。

「奥さま？」

室内をうかがっていたのは、あいかわらず端然としたたたずまいの女家庭教師だった。

「こちらにいらしたのですね」

「リーガン先生。なにかわたくしにご用がありました？」

「用というほどのものでは。ただ、さきほど階下が騒がしいようでしたので、様子をうかがいにまいりました」

「まあ……それはわざわざ……」

「旦那さまがお帰りになられたのですか」

「そうなの。でもなんでもないのよ。ただちょっとした言い争いになっただけ」

「……さようですか」

ひょっとしたら女史は、キリアンが妻に手荒なまねでもしたのではないかと気遣っているのだろうか。そして夫人のほうは、使用人に夫婦の内情を悟られていることを恥じてもいるのかもしれない。

「ではわたくしはこれで」

「ええ。おやすみなさい」

「おやすみなさいませ」

女史が踵をかえしかけたときだった。

ふいにその足がとまり、おれも視線をあげた。

なにかがおかしい。

おれはとっさに片耳を手のひらで覆っていた。

だがそれが忍びこんでくるのはとめられない。

死の湖水のように、冷たく澄みきったさざなみが高く低く、細胞のひとつひとつを縫うように浸潤し、洗いあげては凍えさせてゆく。

館は泣いていた。

この世ならぬ嘆きに、老いたその身をふるわせて。

4

「呪われた館か……」

暖炉の焰に手をかざしながら、おれはつぶやいた。

バン・シーは死を予告するだけで、みずから死を与えるものではないはずだ。

そうとわかっていても、あの声を聴いてしまったいまでは、当主キリアンの吐き捨てた科白《せりふ》も一理あるように感じられてしまう。

パトリックともども二階の客室にひきあげ、燃えさかる焰にあたっていても、寒気はなかなか去ってくれない。

つかのまの希望が打《う》ち砕《くだ》かれたフィオナ夫人は、私室までリーガン女史に付き添われていったようだ。あくまで「家鳴りかなにかでございましょう」という態度をつらぬく女史が、狼狽する夫人をなだめられるとは思えなかったが、だからといってこちらから声をかけることはとてもできなかった。パディにとって、おれが偽の救世主であることが暴《あば》かれたいまとなってはなおさらだ。

「堕《お》ちた救世主か……」

逃れられないはずの死の定めというものがあるのなら、おれごときにどうこうできるのだろうかと疑いつつ、それでも心のどこかでは期待をかけていたのかもしれない。もはや見知らぬ他人ではなくなったパディが、急な病や事故で命をおとす未来など考えたくもない。同じ名をわかちあうパトリックは、とりわけそう感じていることだろう。

もどかしさを散らすように、火かき棒で泥炭をつつきまわしていると、隣の客室からパトリックがやってきた。このまま休むつもりはないのか、まだ着替えはしていない。

「いましがた厨房に顔をだして、身体のあたたまりそうな飲みものを所望してきたところだよ。この部屋まで届けてくれるよう伝えておいたから」

「それはありがたい。気が利くな」

「調査のついでだからね」

「調査って？」

「もちろんバン・シーの泣き声を聴いたかどうかさ」

「おれたちが正餐室にいたときのことか？」

「うん。あのとき厨房では、サリヴァン夫人とブリジットがあとかたづけをしていたそうだよ。ふたりともおもわず皿を取り落としそうになったって」

「それならおれたちの幻聴でかたづけるわけにもいかないわけか」

「おまけにふたりの証言で、この館のどこかで誰か生身の女性が泣いていたとも考えにくくなった。モイラ以外の四人が、あの泣き声を聴いたことになるわけだからね」

「ああ……そうなるか」

この館にいる女性は主従あわせて五人だ。そのうちの二人がおれたちとともに正餐室にいて、二人は厨房にそろっていた。残るはパディの隣室にいたはずのモイラだけである。あの不気味な泣き声が彼女のものとはとても思えない。

「それと兄さんを呼びだしてみたんだけれどね。この館……というか土地そのものを含めた一族にとみなすべきなのかな、やっぱりなにかが巣喰《すく》っているみたいだって」

「バン・シーかどうかまではわからないのか？」

どきりとしてたずねると、パトリックは肩をすくめた。

「そういう名づけは、そもそもこちらがわの勝手な分類だからね。それにいまどきは旧家そのものが離散したり、断絶していたりして、めったにお目にかかる機会もないもののようだし」

「証例がなさすぎて、ロビンにも判断のしようがないってことか」

「手っ取り早くつかまえて、意思の疎通をはかれる相手でもないようだからね」

「いずれにしろあちらがわのものではあるんだな」

今晩はそんな屋敷に泊まらなければならないのか。

またしてもさむけをおぼえ、おれは腕をさすりながら考える。かつて栄華を誇った名家が長い年月を経《へ》ておちぶれたり、一族が死に絶えたとき、残されたバン・シーはいったいどうなるのだろうか。

「でも朗報もあるよ。兄さんによれば、パディが取り替え子だというのは、どうもモイラの考えすぎらしい。力の強い妖精に、標《しるし》をつけられているような匂いもしないって」

おれは胸をなでおろす。

「ロビンがそう感じているのなら確実だろうな」

「遊び相手をつとめたのはいいけれど、はしゃぐパディを寝かしつけるのに苦労したそうだよ」

「子守も大変だ」

心なごむ光景を想像して、おもわず頬がゆるんだ。

「ひとまず今夜は、パディのそばについていてもらうことにしたよ。なにかあればすぐに知らせてくれるだろう」

「ああ、それがいいな」

暖炉のそばに椅子をひきよせていると、ブリジットがやってきた。

あたたかみのある栗色の髪と涼しげな瞳が印象的な、二十代なかばほどのハウスメイドだ。所作には無駄がなく、有能な看護婦のような風情でもある。

盆を手にした彼女が近づいてくるなり、甘い匂いが鼻先に漂いだした。

「……丁子《クローブ》の香りかな」

おれがつぶやくと、ブリジットはさりげなく口角をあげた。

「はい。アイリッシュ・ウィスキーのパンチをお持ちしました。当家では砂糖の代わりに蜂蜜《はちみつ》を。丁子には消化を促進させる効能もあるそうです」

おれたちがもりもりと晩餐をたいらげていたので、料理人のサリヴァン夫人が気をまわしてくれたらしい。

てきぱきとゴブレットを並べたブリジットは、

「では他にご用がなければこれで」

長居はせずに辞そうとする。それをパトリックが呼びとめた。

「さきほど偶然ご当主とお会いしましたが、彼はなんというか、いつもあのようなご様子なのですか？」

パトリックは直截的《ちよくせつてき》な表現を避けたが、そのあいまいさが意味するところは、充分に伝

わったようだった。ブリジットはわずかに顔をしかめ、それでもあからさまに主人を非難するのは気が咎めるのか、

「……旦那さまはめったにお帰りになりませんし、わたしはこちらのお屋敷では新参者なので、よく存じあげないんです。採用していただいたのも奥さまのご一存で、旦那さまにはいまだにごあいさつもできていないくらいですから」

だから自分にはなにも語る資格がない。暗にそう訴えたいようだ。

すかさずパトリックは攻める方向を変える。

「あなたもモイラのように、オブライエン家に縁があって雇われたのですか？」

かつて身内が金雀枝館で働いていたなら、過去のバン・シーの情報も得ているかもしれないと、さぐりにかかっているのだろう。

ブリジットはとまどいがちに説明した。

「親族がこちらにお仕えしていたわけではないんです。ただわたしにとって唯一の肉親だった兄が、かつて旦那さまと同じ中隊に属していたそうで」

過去形で告げる声音が、わずかに翳りを帯びる。

「ひょっとして兄君はクリミアで戦死を？」

「いえ。負傷で片足が不自由にはなりましたが、亡くなったのは今年の春先のことです。それで身のふりかたに困ったときは、こちらを頼ればきっと力になってくださるはずだと

伝えられていたものですから」

「よほどキリアン氏のことを信頼されていたようですね」

「ええ。どなたにでも親切で、戦友や上官にも好かれていらしたとか。除隊なさってからは数少ない生き残りの戦友とも疎遠になられたようですが、奥さまもそのあたりのことはご承知でいらしたので、面識もないわたしを快《こころよ》く雇ってくださったんです」

ブリジットの口調はどこか複雑だ。もしも現在のキリアンに窮状を訴えていたら、すげなく追いかえされていただろうか。ブリジットにとっての彼は、いまだ善悪のとらえがたい存在なのかもしれない。

「かたづけものが残っていますので、そろそろよろしいでしょうか?」

おれたちはひきとめたことを詫び、立ち去る彼女を見送った。

せっかくのウィスキー・パンチが冷めないうちにと、いかにも年代もののゴブレットに手をのばした。口許に寄せるだけで、甘酸っぱい輪切りのレモンとかぐわしいウィスキーの香りが鼻腔《びこう》に満ち、こくりと飲みくだせば、胸から腹の底にかけてとろ火のような熱が点々と灯《とも》ってゆく。

熱は腕をのばしあい、やがて痛いほどに燃え広がって、この四肢のすみずみにまで赤い血がかけめぐっていることを感じさせられる。

酒に溺《おぼ》れるキリアンも、そんな生の実感を得るために飲まずにはいられないのだろうか。

あるいは戦地で体験した、地獄のごとき惨劇を忘れるために。

「あの世をかいまみて、この世に帰還した男か……」

おれのつぶやきを、パトリックが耳にとめる。

「なんだい？」

「いや……故郷から遠く離れたクリミアで、キリアン氏はいったいどんな光景をまのあたりにしたんだろうって考えてたんだ。あの戦争にはそれなりに興味があって、あれこれ読《よ》み漁《あさ》ってきたからさ。大衆向けの読みものでは敵の砲兵陣地への《軽騎兵旅団の突撃《Charge of the Light Brigade》》だとか、ロシア騎兵を二列横隊の歩兵が防いだ《シン・レッド・ライン《The Thin Red Line》》だとか、いかにも悲壮で華々しい題材ばかりが強調されるけど、現実の戦地はといえば、飢えと渇きと熱病に苦しみながら、雨霰《あめあられ》のように降り注いでくる砲弾と銃弾に、兵士や馬がばたばた吹き飛ばされていくものなんだって、だんだんわかってきたものだから」

「それがこの世ならぬ悲惨な光景だったと？」

「一度はあの世に迷いこみながら、かろうじてこの世に戻ってきた——そしてすっかり人が変わってしまった。それこそまるで、言い伝えの取り替え子みたいなものだなって」

パトリックはぱちぱちと目をまたたかせた。

「そうか……うん。まさにそのとおりだね。なかなかの慧眼《けいがん》だよ、きみ」

を妖精だと思いこんだ父親が、みずからその子を焼き殺したという事件がある」

おれはぎょっとした。

「焼き殺したって、まさか生きている子どもを手にかけたのか？」

「醜い取り替え子を火にくべてやれば、それが煙突から逃げていく代わりに連れ去られた我が子があちらがわから戻ってくる。そんな言い伝えに従ったというんだ」

あまりのおぞましさに、とっさには言葉がでてこない。

「それで、その父親はどうなったんだ？」

やっとのことでたずねると、パトリックは肩をすくめた。

「狂気とみなされて、訴えられはしなかったそうだけれどね」

「……なんにしろ悲惨な話だな」

「でも生まれつき外見だとか、しぐさだとかがどこか普通ではないと感じさせる幼児が犠牲になることは、決してめずらしくはなかったらしい。なぜなら妖精はいにしえより、どこか欠けた姿をしているものとみなされてもきたものだから」

「欠けた姿？」

「この世ならぬものとしての妖精を可視化するときに、人間とは似て非なる異様な姿として理解するのか、あるいは心身に障碍《しょうがい》のある子どもを、そもそも妖精や精霊の化身と解釈したことからの連想なのかもしれないけれど」

「エルフとか、ピクシーとか、そういったもののことか？」

「うん。まさにそのピクシーは取り替え子をはたらくとされていて、地方によっては乳飲み子がさらわれないよう、寝台にくくりつけておくという風習も残っているというよ」

「それが医学の発達していない時代に、心を支える知恵だったんだな」

「そしてエルフもピクシーも、邪悪なものというよりは、悪戯好きの子どもめいたものとして親しまれてもきた。つまり現代医学では障碍を負っているとしかみなされない子どもたちに、人智《じんち》を超えたものの眷族という価値が与えられていたんだ。そのために差別を受けることはあったにしろね」

文明の進歩が、生きやすさばかりをもたらすとはかぎらない。

おれは複雑な気分でひとりごちた。

「大勢の兵士が一瞬で肉屑になるようなこれからの戦争で、騎士道の浪漫《ロマン》なんて生き残れるはずもないだろうしな……」

「それでもなんとか生き残り、帰還した傷痍軍人《しょういぐんじん》は、きみの看破した取り替え子の要素をより満たしているといえるのかもしれないね」

パトリックはひとことずつ、かみしめるように言葉を紡ぐ。

「不幸にも手や足や――相貌《そうぼう》をなくしたことによって、彼らは姿の欠けた異界のものとしてこの世に迷いこんできた存在となったのではないか。ぼくたちが彼らと相対して感じるある種のいたたまれなさは、取り替え子に対する根源的な恐れを彼らが体現しているからかもしれない」

かつておれが夢中になった手廻《てまわ》しオルガン弾きも、片腕をなくしていた。垢《あか》じみた青い軍服の袖《そで》を風に泳がせ、遠いまなざしでパリの街角にたたずんでいた彼は、おれが近づくと気さくに声をかけてくれたが、おれがその路に日参するのをやめたのはいつのころからだっただろう。

箱から魔法のように音楽を生みだしてみせる彼が、ほとんどの通行人からそこに存在しないもののようにふるまわれることに、おれは気がついていた。

「我らがバン・シーもまた、土地によっては欠けた姿をしているものとして語り継がれているんだよ。たとえば鼻の孔《あな》がひとつしかなかったり、前歯が飛びだしていたりとね」

「へえ」

「――さてと。話がバン・シーに戻ってきたところで、そろそろ支度にかかろうか。あいにく霧がたちこめ始めているけれど、幸いにも今夜は月がでている」

勢いよく腰をあげたパトリックを、おれはぽかんとみつめた。

「だから？」

「察しが悪いな」

パトリックは焦《じ》れたように足を踏み鳴らす。

「森に潜んでバン・シーの出番を待つんだよ。さすがに夜は冷えこむだろうから、しっかり着こんでいかないとね！」

どうやらこのおれに、もとより拒否権はないようだった。

「結局こういうことになるんだな」

パトリックについて夜更けの森をめざしながら、おれはぼやいた。

いつのまにやらパトリックが下調べをすませていたので、おれたちは裏の菜園に面した勝手口から難なく館の外にでることができた。

しかしながら見え隠れする月の光だけでは足許もおぼつかず、そこここに茂る金雀枝をかきわけながら、ようよう墓碑の並ぶ丘のふもとまでたどりついたときには、すっかり息がきれていた。おれは膝《ひざ》に両手をついて、息をととのえた。見ず知らずの死者の墓にもたれるほど剛胆な神経は、さすがに持ちあわせていない。

かしいだ墓碑の影はいかにもおどろおどろしく、うなじから忍びこむ夜霧と足にまとわりつく夜露が、しんしんと骨の髄までをも凍えさせていくようである。

「深夜の墓荒らしとまちがえられても、文句はいえない光景だな」

「無駄口は控えたまえよ。他所者のぼくたちが騒がしくしては、繊細可憐なバン・シーがなりをひそめてしまうかもしれないだろう」

「はいはい」

おれは生返事をしつつ、欠伸をかみ殺した。ウィスキー・パンチの効力もすでに切れかかり、正直なところおれは女妖精よりも寝台のぬくもりに魅力を感じる。

するといきなり袖をひっぱられた。

「いまなにか白っぽいものが動かなかったかい？」

「霧が流れたんだろう？」

「その奥だよ。近づいてみよう」

雲から顔をだした月の光が、下界を淡雪のように染めあげる。

とたんにパトリックが足をとめた。

行く手にほのかに浮かぶ、蒼白《あおじろ》い人影。

腰まで届く長い黒髪に、爛々ときらめく赫い瞳。

吸いこまれるように、パトリックが足を踏みだした。

「おい」

おれはとっさに腕をつかんだ。

だがパトリックはふりむかない。

「どうするつもりだ」

「試してみる」

「なにを」

「言い伝えのなかには、死ぬ者の名をたずねたら教えてくれるというものもある」

意表をつかれた拍子《ひょうし》に、パトリックの腕が指をすり抜けていく。

とめなければ。

とっさにそう思った。

だって知ってどうするというのだ。知って、もしもその死の定めを傍観するしかないとしたら、堕ちた救世主は——ただの死神だ。

だが呪われた問いを発するために、パトリックが息を吸いこんだまさにそのとき。

それはささやいた。

そこにあるべきはずの、鼻と口のない顔で。

——ジェイン。

第3章

1

旧家に憑いたバン・シーが、一族以外の者の死を予見することはあるのだろうか。あるいはまるで係わりのない者に取り憑いて、その魂をどこかに連れ去ってしまうようなことが。

遠からざる死を告げられた、ジェインという女性。

おれたちの知るかぎり、金雀枝館にそんな女性は存在しない。

だがパトリックは、その名を耳にしたとたんに息を呑んで凍りついた。

おれは異様な反応に気をとられ、放心状態の彼をゆさぶってなんとか正気づかせたときには、謎の女妖精はあとかたもなく消え去ってしまっていた。

今晩ここに長居をしても、もう意味はないだろう。パトリックはそう判断し、すっかり気味が悪くなっていたおれも同意して、足早に館にひきかえした。

幸い誰にも見咎《みとが》められずにすんだが、パトリックは黙りこくったまま口を利かず、話は明日にしようとだけ言い残して、自分の客室に消えた。

おれはひとり不安をもてあますしかなかったが、朝からのあれこれでさすがに疲労困憊《ひろうこんぱい》していたので、多少の埃っぽさを気にするまもなく、いつしか眠りに落ちていた。

そして夜が明け——。

帰路についたいまになっても、パトリックはまだどこか上の空だった。

馭者のサリヴァン氏に町まで送り届けてもらい、ダブリン行きの汽車に乗りこむ。

やがて遠ざかるマラハイドの駅舎を車窓から見遣りながら、おれはつらつらとひとりごちた。

「ジェインとかいう女性《ひと》に命の危機が迫ってるにしても、どこの誰だかわからないことには動きようがないしな……」

結局おれたちは、バン・シーを視たとは伝えられないままに屋敷を辞した。

今朝それとなくフィオナ夫人にたずねてみたのだが、使用人を含めた金雀枝館の住人にここ数十年そのような名の人物はいないし、親族にも心当たりはないようだ。

当主のキリアンならより詳しいのかもしれないが、朝食の席には姿をみせなかった。たとえ顔をあわせたところで、気まずくてとてもそんな問いをぶつけることはできなかっただろうが。

「綴りはJaneかJayneか。パトリックほどじゃないにしろありふれた名だから、どこの身内にもひとりくらいはいそうなものだけど。そういえば昔きみの屋敷に居候していたのも、ジェイン従姉《ねえ》さんだったよな？　彼女の綴りは――」

「やめてくれ」

「え？」

「その話はしたくない」

「あ……ああ、そうか。悪かった」

パトリックは窓の外をみつめたままだ。

ひょっとして……昨夜から様子のおかしいパトリックは、死期の迫る女性にいまは亡き従姉の儚い人生を結びつけて、感傷に浸っているのではなかろうか。久しぶりにおとずれたアイルランドの地で、死の定めにある〝ジェイン〟にふたたびめぐりあうとは、たしかに因縁《いんねん》めいている。

それならいましばらくは、そっとしておいたほうがいいのかもしれない。

おれはそう考え、昨晩から話すべきかどうか迷っていたことを胸にしまいこんだ。

というのもあのとき――パトリックの動揺ぶりに気をとられたおれが、いつのまにか姿を消したバン・シーを捜してあたりを見渡したとき、霧のたちこめた墓地から目撃してしまったのだ。

館の上階の、ほのかな灯《あか》りの洩れるひとつの窓に並んだ、ふたつの人影を。

ひとりは暗い髪色の、雄偉な体格の男。当主のキリアンだ。

残るひとりは淡い髪色の、すらりとした女。遠目でもそうとうかがえる、豊かな金髪をほどいて両肩に波打たせているのは、あろうことかリーガン女史だった。

おれは目を疑ったが、金雀枝館に明るい髪の女性は彼女しかいない。

いったいどういう関係なんだ、あのふたりは……。

めったに帰宅しないというキリアンに、たとえばパディの学習状況などを報告する必要があったにしても、わざわざ夜更けに、しかもまるで誘惑するかのように髪を流していた理由がわからない。

おれたちがいざ館に向かいだしたとき、ふたりの姿はすでに窓辺から消えていた。あのふたりには、月光に浮かびあがる陽炎のような人影が視えていたのだろうか？　パディも自室の窓からそれを目撃したことがあるのだから、ありえないことではない。

いずれにしろ霧と墓碑に見え隠れするおれたちの姿までは、おそらく目につかなかったのだろう。そうでなければ、あんなところでいったいなにをしていたのか、問いただされそうなものだ。

それとも昨夜の逢瀬《おうせ》をおれたちに知られたのなら、おたがいのために暗黙の不可侵《ふかしん》条約を結んでおこうとでもいう腹なのだろうか。だが朝になって顔をあわせた彼女から、含むところはまるで感じなかった。絵に描いたような慇懃《いんぎん》な女家庭教師ぶりは、それはそれで不気味ではあったが……。

ともかくおれひとりの手にはあまるため、急を要する案件でなさそうなのは助かった。

だがパトリックにとっても、あの一族とはもう係わらないほうがよいのではないか。

それでも彼は、金雀枝館に出向くことをやめはしないのだろう。

おれたちの訪問を、パディが心待ちにしているかぎり。

いまのおれにわかることは、ただそれだけだった。


ブレナン邸に帰宅し、昨日の小旅行についてのあたりさわりのない報告と昼食をすませると、パトリックは軽い頭痛がすると訴えた。

「大丈夫なのか？」

「しばらくおとなしくしていれば、すぐによくなるよ。すまないけれど、午後は別行動にしてもかまわないかな」

「もちろん。おれも今日はのんびりさせてもらうよ」

ここ数日というもの、ダラムからの移動と外出が続いてそれなりに疲れも溜《た》まっていたので、このあたりで身体を休めておくのも悪くはない。気ままにだらだらすごすというのも、戒律でがんじがらめの神学校生活ではなかなか味わえない、贅沢《ぜいたく》なひとときだ。

「なにか軽く読めるものを借りてもいいかな」

「どうぞお好きなものを」

「おすすめはあるか」

「シェリダン・レ・ファニュの『墓地に建つ館』か、ウィルキー・コリンズの『白衣の女』は?」

「冗談を口にする元気があるなら、たいしたことなさそうだな」

夕食に顔をみせたパトリックは、普段よりややおとなしかったものの食欲はあり、風邪をひいたわけではなさそうで安心した。

昨夜の夜更かしで寝不足ぎみなので、おたがいもう休むことにする。

代わりに明日は早めに支度をして、ふたたびマラハイドに向かう予定だ。

金雀枝館に残してきたロビンから、なにか有益な情報が得られるのを期待しつつ、おれは寝床にもぐりこんだ。部屋はあたたかく、ふかふかの寝具も心地好くて、すぐさま眠りにひきこまれる。

それからどれほど経っただろうか。おれはふと目を覚ました。

おぼろげな意識が、かすかな異変を感じ取っている。

「……パトリック?」

寝惚けまなこでそう呼びかけたのは、学寮ではパトリックとの二人部屋で生活していた習慣ゆえだろうか。

——否。まさしくそのパトリックこそが、異変の源なのだった。壁を隔《へだ》てた隣の寝室から、唸《うな》り声らしきものが聴こえてくる。おれは泡を喰って跳ね起きた。

「い……いったいどうしたんだ？」

もしやぶりかえした頭痛に苦しんでいるのだろうか。あるいはやはり昨夜の張りこみのせいで風邪をひき、発熱にでも見舞われているのかもしれない。

おれは寝巻き姿に裸足《はだし》のまま、椅子に投げだしてあった外套だけをひっかけて、部屋を飛びだした。

「パトリック！　どうした？　頭痛がひどくなったのか？」

扉越しに声をかけても反応はない。寝室から洩れだしてくるのは、ひたすらおぞましい悪夢にさいなまれるようなうめき声だけだ。おれはもはや耐えかねて、

「入るぞ。いいな？」

そう断るなり扉に手をかけた。そのとたん、指先におぼえた異様な手応《てごた》えに、たちまち息を呑む。

扉に鍵はかかっていない。にもかかわらず、握りを捻《ひね》った扉はわずかに動いてたわむばかり。あたかも室内を満たす粘性の液体に、じりじりと押しかえされているような圧力を感じる。

「な……んだ、これ」

ぞわりと膚《はだ》が粟《あわ》だった。だが扉の向こうからひときわ苦しげな声があがり、おれは覚悟を決めて肩から扉にぶつかった。

一度。二度。三度めで勢いよく扉が開き、崩れた体勢のまま部屋に転がりこむ。

這いつくばった絨毯は、もちろん濡れそぼってなどいなかった。けれど顔をあげたおれは、安堵するまもなく凍りつく。

室内は異様な暗さにつつまれていた。暖炉の火は消えていないにもかかわらず、四隅《よすみ》の壁も天井もどろりとした闇に沈んでいて、あたかも混沌《こんとん》の海に投げこまれたような不安に駆られる。

だが目を凝らすと、その闇はかすかにうごめいていた。無数の触手が束になったようなさざなみが天井を這い、壁を伝い降り、寝台の脚を伝い昇って、頭からパトリックに覆いかぶさっている。

「……まさかあいつが？」

初日にパトリックが話していた、性悪の夢魔とやらなのか。

「下手に怖がらなければ、呼びこまずにすむはずじゃなかったのかよ」

問いつめてやりたいのはやまやまだが、ともかくこいつを追い払わなければ。

おれは這いずるように寝台をめざし、両手でパトリックの胸座《むなぐら》をつかんだ。夢魔というからには、その活動領域である夢さえ断ち切ってやれば、退散するのではないか。

「おい。パトリック。目を覚ませ！」

がくがくと揺さぶり、呼びかけるが、うめくばかりで覚醒《かくせい》には至らない。

「なにか他の対処法……対処法なんてあるのか？」

しだいに焦りがつのり、肩にかけた外套もすべり落ちる。

おれははたと動きをとめた。キャサリンが持たせてくれた、護りとなる宿り木の小枝。

あれは貰《もら》い受《う》けた日のまま、外套にしまいこんでいたはずだ。

おれは外套に飛びつき、あちこちをさぐってようやく金枝をつかみだした。

「これで効かなかったら、おれは逃げてやるからな」

なかば自棄《やけ》になりつつ、ふりむきざまに金枝を投げつける。

定めた狙いは外さなかった。パトリックの額すれすれを浮遊するそいつに、小枝が呑みこまれた——とたんにそいつはいらだたしげに身をよじり、動きを鈍《にぶ》らせると、ずるずると名残惜しげに退散を始めた。

「う……うわあ……」

気色の悪い黒いどろどろが、脈打ちながら壁の向こうのどこかへ吸いこまれていくさまに、鳥肌がとまらない。おれはすっかり腰が抜けて、寝台のそばにへたりこんだ。

「オ……ランド？」

かすれ声にふりむけば、いつのまにかパトリックが頭をもたげている。

おれはげっそりと息をつき、額の冷や汗を指先で拭《ぬぐ》った。

「ようやくお目覚めか」

「……きみがあいつを追い払ったのかい？」

「おれがというよりキャサリンがな。あの金枝を投げつけてやったんだ」

「ああ……なるほど」

パトリックは力ない苦笑を洩らした。

「枕にでも忍ばせて眠るべきだったかな」

「かもな。あいつがきみの夢魔とやらか？」

「そう。こちらが眠りに落ちたらもう、あいつのやりたい放題なのさ。いい加減に節度というものを学んでほしいよ」

パトリックがぎこちない軽口で取《と》り繕《つくろ》おうとしている。だがおれにはごまかされてやるつもりなど毛頭なかった。こうなっては、黙って様子を見守るなんて気長なことはしていられない。おれは片膝《かたひざ》に腕をのせ、うつむくパトリックに目を据えた。

「わかっているんだろうな」

「……なにをだい」

「今度こそだんまりはなしってことだよ。あいつを誘いだして、呼びこんだのは、きみの悪夢のほうだろう？　……亡くなった彼女と関係があるのか？」

パトリックは視線を伏せたまま沈黙した。

痩せた眼窩にひそかな苦悩がにじみでる。

「……そうだね。ジェイン従姉《ねえ》さんの夢をみていたよ。顔のない従姉さんが、どこまでもぼくを責め続ける夢さ」

「……え？」

昏い瞳をあげ、彼は末期の吐息のように告白した。

「なぜならジェイン従姉さんはぼくが殺したのだもの」

2

夢魔は去ったが、地下墓所《カタコンベ》のような冷気はまだ漂っている。

おれたちは残り火をかきたて、暖炉のそばに腰をおろした。

それぞれ毛布にくるまり、さむけが治まるのを待っていると、やがて訥々とパトリックが語りだした。

「ジェイン従姉さんはめったに笑わない女性《ひと》だった。若くて美人で、裕福でもあったはずなのに、華やかに着飾ることもなくて。代わりにいつも深い哀しみを身にまとっているかのようだった。まだほんの子どもだったぼくは、そんな彼女のたたずまいから哀しみという概念を知った気がするよ」

おれはためらいがちに問う。

「彼女にはなにか、悲嘆に暮れずにはいられないような過去が？」

「ぼくは教えてもらえなかったけれど、おそらく近しい人たちを亡くしていたんじゃないのかな。従姉さんには親族から受け継いだらしい資産があったし、夏のあいだはどこかの修道院で暮らしていて、いずれ修道女になるつもりとのことだった。でもああいう施設での生活は、特に寒さの厳しい季節はきついものだろう？」

それで秋から春は、この屋敷に逗留していたのだろうか。

「病がちだったのか？」

「たぶん……肺を病んでいたんだ」

「……そうか」

結核は完治の難しい病だ。症状も人によりけりで、日常生活を送るのにさしつかえない小康状態を長く保つこともあれば、栄養状態の悪い者などはみるまに病魔に蝕《むしば》まれて命をおとすこともある。いずれにしろ若い女性が、人並みの未来を思い描けるような心境でなかったことは察せられる。

「従姉さんは黙りこんで憂鬱《ゆううつ》そうにしていることも多かったけれど、ぼくにはいつも驚くほど優しく接してくれたものだった。それでもどこか謹厳なところがあって、くりかえしぼくに説教をしてくるんだ。良い子でいなさい、正直で素直になりなさい、いつも神さまの思し召《おぼ》《め》しにかなうようつとめなさいって」

「それはきついな」

おもわず本音を洩らすと、パトリックもかすかに笑った。

「ぼくもどうにも苦手でね。まだカトリックの教義にはなじんでいなかった当時のぼくには、ただ自分が悪い子だと非難されていることしかわからなかった。だからあるとき、ついに我慢ならなくなってたずねたんだ」

それは冬の昏い朝のことだった。

「なぜ他の誰かよりも、神さまを喜ばせることのほうが大切なのかって。あのときの従姉さんの、恐怖と苦悩に満ち満ちた顔は、死ぬまで忘れられないよ」

ジェインはたちまち叫んだという。

『神さまは！　神さまは坊やをお創《つく》りになったのよ！　太陽や月や、このわたしや坊やのお父さまやお母さまだって、世界のすべてを神さまがお創りになったというのに、坊やはそれを知らないというの？　天国や地獄のことも？』

『だって……ぼく知らないもの』

うろたえ、声をふるわせるパトリックを、彼女は黒い瞳で射貫《いぬ》いた。

『それなら坊やを地獄に落として、生きたまま永遠の業火で焼いてあげるわ。さあ、想像してごらんなさい。ランプの焔で指先を火傷したことがあったわね？　その焔で手も足も顔もすべて焼かれて、焼かれ続けるの。叫びながら燃えて、燃えながら叫ぶのよ！　坊やは火炎地獄から永久に抜けだせはしない。ずっとずっと、永久によ！』

パトリックは怯えきり、息をするのも忘れて身をすくめていることしかできなかったという。

「……それから従姉さんは急にさめざめと泣き始めると、ぼくにくちづけを残して部屋をあとにしたんだ」

「きみを置き去りにしてか？」

パトリックは口許に自嘲めいた笑みをよぎらせた。

「この世のなにもかもに見捨てられたような気分だったよ」

「なんだって彼女は、そんな突然に……」

おれは予想だにしないジェインの激しさと、無慈悲ともいえる仕打ちに、困惑せずにはいられなかった。

「きみは彼女の脅しを信じたのか？」

「信じた。そしてぼくをとてつもない不幸に突き落とした従姉さんを、ひそかに憎むようになった。春になって彼女が屋敷を去るときには、従姉さんなんかはやく死んでしまえとすら願った。そうすればもう二度と顔をあわせないですむからね」

「無理もないだろう」

「でも真に恐ろしいことは、その先に待っていたんだ」

「……え？」

おそらくは晩夏の、おだやかな黄昏時《たそがれどき》のことだったという。

「ぼくはなぜかひとりきりで、静まりかえった四階まであがっていた。そこには従姉さんがかならず泊まる客室があって、鍵がかかっているはずのその部屋から、彼女がすべるように歩いてきたんだ」

「その季節は滞在しているはずのない彼女がってことか？」

「そう。ぼくのいたところからは、顔まではははっきりうかがえなかったけれど、それでもいつもの黒服に身をつつんだその姿は、まさしくジェイン従姉さんそのものだった。驚きのあまり、ぼくは従姉さんを追いかけた。そのときばかりは従姉さんに対する憎しみすら忘れて、足をとめた彼女がきっとぼくにほほえみかけてくれるものと無邪気に期待してね。でも何度かその名を呼びかけて、ようやくふりむいた従姉さんには――」

パトリックは片手のひらを顔にあて、すうと上下になでてみせた。

「顔がなかったのさ」

「…………」

おれはいつしか呼吸をとめていた。昨夜の女妖精の姿が、音もなく脳裡に明滅する。

「そこには目も鼻も口もない、ただ蒼《あお》ざめた、のっぺりとしたものがあるだけだった。そして従姉さんは——そいつは、凍りついたぼくの目のまえで、一瞬のうちに掻《か》き消えてしまった」

「一瞬のうちに？」

「まるで蠟燭《ろうそく》の焔を吹き消したかのように。ぼくはただただ恐ろしくて、悲鳴をあげることすらできないままに逃げて逃げて、ついには階段から転げ落ちたんだ」

「大丈夫だったのか？」

「なんとかね。驚いた使用人がすぐにかけつけて、あれこれ世話を焼いてくれたし。でも自分の視たもののことを、ぼくは誰にも打ち明けられなかった。そんな世迷いごとを口にしようものなら、きっと罰を受けることになるのを知っていたから」

「……それから彼女は？　つまりその……」

死期の迫った魂は、ときとして肉体を脱けだして生霊になることがあるという。

「ちゃんとその秋ダブリンにやってきたよ。ぼくとの再会を喜んでいるみたいで、心からいとおしむように頭をなでてもくれた。彼女と対面してついうろたえた自分を、恥じずにいられないくらいにね」

そしてパトリックを散歩に連れだしたジェインは、菓子や玩具や絵本を望むままに買い与えてくれたという。

「それでもぼくはもう、かつてジェイン従姉さんに優しくされたときの、こそばゆいような嬉しさを感じることはなかった。それどころか内心ではひどく怯えていた。いまぼくと手をつないでほほえんでいる彼女は、じつはあのときの顔のない**あいつ**が従姉さんの皮をかぶっているだけではないか」

おれははっとする。

「それってまるで——」

「そう。まさに妖精による成り代わりを疑った。そのころのぼくには、取り替え子の知識があったわけではなかったけれどね。それにあの邪悪なものこそが、ジェイン従姉さんの真の姿だったのかもしれないとも考えた。ぼくの知っている愛情深い従姉さんはもとよりまやかしで、どこにも存在しなかったのかもしれないって」

「だけどそれは……」

「うん。いまならわかるよ。そんな怯えこそがどんなにか子どもじみた、自己本位で傲慢な解釈にすぎなかったかということがね。ぼくが視たあれは、近しい他人を**見失った**ぼくの不安を投影した、心象風景のようなものだったのではないかということも」

「だとしても、理解することと納得することは違う。そうだろう？」

パトリックは目をあげ、とまどうようにおれをながめた。

「そんなにぼくの肩を持っていいのかい？」

「手負いの相手に追いうちをかけるのは主義じゃなくてね」

おれが肩をすくめると、パトリックは片眉をあげた。

「貴族的なんだ」

「喧嘩《けんか》売ってるのか？」

「精神の貴族のことだよ」

「骨董《こっとう》の価値でもあるなら換金してやりたいね」

おれは鼻で笑い、パトリックに続きをうながした。

「それからもきみは、彼女に疑いをいだきながら暮らしていたのか？」

だが意外にも、パトリックは首を横にふった。

「ジェイン従姉さんと顔をあわせたのは、その晩が最後だったよ」

「え？」

「夕食のあとで、従姉さんは新しい玩具でぼくと遊んでくれた。きれいな色に塗られた蒸気機関車と、それに続く客車の列が、暖炉の焔できらきら輝いていて……憶えているのはそんなささいなことばかりだよ。次の朝、彼女は朝食に姿をみせなかった」

おれは息を殺すように先を待った。

「大叔母さまからは、性質の悪い風邪で寝ついていると聞かされたけれど……おそらく急な喀血《かっけつ》でもあって、肺病が悪化したのだと思う。ぼくは四階に近づくことすら禁止されて……でもその気になれば、いくらでもお見舞いはできたはずなんだ」

「素直な良い子だから、言いつけを守ったんだろう」

パトリックは声をたてずに笑う。

「たしかにそれを口実に使ったかもね。ぼくは邪悪で姑息《こそく》な子どもだったから」

みずからをあざけり、貶めてのける声音に、おれは眉をひそめた。

「パトリック」

「結局ジェイン従姉さんは、生きて寝台を離れることはかなわなかった。従姉さんの死を知り、その棺《ひつぎ》を見送ったとき、ぼくがなにを感じたと思う?」

ふいに声をうわずらせ、パトリックは叫んだ。

「悲しみじゃない。不安さ。ぼくは恐ろしくてたまらなかったんだ。ぼくはたしかに従姉さんの死を望んでいた。そして呪いはめでたく成就した。だから死んで本性を剝きだしにした従姉さんの亡霊が、復讐《ふくしゅう》を遂げにやってくるかもしれない。そうでなくても、いつかぼくには罰を受けるときがやってくる! かならずやそうなるに決まっている!」

肩で呼吸をくりかえすパトリックの瞳に、暖炉の焰が揺れている。

未来永劫《えいごう》逃れることのかなわない、火炎地獄の焰のように。

「……これでわかっただろう。あの森で、顔のない女妖精が彼女の名を告げたとき、ぼくがどんな心地になったものか」

十年越しであの世からよみがえった従姉が、呪いの罪からは永遠に逃れられないことを告げにきた――そう感じたのか。

「だけどきみだって、彼女がその時期に亡くなったのが偶然だったことくらい、わかっているんだろう？」

おれはたまらず言《い》い募《つの》った。

「そもそも呪ったくらいで相手の命を奪えるなら、レディントンの義兄なんか、もう何十回と死んでいてもおかしくないぞ。しかもおれはそのことを恥じてすらいないんだ。罪深さではきみと比べものにならない」

「きみはそれだけのことをされたのだし、相手のほうもきみを好いてはいないのだからしかたがないよ。でもジェイン従姉さんは、彼女なりにぼくを愛していたんだ。それに従姉さんが怒ったのは、ぼくが彼女を傷つけたからさ。ぼくは子ども心にそれを知っていて、にもかかわらず彼女を恨んで呪ったんだよ」

パトリックは呪われている。呪いの罪を責めたてる従姉にではない。その幼くつたない殺意を、どこまでも呪う自分にこそ呪われているのだ。

「ぼくはそのことを誰にも話せなかった。口にしたら地獄行きが現実になってしまいそうで怖かったし、顔のないあいつのことだって、信じてもらえるはずがなかった。でも本当はみんなあいつを恐れていて、だからこそ知らぬふりをしているだけなのかもしれないとも疑った。だってみんながどこにもいないと嘘を吐くものを、ぼくはいつだってすぐそばに感じていたのだから。ジェイン従姉さんも、大叔母さまも、みんなみんなぼくに嘘を吐いていた。だからぼくはもう、なにも信じられなくなったんだ」

そんな外界を拒絶するように、パトリックは目を閉ざす。

かたくなで、寄る辺ないその横顔を、おれはうかがった。

「いまでもそんなふうに感じるのか」

ささやくように問いかける。

「……ときどき」

「悪いけど」

おれは暖炉をみつめ、ぞんざいに言い放った。

「おれは襤褸《ぼろ》のでない嘘が吐けるほど器用じゃないからな」

ひと呼吸おいて、パトリックがまぶたを持ちあげる。

そのままぱちぱちとまばたきをくりかえし、

「そうか。そうだね。そうだった……はは」

気の抜けた笑いをもらした。張りつめた苦悩がゆるんだ反動のように、くつくつと笑い続ける。

「たしかにきみは、あちらがわのものをいないことになんてできないね。さっきもみごとな腰の抜かしようだった」

「な……しかたないだろう！　頼りのきみはいつまでも寝こけてるし、こっちはひとりで必死に――」

「知っているよ」

パトリックはつぶやいた。

「きみはいつだって捨て身なんだ」

「わかっているなら、捨て身のいたわりに感謝してほしいね」

自分の臆病《おくびょう》さを認めるのは、それなりに決まりの悪いものなのだ。

「……うん」

パトリックはかすかに目許をゆがめる。疼痛《とうつう》をこらえるような、できそこないの苦笑のようなまなざしは、だがすぐにいつもの人を喰ったような表情に取って代わられた。

「ではささやかな礼として、寝酒でもふるまうことにしようか」

「ナイトキャップか。いいな」

「とっておきのブランデーが厨房にあるはずなんだ」

「なら今夜はそれで手打ちってことで」

おれたちはいそいそと腰をあげる。

たまにはこんな夜更かしも悪くない。

殺意の罪に汚れた悪童たちには、似あいの夜のすごしかただ。

3

辻馬車に揺られるうちに、おれたちはいつしかうつらうつらしていた。

二晩続きでろくな睡眠をとっていないのだから、それもいたしかたないだろう。

気がついたときには、すでに金雀枝館まで続く並木道にさしかかったところだった。

おれは欠伸をひとつかみ殺して、

「まずはどこから手をつける？」

「そうだね。兄さんには暇をみて金雀枝館の敷地をさぐってくれるように頼んであるから、取り急ぎその報告を受けるところから始めよう。あとは――」

「ジェインがいったい誰なのかだな」

パトリックが一瞬くちごもったので、おれは代わりに話を進めた。

「夫人よりもオブライエン家に詳しい相手にあたるとしたら、やっぱり当主のキリアン氏だろうけど……」

「顔をあわせるのが気まずいのはたしかだね」

「リーガン女史との逢瀬の件もあるしな」

話しそびれていた深夜の密会については、すでにパトリックに打ち明けていた。

「きみがふたりを目撃した三階の窓は、たしかにキリアン氏の寝室だったのかい？」

「ああ。翌朝モイラにそれとなく確認してみたからな。夫人とパディの私室がおれたちの客室もある二階。リーガン女史の私室は三階の勉強部屋の隣。ちなみに残りの使用人——サリヴァン夫妻とブリジットは、一階の使用人区画にそれぞれ個室を与えられているそうだ。昔は屋根裏も使用人部屋として使われていたらしいけど、いまは古い家具やなにかをしまいこんでいるだけだとさ」

「つまり三階のふたりが夜におたがいの部屋を行き来したところで、誰かに悟られる危険はほとんどないわけだね。あるいはもとより妻も公認の関係なのかも」

パトリックがさらりと過激な発言をしてのける。

おれはたまらずのけぞり、その拍子に背もたれに頭をぶつけてうめいた。

「おいおい……冗談はよしてくれ。そういう生々しいのは苦手なんだよ。そもそも女家庭教師と当主の禁断の恋なんて、流行《はや》りの通俗小説じゃあるまいし」

おれは憂鬱な気分で後頭部をさすりながら、

「いまさらあのふたりに近づくのは気が乗らないな。おれたちが妙なつつきかたをしたせいで、パディに余波が及びでもしたらかわいそうじゃないか」

「その点はぼくも同感だ。裏の顔がどうであれ、女史が優秀な教育者であることは事実だ

にうらめしそうな顔のお姉さんを連れて歩いているんですかってね」

「……………」

「あのときは痛快だったなあ。あとで大叔母さまにめちゃくちゃ叱られたけれど」

おれは断言した。

「それはきみが悪い」

「でも本当のことなんだよ」

反省の欠片もなく、パトリックはぺろりと舌をだした。


おれたちを出迎えたフィオナ夫人の様子は、先日と変わりないものだった。

バン・シーの死の予告に加え、帰宅した当主キリアンの動向も気がかりだったが、あれから金雀枝館ではとりたてて異変はないようでひとまず安心する。

パディは午前の勉強中だというので、おれたちはお茶の誘いを丁重に辞退し、昼食まで敷地を散策させてもらうことにした。もちろん散策というのは口実で、ここに滞在しているロビンと落ちあう予定である。

パトリックと連れだって、さっそく裏の荒れ野を森に向かいながら、おれは丘のふもとの墓地に目をやった。

「そういえば、バン・シーに死を嘆かれたらしい先代の当主も、あの墓地に眠っているのかな」

「ちょっと寄ってみようか」

パトリックに続き、ほどなくたどりついた墓地は、やわらかな陽光をひっそりと受けとめていた。枯れた蔦のからんだケルト十字や、苔生《こけむ》して風化した墓碑銘から、深夜に忍びこんだときのようなおどろおどろしさは感じない。

それでもただただどうしようもなく、ものさびしい光景だった。

館の正面の草木はそれなりに整えられているので、臨時の庭師でも雇っているのだろうが、さすがにここまでは手がまわらないのかもしれない。

「どこにも花が供えられていないね」

ぽつりとパトリックがつぶやき、なるほどそのせいでなおさら打ち捨てられた風情なのかと納得する。

「こんな季節だからかな」

「どうだろう」

なにか腑《ふ》に落ちないものを感じているのか、パトリックの口調はあいまいだ。

どうやら奥に向かうほど、古い年代の墓が並んでいるようだ。そうとわかれば、めざす墓を発見するのに時間はかからなかった。おれは膝に手をつき、墓碑銘に目をこらす。

「たぶんこれがそうだろうな。《ローナン・オブライエン　一七九五年この地に生まれ一八五四年この地に没す　その魂は誇り高く慈悲深く、先祖より受け継がれしこの地と民に豊穣《ほうじょう》をもたらす》」

「隣はヘレン嬢のお墓だね。《ヘレン・オブライエン　一八三六年この地に生まれ一八五九年この地に没す》」

「銘文はそれだけ？　ずいぶんそっけないんだな」

若くして他界した女性に、特筆すべき功績がないのはしかたがないとしても、子どもや若者の墓碑には、その早すぎる死を悼む文言が刻まれることが多いものだ。

「先代の葬儀は、不在の兄に代わってヘレン嬢が取りしきったのだろうけれど」

「そのヘレン嬢が五年後に亡くなったときは、すでに退役した兄が当主の座に納まっていたわけか」

そのために葬儀や埋葬もおざなりだったのだろうか。もっとも新しいはずの墓碑はすでにかしいでいて、なんとももの哀《がな》しい気分になる。

そのとき館の方角から、虹色《にじいろ》の光を孕んだ風が吹き抜けた。

「っ！」

とっさに首をすくめたおれの頭ぎりぎりをかすめ、くるりと宙を旋回してパトリックの肩に降りたったのは、呼びだしに応じたロビンだった。こんなふうにおれを驚かせてからかうのも、ロビンなりの親愛の表現なのだといまでは承知している。

「兄さん！　お泊まりは楽しかったかい？」

丸一日そばを離れていただけだが、ふたりは嬉々としてじゃれあっている。

おれにはまだ聴き取れないロビンの声に、パトリックはにこにこと耳をかたむけていたが、やがてふいにまじめな表情になると、こちらをふりむいた。

「兄さんが森でなにか発見したらしい」

「なにかって？」

「とにかく行ってみよう」

すかさずかけだしたパトリックに、おれも急いで従う。

ロビンを追って、ひたすら森の奥へ奥へといざなわれるうちに、からみあう木々の枝が陽をさえぎり、あたりは黒い霧がたちこめたような不気味さを増してゆく。やがて光跡をひいたロビンの姿がふいに正面の樹に吸いこまれた——と錯覚したのは、幹にうがたれた洞に彼が飛びこんだためだった。そう理解して、はたとひらめく。

「ひょっとして、秋の終わりにパディが森で行方知れずになったのは、ここにもぐりこんでいたせいだったとか？」

「でも子どもが身を隠せるほどの奥行きはないみたいだよ」

首をひねるパトリックに続いて近づいてみると、たしかにそのとおりだった。

ひょこりと洞から顔をだしたロビンが、嘴《くちばし》に黒い糸束のようなものを咥《くわ》えている。

洞をのぞきこんだおれは、糸束の奥に埋もれているものに目を凝らし、

「なんだろう？」

「ひっ！」

その正体を悟るなり、悲鳴とともに飛びのいた。

みだれ髪の貼《は》りついた髑髏《しゃれこうべ》が、赫黒《あかぐろ》の眼窩からこちらを睨みすえている。

「おちつきたまえ、オーランド」

「だ、だ、だって——」

「きみの眼は硝子玉でできているのかい？　これはただの仮面だよ」

パトリックはむんずとそいつをつかみだした。

「ほら。これこそ色硝子を嵌《は》めこんだだけのしろものさ。こんな子供騙《こどもだま》しにひっかかるとは、ぼくも抜かったたな」

黒ずんだ血色の眼窩を、パトリックはかちりと爪先で弾《はじ》いてみせる。

それはたしかに仮面だった。しかも歌劇場の楽屋を漁れば転がりでてきそうな、小道具めいた造作の仮面だ。視界を確保するために両眼は刳り抜かれているが、鼻や口はおざなりに刻まれているのみ。ほのかな月光が射《さ》すだけの暗がりでは、あるべきはずのものがない、ただのっぺりと蒼ざめたかんばせにしか映らないだろう。

「黒髪の鬘《かつら》と白装束も隠してある。これで扮装《ふんそう》は完璧《かんぺき》というわけだね」

枯れ葉のついたガウンを、おれはまじまじとみつめた。

「つまり死の女妖精は、生身の誰かが演じた偽者だったってことか？」

「一昨日の夜に、ぼくたちがここで遭遇した相手はね」

「それ以外は？」

「わからない。でも――」

パトリックの黒い瞳は、いつしか鋭さを増していた。

「偽者にとってのぼくたちは、どうやら招かれざる客のようだ」


「いったい誰が、なぜこんな残酷なことを？」

屋敷に取ってかえしたおれたちが事情を打ち明けると、淡い藤色《ふじいろ》の半喪服に身をつつんだフィオナ夫人は、動揺もあらわに声をふるわせた。

あらかじめ内密の相談があると伝えたため、おれたちは書斎に通されている。それでも廊下にひとけがないことを確かめつつ、パトリックは説明にかかった。

「誰がという点は部外者のぼくたちにはわかりかねますが、まず考えられるのはオブライエン一族のみなさんの恐怖をかきたてるためでしょう。いまでもバン・シーの伝承が残る旧家だからこそ脅威となりえる、巧妙な手段といえます」

「一族の誰が命をおとすのか、いつそのときがおとずれるのか、わたくしたちが怯えてすごすさまを楽しもうというの？」

「はい。とはいえそれだけなら、性質の悪いいたずらの範疇《はんちゅう》でかたづけられる行為かもしれません。ただ――」

パトリックは慎重に続けた。

「もしも現実に一族のどなたかが亡くなったとしたら、バン・シーを畏《おそ》れるあなたがたならやはり死の予告は実現してしまった、その死は誰にもとめられない定めだったと諦念《ていねん》とともに受けとめてしまうのではないでしょうか。予告があったことについては黙して語らないまま」

フィオナ夫人は不安げな瞳のままに同意した。

「それは……古い言い伝えのことなど持ちだしても、きっとどなたも本気にはなさらないでしょうから」

「けれどそれこそが、この世ならぬ存在を騙《かた》った真犯人の狙いだったとしたら？　つまりそれが避けられるはずの死――殺人であったとしても、あなたがたが疑ったり騒ぎたてたりせず、運命づけられた不慮の事故や病だとみなしてしまうことこそを望んでいるのではないかということです」

「殺人ですって!?」

悲鳴を押しとどめるように、夫人は口許に手をあてた。

「そんなまさか……なんておぞましいこと」

残る片手は、すがるように椅子の肘かけを握りしめている。

「失礼ですが――」

おれは遠慮がちにきりだした。できることなら彼女の動揺が治まるのを待ちたいところだが、そうのんびりしてもいられない。

「バン・シーの予告を受けて先代のご当主が亡くなられたとき、その死にどこか不審な点はありませんでしたか？」

たちまち夫人は息を呑む。おれの問いの意図を、正確に理解したのだろう。

つまり今回のバン・シー騒ぎに、不吉な伝承を利用した殺人の計画がからんでいるのなら、前回もまた同様だったのではないかという疑惑だ。

だがその可能性を、彼女はおののくように否定した。

「お義父さまは何年も伏せっていらして、かかりつけの医師からも長くはないと告げられていたの。それでもずいぶんと持ちこたえられたのよ。きっとキリアンの帰還を待ち望む気力がそうさせたのだろうって。わたくしとヘレンで最期を看取《みと》ったときも、眠るように安らかなご様子でいらしたし」

「そうでしたか……」

「それにあなたがたも、正餐室で耳にされたでしょう？　魂を凍りつかせるような、あの泣き声！　十三年まえとまるで変わらない、あの恐ろしい嘆きの声が生身の人間のしわざだなんて、とても信じられないわ！」

混乱が嵩《こう》じるあまり、夫人はいまにも泣きだしそうに訴える。バン・シーの真偽がどちらに転ぼうと、彼女にとって耐えがたい状況に変わりはないのだから、その心境は察してあまりある。

「どうかおちついてください」

パトリックがけんめいになだめにかかる。

「あのすさまじい泣き声には、ぼくたちもこの世ならぬものの存在を感じました。いまその真贋《しんがん》を確かめるすべはありませんが、伝承を利用している何者かが存在することは事実です。まずはその意図を突きとめるところから、始めるべきではありませんか？」

「……そうね。取り乱してごめんなさい」

恥じるようにうつむき、彼女は浅い呼吸をくりかえす。

パトリックは痛ましげな面持ちのまま問いかけた。

「先代の死に怪しむべきところがないとすれば、ヘレン嬢はいかがですか？」

「ヘレン？」

彼女は弾かれたように顔をあげた。

「性質の悪い風邪で亡くなられたと、サリヴァン氏からもうかがいましたが」

「え……ええ、そのとおりよ。もともと丈夫な娘ではなかったから、あっというまのことで。でも病死ではないかもしれないなんて、そんなはずはないわ。サリヴァン夫妻やわたくしが、代わる代わる付き添っていたのだし」

「その時期に死の予告らしき現象はありましたか？」

怯えきった視線を、彼女はあてもなく宙にさまよわせる。

「さあ……どうだったのかしら。よく憶えていないけれど……」

「ではオブライエン家の方々以外に、一族に憑いたバン・シーの伝承について知っている者はどれほどいるでしょうか？」

「マラハイド近郊の住人なら、誰が耳にしていてもおかしくないのではないかしら。義父が亡くなったあとはほとんどの者に暇をだしたのだけれど、特にくちどめをしたわけでもなかったし……現にモイラも、昔この屋敷で働いていた祖母から自慢話のように聞かされていたそうだから」

「なるほど」

バン・シーの嘆きを受けるのが死者にとって名誉なことなら、率先してその噂が吹聴《ふいちょう》されていてもおかしくはない。となると情報の出所から今回の犯人を特定するのは、難しいかもしれない。

「古参の使用人はサリヴァン夫妻だけだそうですが、代替わりで使用人を一新する慣例でもあったのですか？」

「そうではないの。ただ当時のわたくしはキリアンの婚約者にすぎない身で、彼の資産を自由にする資格はなかったし、それはヘレンも同じだったのよ。彼女のほうはいくばくかの資産を受け継いではいたけれど、浪費は避けなければならなかった。もしもキリアンが戦死していれば、おたがい金雀枝館にとどまる資格はなかったから」

「館も土地も、親族の男性に相続されることになるわけですか？」

「ええ。キリアンよりやや年嵩の遠縁の者で、わたくしも面識はあるけれど、昔から好きにはなれなかった。一度なんて、キリアンが出征していると知っていてここをたずねてきたこともあったわ。もしも彼が戦死したら、わたくしかヘレンを自分の妻にしてやってもいいだなんて、おぞましい提案を持ちかけたりして。本当に汚らわしい男」

「それはひどいですね」

パトリックともども眉をひそめたおれは、ふと嫌な予感をおぼえた。

「その男――」

声をあげるなり、ふたりの視線がそろってこちらを向く。

「その男の、現在の所在はわかりますか？」

少々ひるみつつたずねると、夫人はとまどいがちに首を横にふった。

「退役したキリアン宛《あ》てに、ダブリンから何度か手紙が届いたことはあるけれど、もう何年もつきあいは絶えているの。だからいまもそこに住んでいるかどうかは……」

「その男こそが、ご当主やパディの命を狙っているとは考えられませんか？　おふたりになにかあれば、その男が代わりに家督を相続することになる。それは充分な動機になるのではないかと」

「そんな――」

絶句した彼女はみるまに蒼ざめてゆく。

パトリックもしばらく無言で考えこんでいたが、

「たしかに考えられなくはないですね。その男なら一族の伝承についても詳しいでしょうし、金に困ったとか、相続を急ぎたいような事情でもあって、共犯者にバン・シーを演じさせることにしたのかもしれません」

「共犯者？」

「おそらくは女性です。一昨日の夜にぼくたちが裏の森で耳にしたのは、女性の声でしたから」

「わたくしとブリジットが森まで出向いたときも、泣き声や身体つきは女性のもののように感じたわ」

夫人は胸許を押さえ、勇気をふりしぼるように問う。

「……その共犯者というのは、この金雀枝館の者なのかしら？」

「それはなんともいえません。その気になりさえすれば、あの森には誰でもたやすく忍びこめるはずですから」

「そうね……とても目が行き届いているとはいえないし、たとえ誰かが住みついていたとしても、すぐには気がつかないかもしれない」

あらためてその危うさに思い至ったように、彼女は身をふるわせた。

「ただその協力者というのは、ふたりいるのかもしれません」

「もうひとりはジェインという女性ね？」

「はい。色硝子を嵌めた仮面をかぶったうえにあの暗さでは、まともに視界が利いたとは思えません。あれはそばにいるはずの一味に呼びかけようとしたものと考えたほうが、腑に落ちます」

そしておそらくこちらの反応から誤りを悟った彼女は、とっさに身をひるがえし、月の光の届かない森の奥へと逃げこんだのだろう。

いずれにしろ悪意を秘めたそれらの者たちが、正体を暴かれることを望んでいないのはたしかだろう。

パトリックが真摯なまなざしで告げる。

「この件に殺意がからんでいるというのは、ぼくたちの考えすぎかもしれません。ですが相手の目的がわからない以上は、警戒を怠らないに越したことはないはずです。変装用の装束は樹の洞に戻しておきましたから、こちらが偽装を見破ったと犯人がまだ気がついていないなら、その油断から正体に迫れる可能性もあります。まずは動機のありそうなその遠縁の男を、ぼくたちが調べてみるというのはどうでしょうか？」

「おふたりが？」

「内部の者が手を組んでいる疑いが捨てられない現状では、ぼくたちが動くのがもっとも得策ですから」

「でも——」

すがるような彼女の瞳に、希望と懸念がせめぎあう。

「オブライエンの縁者でもないのに、そんなことまでしていただくわけには。相手のもくろみを挫こうとして、もしもあなたがたのほうが危害を加えられでもしたら……」

そんなためらいを拭い去るように、

「厚かましいのは承知ですが、ぼくはパディをまるで弟のように感じているんです。同じナースの世話になった仲ですし、なんといっても名まえが同じですしね。だから弟というよりも分身かな。そんなあの子が悪だくみの標的になっているかもしれないのに、放ってはおけませんよ。それに——」

パトリックは照れくさそうに肩をすくめてみせた。

「ここで怖気づいて逃げだすようなまねをしたら、それこそぼくを育てたキャサリンに叱られてしまいますからね」


いつでも気の向いたときに宿泊できるようにというフィオナ夫人の計らいで、おれたちには先日の客室が用意されていた。今夜のところは泊まりこむつもりはなかったが、昼食に呼ばれるまで、ありがたくその一室で休ませてもらうことにする。

パトリックは寝台の隅に腰かけると、

「さっきはあんなふうに豪語してみせたけれど、きみは降りてくれてもいいんだよ。ぼくのナースに恩義があるわけでもないのだし」

「くだらない遠慮はよせよ」

おれは鼻であしらい、長椅子に足を投げだした。

「危険があるなら、なおさらおれだけ抜けるわけにはいかないさ」

「でも怪我でもしたら大変だ」

「きみのほうこそ、なにかあればキャサリンを悔《く》やませることになるだろうに。自覚あるのか？」

「それはそうかもしれないけれど」

パトリックはもどかしげにくちごもる。

これ以上ぐずぐずされてもたまらないので、おれはさっさと本題をきりだした。

「これからどう動くか、いまのうちに考えておいたほうがいいな。昼食をすませたら、とりあえずパディの相手をしてやって……」

「そのときに遊びをよそおって、パディに金雀枝館をひととおり案内してもらうというのはどうかな？」

「屋敷内をさぐってみるってことか？」

パトリックは無言で首を縦にふる。おれはちらと扉に目をやり、声をひそめた。

「きみは協力者がこの屋敷にいるとみているのか？」

「夜にたびたび聴こえるという泣き声は、金雀枝館に住まう女性陣なら誰にでも演じられるものだろうし、きみは失念しているようだけれど、夜更けに目を覚ましたパディは、啜り泣く女妖精らしきものと寝室で対面してもいるからね」

「そうだよ！」

おれは飛びあがるように長椅子から背を浮かせた。

「それってまずくないか？　もしもそいつが、あの子を狙う輩《やから》の手先なら――」

たとえ隣室にナースメイドが控えていようと、その気になればいつでも無防備なパディの命を奪えるということにほかならないのではないか。

だがさすがにパトリックは冷静だった。

「とはいえそれが真贋いずれかのバン・シーなのか、はたまたパディの夢にすぎないのかどうかも、判断のしようがないのだけれど」

「ああ……そうだった」

この館にはたしかになにかが憑いているらしい。ただそれが死を予期する女妖精なのかどうかも、いまもって定かではないのだ。

おれは腕を組み、考えこんだ。裏の森で目撃されたバン・シーが、仮にすべて偽者だとしたら、誰にそれを演じる機会があっただろうか。

パディとモイラが異変に気がついた晩は、フィオナ夫人とブリジットが連れだって森に出向いている。残るサリヴァン夫妻とリーガン女史は、夫妻の私室から同時に白い人影を目撃している。そして一昨日おれたちが墓地で張りこんでいたときは、三階の窓辺にキリアンとリーガン女史の姿があった。屋敷の住人はこれで勢ぞろいしたわけである。

これ以上この方向で考えても、結論にはたどりつけなそうだ。

おれはため息をつき、天井をあおいだ。

「バン・シーみたいに古い館に巣喰う存在で、似たものに心当たりはないのか?」

そう訊いてみると、パトリックは面目なさそうに首をすくめた。

「残念ながら、ぼくにも体系的な知識があるわけではないからね。いつかファーガソン氏から、日本にも似た妖精がいると聞いたことはあるけれど」

彼はおれたちの後輩ウィルの父親で、日本の習俗にもいくらか通じているのだ。

「やっぱり家人の死を告げるのか?」

おれは興味を惹かれてたずねる。解決の糸口のつかめない現実から、つかのまでも目をそむけたい気分もあったかもしれない。

「そこはひと味ちがうんだ。その妖精はたいてい幼い子どもの姿をしていて、それが棲みついている家は栄えるという言い伝えなのさ」

「へえ。そんな隣人ならむしろお目にかかってみたいものだな」

パトリックも笑みを浮かべつつ、

「ぼくもだよ。富とか幸福とかいったものが、かわいらしい子どもの姿に象徴されているのかもしれないね」

「なんとなくわかるな」

「そしてその子が去ったとき、家は没落するとされてもいる」

「自分から出て行くのか?」

「そう」

「出て行って、そのあとはどうするんだ?」

「居心地の好さそうな他の家を探して、また居候するんじゃないかな」

「そうか。どこにでも好きなところに行けるのならよかった」

そうつぶやくと、パトリックがけげんそうな顔をした。おれは肩をすくめて、

「だってこの国のバン・シーは、どこにも行けないだろう？　土地だか血族だかに憑いている彼女は、他の一族に鞍替《くらが》えなんてできない。凋落《ちょうらく》した名家に嫌気がさしても見捨てるに見捨てられず……しかもその死を憐《あわ》れんで泣いては不気味がられるだけだなんて、まるで呪われてるのは彼女のほうみたいじゃないか」

「きみという男は本当に……」

「なんだよ」

「なんでもないよ」

雑念を払いのけるように、パトリックはひとつ頭をふる。

「ともかくその悲愴《ひそう》なバン・シーが、いまこそオブライエン家の者の死を嘆いているのだとしたら、それは偽のバン・シー一味の殺意に反応していると考えたほうがいいのかもしれない」

おれはどきりと身をこわばらせた。

「まさかそれ……もしもおれたちの読みどおりに遠縁の男が家督を狙っているなら、父子ふたりの死が予知されていることになるのか？」

「可能性としてはありえるね。加えて犯人が真のバン・シーの存在を信じていたら、それを知ってますます計画を実行する意志をかためることになるかもしれない」

バン・シーの知らせる死は避けられないとされている。だとしたら計画はもはや成就すると約束されているも同然だ。

「なんてことだ。それじゃあ、まるきり悪循環じゃないか」

発動した殺意が、ねじれた運命の輪をひたすら加速させていく。そんな状況に眩暈をおぼえて、おれは額を押さえた。

「せめて標的がひとりなら……いや、そういう発想はだめだな」

脳裡に浮かんだキリアン・オブライエンの姿を、急いで打ち消そうとして、おれはふと気がついた。

「考えてみるとあのときも似た状況だったのか」

「あのときって？」

「ほら、先代の当主が病気で亡くなったとき、キリアン氏はクリミアに出征中だったわけだろう？　だからフィオナ夫人にしてみれば、バン・シーの嘆きがどちらの死を予期してのものかわからずに、不安にすごすしかなかったのかもしれないなって」

パトリックはかすかに目をみはった。

「なるほど……それは見落としていたな。婚約者の戦死と、長患いの義父の病死を天秤《てんびん》にかけるなら、後者をさしだしたいと望むのが人情というものだろうけれど」

「だとしたら十三年も経ったいまになって、かつての罪の報《むく》いを受けているような気分なのかもな」

「でも報いを受けるべき罪なら、キリアン氏のほうがよほど犯していそうなものだ。あの荒れようでは、あちこちで個人的な恨みを買っていてもおかしくはないし」

するとパトリックはなにかをひらめいたように、

「ここはひとつ、その線でも情報収集に励《はげ》んでみることにしようか？」

「どうやって？」

「きみ、キャサリンにもらった金枝はどうした？」

「え？　ああ、たしかきみの夢魔を追い払ったあと……」

枕に転がっていたのを拾いあげ、外套にしまいこんだままになっているはずだ。おれは長椅子にかけてあった外套をまさぐり、

「ほら、ここにある」

「ちょっと貸してくれたまえ」

パトリックはすたすたと歩いてくると、おれのさしだした小枝をつまみあげた。くんと匂いを嗅ぐなり、顔をしかめる。

「うわあ。やっぱり残っているよ」

「なにが？」

「あいつの切《き》れ端《はし》さ」

「え？　あの夢魔の？」

おれはぎょっとして、いまさらながら身をひいた。

「ちぎれた蜥蜴《とかげ》の尻尾《しっぽ》が、しぶとく生きたままからみついているようなものかな。こんなものを身につけていて、よく平気だったね。人並みの悩みがあれば、悪夢にうなされそうなものなのに」

おれは憮然《ぶぜん》とする。

「能天気で悪かったな」

「冗談だって。でもこれは使えそうだ」

なぜかうきうきとした足どりで、パトリックが扉に向かう。

おれは頭に疑問符を浮かべたまま、ひとまずあとを追った。

「どうするつもりだ？」

「もちろんキリアン・オブライエンに悪夢をみてもらうのさ」

「なんのために？」

「誰かに命を狙われるだけのことをしている自覚があれば、その相手が襲いかかってくる恐怖にうなされて……」

「犯人の名を口走るかもしれない？」

「そういうこと」

キリアン氏の寝室に近づくにつれ、パトリックは声をひそめる。

「ここでの彼はほとんど昼夜逆転の生活のようだし、たとえ目を覚ましていても酒浸りだから、すぐに気づかれることはないだろう」

パトリックは扉の正面に屈《かが》みこみ、隙間から枝をすべりこませた。

「これでよし。尻尾がおいしい餌の匂いを嗅ぎとれば、ぼくの悪夢を喰らいつくせなくて欲求不満のあいつが、すぐに誘いだされてくるはずさ」

「……それはなんとも胸の躍る邂逅だな」

4

なんとか楽しい食卓を演じきると、おれたちはさりげなくパディをうながして、三人で敷地の探険にくりだすことに成功した。

裏心のある身としてはうしろめたさが募るが、当のパディがいたく喜んでいる様子なので、今度ばかりは許してもらうことにする。裏の森がどれほどの広さなのか、興味があると伝えると、さっそく案内してくれるという。

「あれから森には一度も近づいていないの。母さまが、もっと大きくなるまではひとりで歩きまわっちゃいけませんって」

あれからというのは、秋に森で行方知れずになったときのことだろう。森に出入りすることまでを禁じられたわけではないようだが、わざわざ付き添いを頼んでまで踏みこむ気にもなれなかったのかもしれない。

そろそろ丘の裾野にさしかかろうというとき、

「気が向かないなら、むりしなくてもいいんだからな」

おれはそうささやいたが、パディはけなげに首を横にふった。

「平気だよ。でも……森にいるあいだはぼくと手をつないでいてくれる？」

「もちろんさ」

おれはこちらからその手を取ってやった。

おずおずと握りかえされたちいさな手が、驚くほどあたたかい。

先を歩くパトリックにのんびりと続きながら、おれはひそかに考える。パディはふたたび妖精の棲み処とやらに連れ去られることを恐れているのだろうか。誰とも共有できない夢と現《うつつ》の境界はあいまいだ。

そんな不安を感じたのか、パトリックが肩越しにふりむいた。

「もしもオーランドとそろってあちらがわに迷いこんだとしても、ぼくの兄さんがすぐにこちらの世界まで導いてくれるから大丈夫だよ」

そのロビンはというと、どこか謹厳な保護者のような風情で、パディの肩に納まっている。子ども時代のパトリックも、こんなふうに彼から世話を焼かれていたのかと思うと、頬をゆるめずにはいられない。

「おれもついでに迷子になるのか？」

「素質なら充分だろう？　やたらと感覚は鋭いくせに、迂闊さのほうは人一倍ときているんだから」

「迂闊はよけいだぞ」

おれが奴の背に向かって舌をだしてやると、パディがくすくすと笑った。

昼さがりの森は、残り雨を孕んだような、やわらかな呼気に満ちている。そのため息のひとつひとつに、あちらがわのものの息吹が溶けこんでいるのかもしれない。そんな想像をしても、ふしぎと恐ろしさは感じないほど、その気配はやさしく膚になじんだ。

「あの小鳥は鶲《ひたき》だよ。胸が綿雪みたいにふわふわだからすぐにわかるんだ」

頭上の枝を指さしながら、パディが教えてくれる。

「リーガン先生に習ったのか？」

パディはさも誇らしそうにうなずいた。

「この森にいる鳥の名まえは、みんな知ってるよ」

「それはすごいな」

するとパトリックがおもむろにたずねた。

「パディ。きみは森の向こうがわに抜けたことはあるかい？」

「ずっとまえに一度だけ、ミスタ・サリヴァンが連れていってくれたよ。まっすぐまっすぐ進んでいくと、そのうち丘のてっぺんにでるんだ」

「まっすぐ丘をのぼるんだね。ありがとう」

なにか気にかかることでもあるのか、パトリックの姿はどんどん遠ざかり、おれたちはいつしかかなりの遅れをとっていた。

「ちょっと急げるか」

「うん」

こちらもやや足を速め、五分たらずでゆるやかな丘をのぼりきるころには、樹がまばらになっていた。その先に広がるのは、うねうねと丘が続き、田舎道《いなかみち》が見え隠れするばかりの光景だ。かなたに散る淡雪のような影は、放牧されている羊だろうか。

汗ばんだ額に、草原を抜ける日向《ひなた》の風が心地好い。

だがのどかな景色を、パトリックは難しい顔でみつめている。どうやらその視線は、丘のふもとに沿いながら遠ざかる道のゆくえを追っているようだ。

「この先にでかけたことは？」

パトリックが訊くと、パディは白い息を弾ませながら、首を横にふった。

「でもあの道は、マラハイドの隣の駅まで続いているはずだって、ミスタ・サリヴァンが教えてくれたよ」

おれは眉をひそめ、パトリックにささやきかけた。

「その気になれば、どんな他所者でもこの森に侵入できるってわけか」

「その逆もね」

「逆？」

おれは続きを待つが、パトリックはそれきり口をつぐんでなにかを考えこんでいる。

「昔は丘の向こうまでご先祖さまの土地だったけど、いまはもう人手に渡ったから勝手に踏みこんじゃいけないんだって。ミスタ・サリヴァンはちょっと残念そうだった」

おれたちの役にたてるのが嬉しいのか、パディは熱心に説明してくれる。

「でもリーガン先生は、これからの時代は土地を奪いあって戦ったり、憎みあったりしないで、おたがいに敬意を払うのが大切だって。そのためにも土地の歴史をちゃんと知っておかなきゃならないんだ。ぼくにはこの土地と金雀枝館をずっと守っていく義務があるから、そうする責任があるんだよ」

「立派な心がけだな」

義務だの責任だの、訓辞を暗誦《あんしょう》するかのようなきまじめな口調がほほえましい。

「でもね。ぼくいつか遠いところに住んでみたいんだ」

「ここで暮らすのは退屈か？」

「……ちょっとだけ」

幼心《おさなごころ》に、恵まれた境遇であることは理解しているのだろう。うしろめたそうにつぶやくパディと、おれは目線をあわせた。

「あと何年かすれば、ひとりでどこにでも好きなところへ旅行できるようになるさ。いまは汽車や蒸気船もあるから、港町から海を越えるのだって簡単だ。まずはどこに行ってみたいんだ？　ロンドン？　パリ？　それともローマ？」

「ん……よくわからない。行ったことないから」

「そうか。そうだよな。ごめん」

おれは苦笑しつつ謝った。地理や歴史の勉強で、どこか特定の土地に興味を持ったわけではなかったらしい。

ここではないどこか。

そんなものを希求する魂が、とりとめのない夢を育《はぐく》ませているとしたら。

それは我知らず、あの世に誘いこまれる危うさを孕んでもいるのだろうか……。

パディが少々くたびれているようだったので、帰路はおれが肩車をしてやると、いたく感激されてしまった。どうやら初めての体験だったらしい。

屋敷にたどりつくと、パディはいそいそとあちこちの部屋を紹介してくれた。

数々の風景画や、先祖から受け継いだらしい武具の飾られたサルーン。

先代が愛したという、いかにも居心地の好さそうな蔵書室。

ひんやりとした地下の貯蔵室群は、パディにとっては秘境の洞窟《どうくつ》のような感覚なのかもしれない。剝きだしの石壁が、館の歩んできた長い歴史を感じさせた。

《執事の食器室《バトラーズ・パントリー》》と呼ばれるサリヴァン氏の事務室も、こっそりのぞかせてくれた。ずらりと並ぶ銀器を、やわらかな布でひとつひとつ磨く作業を手伝わせてくれることもあるという。

サリヴァン夫人の家政婦部屋には、硝子扉のついた棚に食器が収められ、クロスなどのリネン類の管理もされているようだ。机に広げられた帳簿や使い古された料理本からは、熱心な仕事ぶりがうかがえる。

どちらも興味深くはあったが、偽バン・シーの手がかりにつながりそうななにかがあるわけではなかった。手っ取り早く調べるとしたら使用人それぞれの私室だろうが、さすがにパディにそこまではさせられない。

あらかた一階の探索を終えると、おれたちはパディにつき従い、二階に向かった。

「次は叔母さまの部屋に連れていってあげるね」

「それは亡くなったヘレン嬢のことかい？」

パトリックが訊くと、パディは廊下の奥をめざしながら答えた。

「そう。ヘレン叔母さまはぼくが生まれるまえに死んじゃったけど」

墓碑に刻まれたヘレン嬢の没年は一八五九年だった。当年とって七歳のパディはその翌年の生まれになるはずだから、彼女は甥《おい》の誕生に立ち会うことなく亡くなったのか。

「ヘレン叔母さまとリーガン先生は、若いころに何年か同じ学校で暮らしてたことがあるんだって」

それはおもいがけない情報だった。

「寄宿制の女学校か？」

おれがたずねると、パディはどこか羨《うらや》ましそうにうなずいた。

「そういう学校では、お友だち以上のお友だちにめぐりあえることもあるんだって、教えてくれたよ」

「生涯の財産になるような、特別な親友のことかな」

「たぶん。そのお友だちがヘレン叔母さまだったんだって」

「へえ……」

この世に生まれ落ちたときから超然としていそうなリーガン女史にも、女学校でかけがえのない友情を育んだ少女時代があったわけだ。当然のことだと理解してはいても、新鮮さをおぼえずにはいられない。

「すると先生はその縁で、きみの家庭教師になったわけか」

「そうみたい。学校を卒業してからも、ふたりが文通を続けていたことは母さまも知っていたし、先生なら安心してぼくを任せられるって」

「親友の甥にあたるんだもんな」

だからといってパディをただ甘やかすだけではない、彼女なりの使命感をもって接しているのだろうことは、たしかにその言動からもうかがえる。

とすればなおさら、リーガン女史とキリアン氏の夜の逢瀬なんてものは、いかにも下衆《げす》な妄想にすぎないように感じられてくる。けれどあのような金髪をそなえた長身の女性は、この金雀枝館に彼女しかいないのだ。

それとも……ここにはおれたちの知らない誰かが住んでいるのだろうか？　当主の愛人が同居……あるいはまさか……あれはこの世のものではなかったとでも？

パディに続きながら不穏な想像をもてあそんでいると、

「気をつけて。ぼくたちは休暇を楽しむ呑気《のんき》な学生にすぎないんだから、そう深刻な顔をしていると怪しまれるよ」

パトリックに耳打ちされてぎくりとする。

「……そうだったな」

「きみがなにを考えているか、だいたいの想像はつくけれど、その線は的はずれじゃないかな」

「わかるのか？」

「兄さんの見解では、キリアン氏に怨霊《おんりょう》が取り憑いている形跡はないそうだから。それに夫の愛人を住まわせている屋敷に、妻があえて客人を招こうとするものかな。たとえそれが息子の命の恩人だとしても」

「たしかに……」

こそこそとささやきあううちに、目的の部屋にたどりつく。案内されたのは、パディの寝室のひとつ手前の扉だった。

「昔はぼくの子ども部屋を父さまが使っていて、ヘレン叔母さまとは隣の部屋で育ったんだって」

だが勢いよく部屋にかけこもうとしたとたん、

「あ……先生」

パディは驚いたように足をとめた。

おれたちも扉口から室内をのぞいてぎょっとする。そこにはたったいま話題にしたばかりの、リーガン女史の姿があったのだ。

揺り椅子《ロッキング・チェア》に腰かけ、追憶にふけるように窓辺をながめやっていた女史が、息を呑んでこちらをふりむく。その拍子に大きく椅子がかたむき、膝に広げた本と毛布がばさりと床にすべり落ちた。

唖然とみはられた両の瞳に、狼狽の波がうねる。だがすぐさまそれを隠すように、彼女はひときわ強く眉根《まゆね》を寄せた。

「……なにをなさりにこちらへ？」

怪しむように問われて、おれはたじろぐ。

すかさずパトリックが、如才ない対応にでた。

「この金雀枝館はずいぶんと古いお屋敷のようなので、ぼくたちの興味を酌《く》んだパディが案内役を買ってでてくれたんです。彼なりのもてなしの心意気の結果ですから、お叱りならどうかぼくたちに」

「いえそんな……そういうご事情でしたら口をだすつもりはありません。ですがこちらは故人の私室ですから……」

女史らしからぬたどたどしい口調は、どこかうしろめたそうでもある。

「そうですね。不作法にも押しかけてしまい、失礼をお詫びします」

パトリックは素直に謝罪し、さりげなく話を継いだ。

「ちなみに故人というのは、ご当主の妹のヘレン嬢のことですか」

「おっしゃるとおりです」

「内装や遺品も、当時のままになさっているようですね」

暖炉に火の気こそないものの、明るい若草色を基調にしたカーテンや寝具はしまわれておらず、閉めきられた部屋に特有の埃っぽさも感じない。

「幼なじみでいらした奥さまが、すべてかたづけてしまうのは忍びないと」

「あなたもヘレン嬢とはご友人でいらしたとか」

情報の出処を察したのか、女史の視線がちらとパディをかすめる。

「ええ。ですから彼女を偲《しの》んで、ときおり空いた時間をこちらですごすことが。奥さまからもお許しはいただいています」

「ずいぶん親しくされていたようですね」

「外の世界から隔絶《かくぜつ》された女学校では、家柄の差を越えた友情を築くこともできるものですので」

「というと……」

パトリックがためらいがちに水を向けると、女史はこだわりなく打ち明けた。

「わたくしはさして名のある家の生まれではありません。家族の助けとなるために家庭教師の職を選ぶことを、女学校時代からすでに決めていたくらいですから」

「では卒業なさってからは、あちこちのお宅に住みこみを？」

「ええ。若木のような生徒の成長を手助けする務めは、やりがいがありますわ。向いているかどうかはともかくとして」

「あなたの資質も情熱も、ぼくの昔の男家庭教師《チューター》の十倍はあることを保証しますよ」

「あら」

パトリックの軽口をおもしろがるように、女史はわずかに口許をゆるめた。

そしてなりゆきをうかがっていたパディに目をやると、

「坊ちゃん。まだお客さまを三階までお連れしていないのでしたら、坊ちゃんの勉強部屋にご案内なさってはいかがです？　お祖父さまから受け継がれたあの立派な地球儀と天球儀に、おふたりもご興味があるのでは？」

「うん！　あ……はい。そうします！」

こっちだよとパディにうながされて、おれたちはそそくさと退散した。屋敷をうろつくことをあからさまに咎められはしなかったものの、やましさのある身としてはやはり居心地が悪い。階段をのぼりながら、おれはひそかに息をつく。

「寒さしのぎの膝かけを持ちこんでまで親友の部屋に長居するなんて、よほどの仲だったんだろうな」

「でもきみは疑問に感じなかったかい？」

「なにを？」

「亡きヘレン嬢とリーガン女史がかけがえのない親友だったというのなら、なぜヘレン嬢の墓には花の一輪も手向けられていないのだろうってね」

「……え？」

「それに彼女は開口一番ぼくたちにこうたずねた。なぜこの部屋にきたのかではなく、なにをしにきたのかとね。それはなにかさぐられたくないことがあるからこその科白のように感じられないかい？」

「それは……」

だが投げ渡された違和感を吟味するまもなく、おれの耳は上階の異変をとらえていた。すわ女妖精のおでましかと身がまえるも、それはもっと生々しい、焦燥と苦悩にのたうちまわるようなうめき声だった。

「父さまの部屋からだ」

階段をのぼりきったパディが、怯えたように立ちすくんでいる。

その肩にパトリックが手をかけた。

「パディ。ご当主はどうやら身体の調子が優れないようだから、ミスター・サリヴァンを呼んできてくれるかい？　おちついて、ゆっくりでかまわないからね」

こくりとうなずき、パディがかけだしていく。

それを見送るなり、パトリックもまた身をひるがえした。

「急ごう。たいした時間稼ぎにはならない」

「なあ、あれってやっぱり……」

「金枝の効果は覿面《てきめん》だったようだね」

「その顔はとてもパディには見せられないな」

嬉々として走りだすパトリックを、あたふたと追いかける。だがパトリックがためらいなく扉に手をかけたので、おれは目を剝いた。

「外から聴き耳をたてるんじゃないのか？」

「それでははっきり聴き取れないよ。ご当主のあまりの苦しみように、ぼくたちはいてもたってもいられなかったのさ」

「またあれと対面するのか……」

おれは怯《ひる》まずにいられなかったが、こちらのひそかな期待に反して、パトリックが手をかけた扉はなんの抵抗もなく開いた。あの夢魔には、彼がおいしい餌の源だという認識でもあるのかもしれない。

覚悟を決め、えいやと踏みこむと、仄暗《ほのぐら》い室内はぞくりとする冷気に満ちていた。窓のカーテンは半分ほど開いているが、にもかかわらず異様な闇が滴《したた》るように垂れこめている。やはりあの夢魔だ。

奥の壁際で、ひときわ深くうごめく闇に、パトリックが近づいていく。おそるおそるそれに続き、寝台をのぞきこんだおれは、息を呑んだ。

当然予想できてしかるべきだったが、キリアンは仮面をはずしていた。右の眼窩から額に広がる、焼け爛れたような傷痕《きずあと》が暗がりでもはっきりと見て取れて、おれはとっさに目をそむけずにはいられなかった。恐ろしさよりも、その無惨さに対する憤りのようなものがこみあげる。

「やめろ……」

キリアンの喉からかすれた声が洩れる。

おれはぎくりとするが、侵入を咎められたわけではなかった。

「よせ……おまえが、おまえが悪いんだ。おまえがいまさら……」

おれたちは息をつめて続きを待つ。だがひときわ激しく悶《もだ》え始めたキリアンが、その先を明確な言葉にすることはなかった。

たまらず手をのばしかけるが、すかさずパトリックにとめられた。彼はおれの腕をつかんだまま、喰らいつくように耳をそばだてて微動だにしない。

おれはいたたまれなくなり、

「放っておいていいのか？」

「死にはしないよ」

「そうだろうけど」

あまりに苦しげな様子に冷や汗がでてくる。

「旦那さま！」

耳を打つ声に顔をあげる。サリヴァン氏がかけつけるとともに、室内は尋常な明るさに塗り替えられていた。おれの意識がこちらがわに波長をあわせたためだろうか。それでもそこここにわだかまる冷気の残滓が、急速に薄らいでいくのはわかった。そのさまにどことなく腹のくちた満足げな様子を感じて、胃の底がむず痒《がゆ》くなる。

「いかがなさいましたか？」

「どうやら悪夢にうなされていらしたようです」

パトリックがそう説明すると、サリヴァン氏はわずかに眉をひそめた。

「悪夢。さようですか。それはお騒がせをいたしまして」

「いえ。ではぼくたちはこれで」

あとはサリヴァン氏に任せよう。そう判断したおれが寝台に背を向けかけると、

「餓鬼ども……この部屋でなにをしている」

身も凍るような声に呼びとめられた。ぎこちなくふりむけば、片肘《かたひじ》で半身を支えたキリアンが、反対の手で傷痕を覆いながらこちらを睨みすえていた。

「……忌々しい。陰気なこの館に戻ってくると、ろくなことがない」

夢魔の影響なのかどうか、そう吐き捨てる声は小刻みにふるえ、脂汗のにじむ額からも

血の気が失せて、ひどく体調が悪そうだった。

「旦那さま。横になっていらしたほうが」

「なんだって？　よく聴き取れん」

耳鳴りでもするのか、顔をゆがめながら、すがるように枕許《まくらもと》の小卓をさぐっている。

「くそ。仮面はどこだ」

いまの騒ぎで、どこかに転がりこんでしまったのだろうか。

おれは左右に視線を走らせ、中途半端《ちゅうとはんぱ》に開いたままの抽斗《ひきだし》からあの仮面がのぞいているのをみつけた。すぐさまそれをつかみ、キリアンにさしだす。

「あの。これをどうぞ」

だがそれを認めたキリアンは、たちまち目の色を変えて力任せに払いのけた。とたんに手の甲に痛みが走り、おれは顔をしかめる。

「っ！」

「オーランド！」

「若造がよけいなまねをするな。殺すぞ」

理不尽にすごまれて、不覚にも身がすくむ。

「おふたりとも。どうぞここはわたしにお任せください」

サリヴァン氏から小声でうながされ、おれたちは逃げるように部屋をあとにした。

「大丈夫かい？」

「ああ。ちょっと爪《つめ》がかすっただけだ」

「災難だったね」

「こっちにも非はあるからな」

自分が招いたわけでもない客が、許しもなく寝室に踏みこんでいたのだ。そのうえ顔の傷痕までじろじろとのぞきこまれては、さぞかし厭《いと》わしく感じられたことだろう。

それにしても……。

おれは血のにじむ甲を裏がえし、手のひらに目をおとした。

仮面をつかんだあのとき、おれはほんのかすかな違和感をおぼえたのだが、あれはなんだったのだろう？　なめらかな質感や、額から片頬までを隠す形状も、たしかにキリアンが身につけていたものに相違ないはずなのだが……。

「どうかしたのかい、オーランド？」

「なんでもないよ。ただ今日はもうおいとましたほうがいいかもなって」

「そうだね。ダブリンでもすることはあるし……」

おれたちは歩きだし、行く先にたたずんでいるパディに気がついた。

不安そうなパディをひとりにしておけなかったのか、そばにはメイドのブリジットが手をつないで寄り添っている。

「父さま……悪い病気なの？」

すがるような問いに、おれは胸をつかれた。予告された死がパディに迫ることばかりを懼《おそ》れるおれたちとは逆に、彼はその定めが父親に及ぶ未来にも怯え、ちいさな胸を痛めていたのかもしれない。

おれは片膝をつき、彼の黒い瞳をのぞきこんだ。

「大丈夫だよ。ただ怖い夢をみただけだそうだ」

「それならバン・シーに連れていかれない？」

おれはとまどい、くちごもる。夢の記憶であろうと、妖精の棲み処に連れ去られた経験のあるパディには、死を予告するバン・シーこそが、生者を手の届かない異境に導く存在のように感じられているのだろうか。

「それともいまの父さまがいなくなったら、代わりに昔の父さまが戻ってくるのかな」

まるで取り替え子の夢にすがる肉親のように、パディがつぶやく。

それがかつての――戦争を知るまえのキリアンの、ほがらかな人柄をさしているとしたら、もはや言葉にならない。

パトリックもいたたまらないように告げる。

「ぼくの早とちりで不安にさせてごめん」

パディはふるふると首を横にふった。

「また遊びにきてくれる？」

「こちらこそ、探険の続きにつきあってもらえたら嬉しいな」

「うん。待ってる！」

勉強部屋に消えるパディを見届け、おれたちはブリジットにいとまを告げた。ついでにサリヴァン氏の手が空いたら、馬車の支度をしてもらいたい旨を伝える。

「承知しました。ではこちらでお待ちください」

階段にうながしかけたブリジットは、ふとおれの手に目をとめた。

「お怪我をされたんですか？」

「え？　ああ、おかまいなく。舐《な》めておけば治るような傷ですから」

犬猫のようなくちぶりがおかしかったのか、ブリジットはかすかに頬をゆるめた。

「ですがそのままでは、袖を汚してしまわれるかもしれませんよ」

そう指摘されて検めてみれば、二インチほどの傷に血の滴が盛りあがり、たしかにしばらくは布でもあてておいたほうがよさそうな様子だ。

「よろしければわたしが手当てをいたします。奥さまもそう望まれるはずですから」

「あなたが？」

きりりとした目許に、いたずらめいた笑みがよぎる。

「じつは少々の心得があるもので」

「こちらにお世話になるまでは、ロンドンで看護の勉強をしていたんです」

そう説明してくれたとおり、ブリジットの手際はたいそう鮮やかなものだった。手早く傷を洗い、消毒をすませ、軟膏《なんこう》を塗り、くるくると巻かれた包帯はきつすぎもゆるすぎもせず、手指を動かすにもほとんど不便はない。おかげでずいぶん大袈裟なことになってしまったが、ありがたいかぎりだった。

「聖トマス病院の《ナイチンゲール看護学校》ですか？」

「あら。よくご存じですね」

「ロンドンに住んでいたことがあるので」

クリミア戦争で活躍したナイチンゲール女史の基金で開校され、専門的な知識や技能をそなえた看護婦を養成するための学校だ。それまではただの召使いのような扱いをされていた看護婦を、必要不可欠な専門職の地位に向上させたのは、ナイチンゲール率いる看護婦団のめざましい功績の結果だとなにかで読んだことがある。

するとおれの隣で静かに紅茶をたしなんでいたパトリックが、

「たしかあなたの兄君も出征されたとのことでしたね。あの戦争には、ぼくの父も軍医として従軍していたんです」

「では兄もどこかでお世話になっていたかもしれませんね」

ブリジットは器具をしまう手をとめ、感慨深そうにパトリックをみつめかえす。

「兄はセヴァストポリの攻防戦で、葡萄弾《ぶどうだん》に腿《もも》の肉を吹き飛ばされたんです。以降は杖《つえ》をついての暮らしでしたが、戦地での治療がなければそれこそ命を落としていたはずだとしみじみ話していましたから」

「それで看護婦を志されたのですか？」

「ええ。前線から送られたスクタリの野戦病院でも――寝たきりの傷病兵が廻廊《かいろう》にまであふれかえって、それはそれはひどい状況だったそうですが、死にかけの兵士も見捨てずに世話をする彼女たちがいてくれたことが、どれほど心の支えになったかと。そんな体験談に、少女時代のわたしも刺激を受けたんです。単純なものですけれど」

「そんなことは。でもそれならなぜ病院などではなく、こちらのお屋敷を勤め先に選ばれたのですか？」

不躾《ぶしつけ》ともいえる問いにも、彼女はこだわりなく答えた。

「兄が急に他界して、勉強を続けるお金のあてもなくしたものですから、当座の暮らしをたてるためにもこちらにお世話になることにしたんです。お給金を貯《た》めて、いずれ復学できればと」

そういえば唯一の肉親のその兄から、困ったときはオブライエン家を頼るよう伝えられていたとのことだった。身寄りのない若い女性がひとりで生きていくのは困難だが、住みこみの使用人なら日々の食事と寝床にだけは困らない。そう見越しての助言だったのだろう。雇い主が信頼のおける人物なら、なおさら安心できるというものだ。

「祖国の未来に対する志も、兄は旦那さまから学んだそうです」

ブリジットは痛みに耐えるように目を伏せる。

するとパトリックがにわかに身を乗りだした。

「ひょっとして兄君は三月の蜂起で亡くなられたんですか？」

どういうことだろうかと、おれは目線でパトリックにたずねる。

「詳しく説明すると長くなるけれど、帝国からの独立を武力闘争で獲得することを目的とする組織ＩＲＢ——アイリッシュ・リパブリカン・ブラザーフッドが、今年の三月五日にアイルランド各地でいっせいに武装蜂起を決行したんだ」

だが独立はいまだ実現していないはずだ。ということは——。

「当局に鎮圧されたのか」

「たった一日でね。組織の構成員たち——通称フィニアンが中心になって、ダブリンだけでも八千人以上を動員する大規模な蜂起だったのだけれど」

それはかなりの人数だ。

ブリジットは意外そうなまなざしで、

「あなたも運動にご関心が？」

「新聞で情報を拾うくらいですが」

「そうですか。兄は決行をまえに亡くなりましたが、蜂起が失敗に終わったことをあの世で口惜《くや》しがっているかもしれません。旧知の退役軍人も参加していて、資金や武器の調達に苦心しているというような噂も、漏れ聞いていましたから……」

ブリジットは憂いに声を沈ませる。

するとモイラがやってきて、馬車の準備がととのったことを知らせた。

「ではお大事にどうぞ。もし化膿《かのう》や発熱があるようでしたら、甘く考えずお早めに医師にお診せください」

「そうします。ありがとうございました」

きびきびと立ち去る姿は、すでに現役の看護婦のようだ。

フィオナ夫人は夫に付き添っているというので、おれたちはモイラとともに玄関ホールへ向かう。

「ごめんなさい。あたしがおふたりになんとかしてほしいなんて頼んだせいで、怪我までさせることになってしまって……」

「気にしないで。本当にたいした怪我じゃないから」

それでも責任を感じずにはいられないのか、モイラはすっかりしょげている。あちこちに跳ねた赤毛も、どことなく元気がなさそうだ。

「明日か、明後日《あさって》になるかもしれないけれど、ぼくたちが次にうかがうまで、きみはなるべくパディのそばについていてあげてくれるかな？　ご当主のほうも、できるかぎり奥方に付き添っていただいたほうがいいだろう。そう伝えてもらえるかい？」

　たちまちモイラはあわあわとうろたえた。

「それってまさか、お、おふたりに、ついに死期が迫っているとか」

「おちついて。残念ながらそれがわからないから、念のためにできる用心はしておこうというだけのことだよ」

「わかりました。あたし夜は眠らないで、かならず坊ちゃんをお守りします！」

「そこまではしなくても……」

「若いから平気ですよ。任せてください！」

　闘志をみなぎらせるモイラに手をふりかえし、おれたちは馬車に乗りこんだ。

　揺れる背もたれに身を預ければ、いまさらながらどっと疲れが押しよせてくる。それでも力をふりしぼるように、おれは口を開いた。

「なあ。きみがいまモイラに頼んだことだけど」

「うん。偽バン・シーの共犯者がもしも屋敷にいるなら、命を狙う機会はいくらでもあるからね。いまはなるべくふたりから目を離さないようにすることくらいしか、犯人の目的を挫く方法がないのが歯痒《はがゆ》いけれど」

「そうだな」

たとえロビンを館に残しても、現実の危機にどこまで対応できるかは未知数だ。

低い天井の染みを睨みつつ、おれは考えこんだ。

「キリアン氏のあの悪夢……おまえが悪い、おまえがいまさらって、相手をなじるようなくちぶりだったけど、もしもそれが今回のバン・シー騒ぎと関係あるなら、誰かから殺意を向けられるほどの逆恨《さかうら》みでもされているってことかな」

「むしろキリアン氏のほうが、理不尽に相手を責めているようにも受け取れるけれど」

「ん……たしかに」

「いまさらと強調するからには、すでにかたがついたはずの因縁を、いまになって相手が持ちだしてきたことが発端にあるとも考えられるね」

「手がかりになりそうな条件はそれくらいか」

するとパトリックが懐から一枚の紙切れを取りだした。そこにはひとりの男の名と住所が記されている。もしもオブライエン父子の身になにかあれば、代わりに土地財産を相続することになるはずの男。ふたりの命を狙う動機のある遠縁の男だ。

「この男とは、もう何年もつきあいが絶えているそうだけれど」

「もしも奴がいまさら金の無心でもしてきたとして……」

「それをキリアン氏が撥ねつけたとしたら」

いっそすべてを自分のものにしてやろうとたくらむだろうか？

おれたちは無言のまま、真正面から視線をぶつけあう。

「これから出向いてみる元気は残っているかい？」

おれは悪党らしく口の端をあげた。

「ああ。腕が鳴るな」

5

「たぶんこのあたりのはずだけれど……」

男の住まいを捜しておれたちがたどりついたのは、うらさびれた風情の小路《こうじ》だった。

駅からさほど離れていないが、ダブリンの土地勘はそれなりにあるパトリックも、この界隈は不案内らしい。

それもそのはず、おそらくここはいわゆる貧民窟《ひんみんくつ》に類する裏町だ。

ここではおれたちこそが、境界を越えて迷いこんだ異邦人なのだ。

「こんなところばかりはロンドンやパリ並みか」

あるいはそれよりもひどいかもしれない。

喘《あえ》ぐようにかしいだ木造の家々。敷石《しきいし》が浮いてぬかるんだ路《みち》。染みついた安酒と排泄物《はいせつぶつ》の饐《す》えた匂い。

そうしたものは変わらないが、かつておれがかいまみた他の大都市の貧民窟には、泥水を啜《すす》ってでも生き抜いてやろうという、底知れぬ活力のようなものもまたうごめいていたものだ。

だがここには、死臭のような疲弊が、より濃く漂っている。酒瓶《さかびん》を手にしたまま、泥溜まりに突っ伏すように横たわる男は、生きているのか死んでいるのかも定かではないが、それを誰ひとりとして気にとめようともしない。

虚ろなまなざしで道端に座りこみ、泣き叫ぶ乳飲み子を腕にかかえた老婆は……ともするとまだ若い母親なのかもしれない。そのかたわらではもつれ髪の子どもたちが、物欲しげに指をしゃぶっている。

「飢饉以降は、食いつめた小作人が地方から流れこんでくる勢いがとまらないそうだ。ここもそうした地区のひとつなんじゃないかな」

小声で語るパトリックの横顔にも、隠しきれない慄《おのの》きが含まれている。

「ダブリンの港から、それぞれのめざす外地に発っていくのか？」

「たぶんね。でもそうしたくてもできなくて、ここに留まるしかない人々も大勢いるんだろうと思う。最低限の元手がなければ、移民することもかなわないからね。先にあちらで成功した親族でもいれば、渡航費用を用だててくれるだろうけれど」

「誰もがその幸運に恵まれるわけでもない……か」

「ダブリンのような大きな町にさえいれば、教会や慈善団体からなにかしら施しを受けることはできる。キャサリンが生まれ育ったコナハトでは、ひとつの村がまるごと全滅するようなひどい状況も、めずらしいことではなかったというし」

それでなんとか日々を食いつなぐことはできるかもしれない。けれど求めているような仕事にはありつけず、暮らしが好転するあてもないとしたら。そんな魂の荒廃した瘴気《しょうき》が、うす汚れた小路のあちこちからにじみだしてくるような気がした。

「キャサリンがはるばるダブリンにでてきたのも、飢饉がきっかけか？」

「そうらしい。詳しい経緯を教わったことはないけれど」

「苦労したのかな」

「きっとね」

ひとりで食《く》い扶持《ぶち》を稼ぎ、たくましく生きているキャサリンも、あるいは身近な者たちを喪《うしな》い続ける少女時代を送ってきたのかもしれない。

「あ。この家だ」

めざす番地には煉瓦造りの住宅があり、どうやら三階の一室が男の住まいらしい。崩れかけの廃屋ではないことにひとまず安堵しながら、狭い階段をのぼっていく。

「さっき金雀枝館で話した……ええと、フィニアンたちの独立運動も、飢饉以降のこういう状況を憂えてのものなのか？」

「そうだね。でも独立運動そのものは昔から続いていて、一七九八年の反乱では三万人が死んで、あの《タラの丘》での戦闘でも四百人のユナイテッド・アイリッシュメンが虐殺されたというよ」

「《タラの丘》といえば、きみがダブリン近郊の旧跡にあげていたよな」

「《タラの丘》はかつて上王が戴冠《たいかん》した神聖な地。アイルランドの魂の故郷なのさ。彼の地でダニエル・オコンネルが自治を訴えた集会には、百万人が集ったそうだよ」

「とんでもない人数だな。今年の蜂起に参加した八千人にも驚かされたけど。それだけのフィニアンが武装していたら、軍隊にも匹敵しそうなものなのに……」

なぜ蜂起は失敗に終わったのだろうか。

「どうやら武器の不足と、アイルランド警察が潜りこませたスパイから、治安当局に情報が洩れてもいたらしい。陽動隊が英国軍を市外に誘いだしているあいだに、駅や港を制圧するという作戦だったのが、指揮系統にも混乱があって、大規模な正面衝突に至るまえに壊滅したというのが実情のようだね」

「一般市民の反応はどうだったんだ？」

「かなりの共感を集めているよ。逮捕された二百人あまりの活動家には、熱心な減刑運動が展開されていて、治安当局も応じざるを得ない状況らしい」

「目的はかなわずとも、志の火までは消えてないってことか」

パトリックは深々とうなずく。

「むしろ蜂起をきっかけに、熱はますます裾野にまで広まっているみたいだね。久しぶりにダブリンの空気に接して、ぼくもそれを強く感じるよ」

その数々のともしびが、やがて全土を燃えあがらせる焔の海となったとき、この国はどこに向かってゆくのだろうか。部外者のおれでさえも、かすかな高揚と不安をおぼえずにはいられない。アイルランドはただ育っただけの土地だと、そっけない態度をみせたことのあるパトリックも、その行く末をひそかに気にかけているのかもしれない。

「この部屋だね。まだここに住んでいればだけれど」

「あんまり期待できそうにはないな」

フィオナ夫人が知るのは、古い手紙に残された差出人の住所だけだった。キリアン氏が帰還してからは、両者のあいだに幾度かやりとりがあったようだが、内容まではわからず、もう長らく相手から手紙が届いたこともないはずだという。

ともあれ転居先の手がかりを得るにしても、ここから始めるしかない。

「ちょっとあんたたち。うちのまえでなにやってるのさ！」

ぎょっとしてふりむくと、たったいま階段をのぼってきたらしい女性が、猛然とこちら

にかけつけてくるところだった。子どもを背にくりつけ、山のような洗濯ものの籠を腕にかかえた彼女は、

「家賃の取りたてかい。そうなんだね！　遣いに小綺麗《こぎれい》な子どもを寄越すなんて、汚い手を使いやがって、あの守銭奴め。地獄に落ちろってんだ！」

まなじりを吊《つ》りあげてまくしたててくる。

おれたちはたじたじとなりながら、

「ご、誤解です」

「おれたちはここに住んでいる、ニール・オブライエンという男性に用があるだけです」

「ニール？　そんな奴はここにはいないよ。上にも下にもね」

そんな気はしていたが、おれはなんとか踏みとどまった。

「ちなみにこの部屋にはどれほどお住まいですか」

「二年だよ」

「それ以前の住人については？」

「知るわけないだろ。今年から大家も替わって、昔のことなんてわからないさ。文句あるかい？」

「ないです」

これはおとなしく退散するほかないようだ。

もごもごと詫びを口にして階段に足を向けると、ふいに呼びとめられた。

「ちょっとお待ち。古い住人について知りたいっていうなら、シェイマス爺《じい》さんにお訊きよ。飲んだくれの爺さんがひとり、そこらに寝転がってただろう。あれはここでは誰より長い店子《たなこ》だからね。家賃はいっぺんも払っちゃいないけどさ」

「はあ……」

「まったくいつになったらくたばるんだか、しぶとい爺さんだよ。あれはうちの旦那よりも長生きするね」

親しみのあるようなないような悪態《あくたい》をつきながら、彼女はさっさと部屋に消えていく。

おれはパトリックに目をやった。

「そんな爺さんいたか？」

「どうだったかな」

それでもとりあえず注意を払いながら階段をおりると、

「……あれじゃないか？」

階段の裏の壁際に、うずくまるような人影がある。

近づいてみると、やはりぼろぼろの毛布に身をくるんだ老爺《ろうや》だった。小型のストーヴやランプなども持ちこまれていて、どうやらここに住みついているらしい。住人の雑用などを請け負って小銭を稼ぎつつ、食いつないでいるといったところか。

「眠っているのかな？」

「生きてはいるみたいだな」

老爺はゆがんだマグを片手に、なにやらむにゃむにゃとつぶやいている。

どう声をかけたものか、パトリックがいささかひるんでいるようだったので、代わりにおれが進みでた。こういう酔っぱらいの相手は、こちらのほうが慣れているはずだ。おれは外套をさぐり、小銭をつかみだした。

「爺さん。シェイマス爺さん」

「ん……ああ？」

正面にしゃがみこみ、これみよがしに小銭を鳴らして注意を惹く。

「ご機嫌のところ邪魔して悪いけど、ちょっと訊きたいことがあるんだ。昔ここに住んでいた、ニール・オブライエンっていう男について教えてもらえないか？」

「ニール？」

「十年くらいまえにはここにいたはずなんだ」

「ああ……あのニールか。あいつなら死んだよ」

「え？　いつ？」

「ちょうどそのころさね。リフィ河にぷかぷか浮かんでるのを発見されたのさ。酔って夜更けに橋から落ちでもしたんだろうってね」

「溺死《できし》……事故死ってことか」

「けどな、本当はそうじゃないのさ。とっておきの秘密を知りたいかい、お若いの？」

「知りたいな」

垢じみた手のひらをさしだされ、おれは小銭を数枚おとしてやる。

老爺は赤く濁った瞳をまたたかせ、もったいぶって打ち明けた。

「わしは知っとるんだ。あれが死んだ晩、死神と酒を酌みかわしていたことをな」

「死神だって？」

おれはぽかんとした。

「おうよ。世にもおっかない死神だ。だからあいつめ、さっそく魂を刈り取られたのさ。

誰も信じちゃくれなかったがな……」

老爺はかくりと首を垂れて、ふたたびまどろみ始める。

おれとパトリックは無言で肩をすくめた。

「情報ありがとう。これで好きな酒でも買ってくれ」

残りの小銭を手にのせてやり、建物をあとにする。いつしか陽は暮れかかり、うらぶれた路地は刻々と暗さを増していた。

来た道をひきかえしながら、おれは襟巻きに顔をうずめる。

「結局ふりだしってことか」

もっとも動機のありそうな男は、とっくの昔に死んでいた。となればキリアンの洩らした譫言《うわごと》の意味も、考えなおさなくてはならない。

するとパトリックがつぶやいた。

「死神とは自分の部屋で酒を酌みかわしたのかな……」

「まさか本気にしてるのか？　あれは酔っぱらいの戯言《たわごと》だろう？」

「そうともかぎらないよ」

こちらを向いたパトリックは、いとも真剣な表情だった。

「いいかい？　ぼくが想像した光景はこうだ。シェイマス翁《おう》はあの階段の裏から、ニールと死神がふたりで階段をのぼっていくさまを目撃していた。それからしばらくして、ひとりで歩くのもおぼつかないほどに泥酔したニールを、その死神がどこかに連れだしていくところもね」

おれは目をみはった。

「じゃあその死神こそが、事故死にみせかけて彼を殺した張本人だとでも？」

「可能性は高い。問題はその死神という表現が、溺死の事実を知ってから連想されたものなのか、それともそもそもが死神みたいな風貌の相手だったのかだけれど」

「死神みたいな風貌だって？」

おれはおもわず笑いだしそうになった。

「大鎌《おおがま》を持って、深くかぶった黒い頭巾《ずきん》からは髑髏《どくろ》がのぞいているのか？　そんな奴はどこにも——」

だが息を呑んだきり、おれはその先を続けることができなくなった。

「オーランド？」

「おれ……その死神に会ったことがある」

おれはこわばるくちびるをなんとか動かした。

「金雀枝館の正餐室で、キリアン氏と顔をあわせたとき……おれは一瞬、頭蓋骨が剝きだしになっているみたいに感じたんだ。すぐに仮面のせいとわかったけど」

パトリックがごくりと唾を呑みこむ。

「つまりニール・オブライエンが溺死したまさにその夜に、キリアン氏がここをたずねていたかもしれないというんだね？」

「持参した酒で泥酔させて……あるいはその酒に阿片《あへん》かなにかを仕込んで……」

「前後不覚になったところを、河に放りこんで事故死にみせかけた。でもなぜ？」

「それは……自分が戦争で不在のあいだに婚約者や妹を誘惑してのけるような、ふざけた奴だったから……とか」

「それにしては時期が妙だし、逆ならともかく、キリアン氏がわざわざ彼を害するだけの理由がわからないな」

そのときおれはひらめいた。

「逆……そうか。逆だったのか！」

「な、なんの話だい？」

「あの仮面だよ。左右が逆だったんだ」

キリアンの寝室で、抽斗の仮面を手にしたときのわずかな違和感。それはあの仮面が顔の右ではなく、左を隠すためのものだったからだと、ようやく気がついたのだ。

「パディが取り替えられた父親の話をしていたのは、ひょっとすると以前の彼がこちらの仮面を身につけていたからじゃないか？　当時の記憶がおぼろげに残っていて、そっくりなのにどこか違和感のある偽者の発想を生んだのかも」

パトリックが首をかしげる。

「でもなぜそんな仮面がしまってあったのかな。仮面舞踏会みたいに気分で付け替えたりできないだろう？　傷が左右に移動するわけもないのだから」

「それは……たしかに」

キリアンの顔の右半面にのみ火傷の跡があることは、偶然おれたちも確認している。小骨のような気がかりがようやく解決したとたんに、より不可解な疑問が浮かんでくるとは、困惑するしかない。

まとまらない考えをもてあましつつ、黙々と足を動かしていると、やがて両の鼓膜がかすかな異変をとらえた。それはほどなく、無視できない警鐘を鳴らし始める。おれはちいさく舌打ちした。

「まずいな」

「どうしたんだい？」

「どうやら尾行《つけ》られてるらしい。三人……いや、四人かな」

パトリックがとっさにふりかえろうとするのを、腕をつかんでとめる。

「ここを縄張りにしたごろつきやなにかに、目をつけられたんだろう。こんな格好でうろうろしてたら、身ぐるみ剝がれてもしかたない。長居しすぎたな」

おれは後悔するがいまさら手遅れだ。

「それなら早く逃げないと……」

「おちつけ。ああいう奴らは、縄張りさえ抜ければしつこく追いかけてはこないものだ」

おれはうろたえるパトリックをなだめながら、

「このまままっすぐ進めば、さっき警邏《けいら》とすれ違った大通りにでるよな」

「う、うん」

「ならおれが合図をしたら、さりげなくそばを離れて先に向かうんだ。おれが奴らの気をひいているあいだに、巡査を呼んできてほしい」

「きみひとりを残していけというのかい？　そんなことできないよ！」

「ほんのちょっと時間稼ぎをするだけだ」

「だめだ。いっしょに逃げないと」

「おれたちがそろって走りだせば、向こうも全力で追いかけてくる。それでふたりとも捕まったら、もうお手あげなんだ。わかるだろう？」

「そうかもしれないけれど……」

「大丈夫だから任せとけって」

実際はそこまでの確信があるわけではなかったが、なんとかきり抜けるしかない。

パトリックは黙りこみ、おれはうなじがちりちりと焦《こ》げる心地で、複数の足音が近づいてくるのを待ち受けた。そろそろだ。

──行け。

おれは目線でパトリックに告げる。

そしておもむろに足をとめ、身体を反転させた。

「これはみなさんおそろいで。おれになにかご用でも？」

おれは遠ざかるパトリックの足音を片耳で追いつつ、芝居がかったしぐさで相手の注意をひきつけてやる。すると荒《すさ》んだ顔つきの四人の青年が、左右からじわりと距離を詰めてきた。

「ああ。狙いどおりだ。あんたはここらじゃ見かけない顔だから、あいさつしておこうと思ってね」

「それはご丁寧にどうも」

「礼儀は人づきあいの基本だろ？」

にやりと笑う主導者格の赤毛を含め、総じて腕っぷしはさほど強そうではないが、実利よりも憂《う》さ晴《ば》らしを優先する手あいなら厄介だ。おれは気楽な口調でつらつらと続けた。

「じつはダブリンには渡ってきたばかりで、こっちの流儀には疎いんだ。先に顔役にあいさつしたほうがよかったかな。それとも通行料がいる？」

「話が早いな。いくらなら払える？」

おれは外套に手をさしこみ、残っていた硬貨をさぐり集めた。

「悪いけど小銭しか持ちあわせがなくてね。まとまった財産はあくどい後見人に握られて自由にならない、しがない身の上なんだ」

「それは困ったな。なんなら代わりになるもので払ってくれてもかまわないぜ。そのいかにも上等そうな外套とかな」

やはりそうきたか。身につけているあれこれに執着があるわけではないが、おとなしくくれてやるつもりもなかった。おれは猫をかぶるのをやめた。

「あんまり欲を張らないほうがいい。きっとあんたたちには似あわないよ」

「なんだって？」

たちまち四人が気色ばむ。

「おれたちは兄さんみたいにお育ちがよくないからか」

「あんたがそう感じるんならそうなんだろうさ」

鼻で嗤いながら、慎重に硬貨を握りしめる。

赤毛は据わった双眼でおれを睨みすえると、

「……気にいらねえ口の利きかただな」

残りの三人に顎《あご》をしゃくった。

「おい。とっととすませるぞ」

すかさず右のひとりが飛びかかってくる。おれは狙いを定めて、指先に挟んだ硬貨を弾いた。

「うわっ！」

そう威力はなかったが、額に命中して相手がうめいた隙に、残りの硬貨を正面のふたりに向かって投げつけてやる。そしてひるんだ残りのひとりに足払いをかけるなり、おれは身をひるがえした。だが浮いた敷石に足をとられ、よろめいたところを、しつこく追ってきた赤毛につかみかかられる。

「こいつめ。なめたまねしやがって！」

「そっちこそ！」

おれはふりむきざまに、相手のこめかめに肘打ちを喰らわせた。力のゆるんだ腕からなんとか抜けだし、加勢にかけつけた奴らがこぞって羽交《はが》い絞めにかかるのを、脛《すね》に渾身《こんしん》の蹴りをお見舞いして抵抗する。

「くそ。なんだこいつ、柔なお坊ちゃんじゃなかったのかよ」

「どこが楽な仕事だ。割にあわないぞ」

いらだたしげに吐き捨てる声を、そのとき甲高《かんだか》い笛の音がかき消した。

「おいそこ！　なにしてる！」

鋭く呼びかける声に、かけつけてくる複数の足音。

「もういい。とっととずらかるぞ」

赤毛のひと声で、ごろつきどもは疾風のごとく散っていく。

……退きどきを心得ている奴らで助かった。

おれは崩れるように膝に手をつき、揺れる視界の端にパトリックの姿を認めて、ようやく安堵の息を洩らした。


命が惜しければ、あんな裏町に安易に近づくものではない。

呆れ顔の巡査にひとくさりお叱りを受けて、おれたちはようやく帰路についた。

すでに瓦斯燈の灯り始めた大通りは、明るくにぎわっている。だがその光を浴びたパトリックは、いとも沈んだ面持ちだった。

「ごろつきに目をつけられたのが気になるのか？」

おれは元気のないパトリックの背をはたいてやった。

「心配するなって。そう手ひどくやりかえしたわけでもないし、ああいう連中は自分たちの縄張り以外ではめだつまねはしないものだ」

「……そうじゃないよ」

「だったら——」

「ぼくが気にしているのは、きみのやりかただよ」

ついに我慢ならなくなったように、パトリックが言い放った。だが抗議の意味がわからず、おれはとまどうしかない。パトリックはますますもどかしさを募らせて、

「きみはぼくだけを先に逃がそうとした」

「なんだ。そんなことを気にしてたのか」

おれは拍子抜けした。

「そんなことって！」

「勝算あっての作戦だよ。さっきの状況ではああするのが最善で、囮《おとり》になるのはきみよりも場数を踏んでるおれのほうが適任だった。ただそれだけのことさ」

「それだけじゃない！　マラハイドの町で、パディを助けようとして荷馬車に轢《ひ》かれそう

になったあとも、きみはまるで平気な顔をしていた」

それのなにを責められているのか。おれはひたすら当惑する。

「きみを驚かせたことを怒ってるのか？　なら悪かったってちゃんと謝っただろう」

「ぼくに謝っても意味はない」

握りしめたパトリックの拳《こぶし》が、骨が浮くほどにこわばっている。

「あのときは、あと一歩で死ぬかもしれなかった。普通ならぞっとして、もっとがたがたふるえたりするものじゃないか。それなのにきみは平然としていて……あんなのはおかしいよ」

一方的に決めつけられて、さすがにかちんときた。

「とっさにしたことだから、実感がわかなかったんだよ。下手をすれば死ぬかもしれないとか、最悪の結果まで考えたうえで行動に移したわけじゃないから――」

「それがいけないんだ」

「だったらどうすれば？」

あのまま傍観していたら、パディは荷馬車に撥ねられていたかもしれないのだ。

「おれがなにもしないで、パディが事故に遭っていたほうがよかったっていうのかよ」

「そういう問題ではないよ」

「そういう問題じゃないか」

おれたちは飢えた野良犬のように、路上で睨みあう。

「……きみが馬鹿でも身勝手でもないことは、ぼくも知っている。だからきみは、自分のふるまいと、その結果が相手の心にどんな影響を及ぼすかについて、理解も共感もできるんだろう」

パトリックがひとことずつ、絞りだすようにおれを糾弾する。

「けれどきみ自身のことはどうだ？　きみのとっさの選択のあれこれを、きみの心がどう感じているのか、本当に把握できているのか？」

「……なにが言いたいんだ」

おれの憤りはすでに勢いをなくしていた。代わりに刻々とたちこめる不安が、死神の吐きかける瘴気のように、身も心も痺《しび》れさせてゆく。

「きみは危ういよ。ぼくにはきみが、無自覚のうちに命を危険にさらそうとしているように感じられてならない。否定されたきみの存在価値そのものを、そんなふうに誰かを救うことで取り戻そうとしているかのようにね。そのあげくに命を落とすことになってもかまわないと、きみは心の底で望んですらいたんじゃないのか」

「そんなこと——」

あるわけがない。そう続けたいのに、泣きだしそうなパトリックのまなざしが、おれの息をつまらせる。

「なぜならきみは、死がすべてを終わらせるわけではないことを、すでに知ってしまったからだ。あちらがわという逃げ道があることをね。だとしたら、きみをそんなふうにしたのは――」

「違う！」

おれは呪縛《じゅばく》をふりほどくように叫んだ。

「きみのせいじゃない」

「そうは思えない」

パトリックはひりつくような自嘲に頬をゆがめる。

「きみはあちらがわの世界にのめりこみすぎている。このままではきっとまた同じことをくりかえすはずだ。その自覚ができないかぎり、ぼくとは距離をおくべきだろうね」

6

信じがたいことに、パトリックはおのれの発言をさっそく実行に移した。

あろうことか、おれを夕暮れの街角に放りだしたまま立ち去ったのである。

「いったいおれにどうしろっていうんだ」

さっさと荷物をまとめて、明日にもひとりでダブリンを発てというのか？　オブライエン家をめぐる不穏な企《たく》みも、パディとの約束も放りだして？　冗談ではない。

動揺と混乱の第一波が轟然《ごうぜん》と胸を洗いつくすと、やがてこみあげてきたのは理不尽すぎる状況に対する反発だった。

「言いたい放題のあげくに、勝手に結論づけやがって」

一方的にぶつけられたその主張が、たしかにおれの心をぐらつかせていることを認めないわけにはいかない。だが納得しきれないもどかしさもまた、言葉にできないまま竜巻のようにうずまいて、大声でわめきだしたい気分だった。

あてもなく市街をうろつきまわり、憤然とするあまり寒さすら感じなかった身体がいつのまにやらすっかり凍えきっていることを悟るに至って、おれはようやく観念して帰途についた。

ブレナン邸に到着すると、パトリックはすでに帰宅しているようだった。食欲がないので夕食はいらないと、すぐに上階にひきあげたらしい。そのまま自室にこもっているつもりなら、今夜は顔をあわせる機会もなさそうだ。

おれも夕食は辞退し、階段に向かいかけたときだった。

「おひとりですか」

突如そう呼びかけられて、おれは息を呑んだ。暗い廊下の先に、いつのまにか黒衣の老婦人がたたずんでいる。

「ブレナン夫人」

「あの子と喧嘩でも？」

おれはぎくりとして肩を跳ねあげた。動揺をとりつくろうのに失敗したせいで、なおさらうろたえずにはいられない。

「かまいません。ときにはそのようなこともあるでしょう」

夫人は応接間の入口に視線を流した。

「あちらでお茶でもいかがかしら」

「それは……はい。もちろん喜んで」

逃げるに逃げられず、おれはぎこちない愛想笑いを浮かべる。

ほどなく用意された紅茶は、渇いた喉にはこのうえない美味だったが、夫人と差し向かいでの長い沈黙は、ひどくいたたまれなかった。

やがて彼女はいかめしい面持ちで、

「率直なところ、わたくしは困惑しています」

そうきりだしたので、おれは真意が読めずにますます不安になる。

「あの。もしもご迷惑をおかけしているようなら、市内の宿にでも移りますが……」

「そうではありません。いくら帰省をうながしても、一年以上も顔をみせずにいたあの子が、あなたのような学友までをも招待するとは、よほどの心境の変化でもあったものかと、とまどわずにはいられないのです」

「……なるほど」

よほどかどうかはともかく、変化ならたしかにあったはずだ。これまではひとりで向きあってきたあちらがわの世界とのつきあいに、パトリックは新参者のおれをともなうようになった。そしていままさに、その選択を後悔しているのだろう。

どうしようもなく苦い気分を押し隠し、あたりさわりのない見解を口にする。

「父君が亡くなられたばかりで、ひとりでは心細い気分なのかもしれません。あまり面と向かって、そういう弱音を吐いたりはしませんが」

すると夫人は無言のまま、遠い過去をみはるかすまなざしになった。

「……あれはひどい父親でした。たしかにパトリックは扱いづらい子どもではありましたが、母親と離れ離れになったあの子をもてあまし、ろくに会いにこようともせず、あげくのはてにその母親を正当な理由もなしに離縁して。わたくしにはその仕打ちがどうしても許せなかった。ですから彼の相続権を廃したのです」

彼女はしばらく目をつむり、乱れた息をととのえた。

「不憫《ふびん》なあの子にとって、信仰がなによりの支えになればと願ってきましたが……わたくしは長らく心得違いをしていたのかもしれません」

不憫なあの子。そのくちぶりがいとも自然なことに、おれは胸の裏をかきむしりたくなるようなもどかしさをおぼえる。たしかにパトリックの境遇は恵まれていたとはいえないが、おれにとっての彼はそんなひとことで言い表せるものではない。ひどい仲たがいをしたばかりで、庇《かば》いだてしてやる義理もないのだが。

「あの子は見違えるように表情が豊かになりました。これまでにない明るさと……そしておのずとかかえこむことになった恐れを扱いかねてもいるようですね」

「恐れ？」

「あなたのことですよ」

老婦人は皺深い双眸でおれをみつめた。

「これまであの子は、身近な者を次々と手放す人生を歩んできました。幼いころより変わらず係わり続けている相手といえば、この老いぼれの大叔母くらいなもの。しかもあの子にとってのわたくしは、首につながれた不自由な鎖のようなものでしかないのです」

「そんなことは……」

とっさに否定しきれず、おれはくちごもる。

「ですからあの子は、明日にも突然あなたをなくすことになるのではと、ひそかな不安をおぼえずにはいられないのでしょう。あの子をおいて故郷に去った母親や――」

「亡くなられたミス・ジェインのようにですか？」

はっとしてたずねると、彼女は感慨深げにつぶやいた。

「……そう。あの子は彼女のことまであなたに」

「ずいぶんかわいがってもらったそうですね」

「ジェインもパトリックはかわいそうな子だと、行く末を案じていたものでした。彼女の早すぎる死には、あの子も傷ついていたことでしょう」

「伏せってからは見舞う機会もないまま、棺を見送るしかなかったとか」

「ええ」

ブレナン夫人は額に指先をあて、長いため息をついた。

「ただでさえ神経過敏で病がちな子でしたから、ジェインの病が伝染《うつ》ってもしものことがあっては大変と、とにかくあの子を病室から遠ざけるしかなかったのです。けれど状況をはぐらかしたことが不安の種を生んだのか、それ以降はますますみずからの妄想の世界に怯えてひきこもるようになって……。あの子がもっと幼いころは、わたくしが連れだしたトレモアの海岸で楽しそうにふるまうこともあったのですが」

「トレモア？」

「ブレナン家の別荘がある、南海岸の港町です。わたくしは海が好きで、毎年夏を迎えると、あの子を伴ってしばらく滞在したものでした。あの子はもうすっかり忘れてしまったのかもしれませんが……」

幻の潮騒《しおさい》に耳をすませるかのように、彼女は首をかたむける。そしてふいに眉をひそめ

ると、苦しげに胸許を押さえた。痛みをこらえる様子におれは腰を浮かせかけたものの、

「大丈夫。なんでもありません」

きっぱりと制されては、なすすべもなく見守ることしかできない。

やがて症状がおちつくと、おれは不躾と承知しつつたずねた。

「……どこかお悪いんですか？」

「ときおり胸が苦しくなるだけです。医師からも、すぐさま命に係わるものではないと」

「パトリックはこのことを？」

「知りませんし、伝える必要もありません」

「ですが――」

「黙っていてくださいますね？」

強い口調で念を押されて、おれは反駁《はんばく》を呑みこんだ。

「……わかりました」

「ありがとう」

老女は祈るようにささやいた。

「どうかあの子を見捨てないでやって」

「離れるつもりでいるのは、むしろあいつのほうなんだけどな」

のろのろと階段をのぼりながら、おれはひとりごちた。

やはりパトリックは恐れているのだろうか。

彼に近づきすぎたおれが、結果的に身を滅ぼすことになるのを。

兆候ならたしかにあった。マラハイドの町で、疾走する荷馬車からパディを助けだしたときのことだ。

——ぼくはまた、てっきりきみが身を投げだすつもりかと。

おれの行動の一部始終を見届けたパトリックは、そう洩らしていた。

だが断言してもいい。このおれに、そんなつもりはこれっぽっちもなかったのだ。かならず切り抜けられるという確信まではなかったにしろ、パディの楯《たて》として荷馬車の餌食《えじき》になるためにかけつけたわけではなかった。

だからきわどい状況からおれの意図をそう読みとったのは、あくまでパトリックの主観にすぎない。つまりむしろ彼のほうこそ、命を賭した自己犠牲の発想にとらわれているのではないのか？

自己犠牲。あるいはそうまでして償われるべき罪の自覚。

「ジェイン従姉さん……か」

つぶやいたその名が、ざらついた岩の塊《かたまり》のように胸の奥まで沈みこむ。

かつてジェインの死を望み、呪い殺したパトリックは、生死の壁を取り払うという呪いがいずれおれを殺すことになるのを危惧《きぐ》している。

おれのふるまいに映しこまれたパトリックの贖罪の意識こそが、ねじれ増幅した恐れとなって牙《きば》を剝いているのだ。

「そんな子どもじみた呪いなんて、死んだ彼女が知れば……」

あえて許しを与えるまでもなく、苦笑とともに流すだけかもしれない。

だがこの手のことは、理屈だけではかたがつかないから始末が悪いのだ。おもちゃの銃を手にした子どもがそれを誰かに向けたとき、たまさか相手が倒れこめば、ありもしない弾丸が命中したと誤解してしまうようなものである。

「さて。どうするか」

十年越しの呪いを解く方法など、簡単にひらめくはずもない。

しかも厄介なのは、いまはまともに楽器も操れないおれのこの手でも、なにかを為《な》したい——そうして無力さの埋めあわせをしたいという切望が、まるでなかったとはいえないところだ。

とはいえおれが誰かにほどこす人並みの親切ですらも、自分を犠牲にして死に急いでいると、いまのパトリックなら決めてかかってくるのだろう。たとえばとっさにキリアン氏に仮面を渡そうとしたおれが、手の甲にささいな傷を負ったことでさえも。

とたんに仰々しく巻かれた包帯が目につき、もうほどいてしまおうと結びめに手をのばしかけて、おれははたと動きをとめた。

壁のランプに両手をかざし、表裏のすみずみにまで目を凝らす。十本の指すべての爪の先に至るまで、そこには痣《あざ》や腫《は》れはおろか、かすり傷ひとつ存在しなかった。隠しようのないこの事実は、はたして突破口になりえるだろうか。

「なるようになれ」

おれは自棄ぎみに迷いをふりきり、かけのぼるように上階をめざした。

「やっぱりここにいたのか」

意を決してたずねたパトリックの部屋に、主の姿はなかった。

すでに帰宅しているはずなのにと首をひねり、すぐにひらめいた行き先がここ――閉めきられて久しい、四階のジェインの寝室だった。

がらんとした暗がりに、ゆらめく手燭《てしょく》の焔がひとつ。そのかたわらで、扉に背を向けたパトリックがうずくまるように腰をおろしていた。

パトリックの視線の先には、剝きだしの寝台の輪郭がうかがえる。

結核患者が死の床についた寝台だ。マットレスまで処分されても当然ではあるが、いまだ居心地好さそうにととのえられたままのヘレン嬢の私室と比べると、たまらない侘しさがこみあげる。

棺に納めたジェインの遺体が屋敷を去って以来、この部屋は長らく使われていないとい

う。パトリックは顔のないジェインと遭遇してからというもの、四階まで足をのばすこと

すらほとんどなかったはずだ。

その因縁の部屋に、いまこうしてパトリックはやってきた。息をひそめていた呪いの蔓《かずら》

に、疲れた四肢をからめとられるように。

「ここを発つつもりなら、報告は必要ないよ」

膝に顔をうずめたまま、パトリックがささやいた。

予想どおりのかたくなさに、呆れといらだちがこみあげる。

「そんなあいさつなんてしてやるものか」

ぞんざいに言い放つと、パトリックはかすかに喉を鳴らした。

「……そうだね。ぼくの勝手でこれまで散々ふりまわしてきたのだから、きみが怒るのも

当然だ」

「ああ。一発くらい殴りつけてやらないと納まらないな」

偏狭な納得ぶりになおさら腹がたち、なかば本気でそう告げてやる。

パトリックは一瞬びくりとしたが、ほどなく観念したようにふりむいた。

「好きにしてくれてかまわないよ。それできみの気がすむのなら」

「いいのか？　そっちは喧嘩なんてまともにしたこともないだろう」

「だから安心して殴ればいいよ。とっさに避けたり殴りかえしたりなんてできないから」

「そうか。なら遠慮なく」

いつにない殊勝さがもどかしく、おれはますますパトリックを懲らしめてやりたい気分になる。

「顔でどこか避けてほしいところはあるか」

「……眼と鼻と顎」

「注文が多いな」

おれはたまらず頬に苦笑を浮かべた。

「悪いが実戦で相手をひるませるには、まっさきに鼻柱か顎先に拳をくらわせてやるのが上策なんだ。あいにくおれは試したことがない……どころか砂袋すらまともに殴った経験もないけどな」

パトリックがようやく怪訝《けげん》そうなまなざしをあげる。

「でもさっき裏町で襲われたときは……」

「どちらの手も使ってない。調べてみろよ」

困惑するパトリックに、ずいと両手を突きつけてやる。

「節の腫れも痣も傷も、なにひとつないはずだ。喧嘩慣れしてないきみは知らないだろうが、なにかを殴るときはよほどうまくやらないと自分の手も傷めるものなんだ。ボクサーだって、たいてい拳に布を巻いて試合に臨むだろう？　だからおれは絶対に、殴るために自分の手は使わない。どうしてかわかるか」

おれは祈りをこめるように伝えた。

「手を傷めたら弓が持てなくなるからだよ」

パトリックの瞳が、じわりとみはられていく。

「意識してやったことじゃない。とっさに手を庇うように身体が動いていたんだ。きみの論法に倣《なら》うなら、それこそ魂の真の望みに従ってることになるんじゃないのか？」

声をなくしたパトリックに、おれはたたみかける。

「もしもおれが死に急いでるっていうなら、ごろつきどもを相手にした喧嘩でわざわざ手を護ることに執着したりするか？　向こうは四人もいたのにあえてそんな無茶をやるなんて、まともな判断じゃないだろう」

パトリックは目をまたたかせ、やがてとまどうように首をかしげた。

「その理屈だと、きみが無謀な命知らずなことに変わりはないようだけれど」

「え……うん？　そうなるか？」

これは説得の方向性を誤ったか。

おれがたじろいでいると、やにわにパトリックが噴きだした。

「笑うなよ」

いったい誰のためにおれがここまで心を砕いてやっているのか、こいつはわかっているのだろうか。

「失礼。でもおかげで理解したよ。編入生としてダラムにやってくるまえのきみを、ぼくがろくに知らなかったということをね。だから旅先でのきみの、意外な姿をまのあたりにして、我知らずとまどっていたんだ。きみはぼくなんかにまどわされるまでもなく、無鉄砲な熱血漢だったんだね」

「いかにも頭が足りなそうで悪かったな」

おれはぞんざいに鼻を鳴らし、パトリックの隣にどさりと腰をおろした。わざわざ承諾など求めてはやらないのだ。

「だいたいなんだよ、距離をおくって。おれがきみのせいで命を投げだそうとするのが気がかりなら、責任をもって監視でもなんでもすればいいじゃないか。それをいまさらいじいじと、自分だけの世界に閉じこもろうだなんて、考えかたが陰気だぞ」

「……きみってときどき本当に無神経だよね」

パトリックはおののいたようにつぶやく。だがそれきり黙りこみ、つと寝台に目を移すと、やがて降参したように白状した。

「いじけている自覚はあるよ。よみがえったジェイン従姉さんの記憶にひきずられている自覚もね」

「それでここに？」

こくりとうなずき、パトリックは腰をあげた。おれもそれに続き、手燭をかかげる。

「あのころはもっと広い部屋のような気がしていたな」

「昔とはきみの目線が変わったんだろう」

「それでもちびだけれど」

「やさぐれるなって」

火の気のない部屋は冷え冷えとしていて、おれは羽織ったままの外套をかきあわせながら、暗がりに目を凝らした。

「遺品は残ってないみたいだな」

壁際の本棚は空で、硝子扉つきの飾り戸棚にもなにもしまわれていない。書きもの机やチェストの抽斗も、きっと同様なのだろう。なにかパトリックのわだかまりを解くきっかけになるものでもあれば……そんなおれの期待は裏切られるが、彼はおもむろに本棚に足を向け、懐《なつ》かしそうに手をふれた。

「ここに並んでいた本は、ジェイン従姉さんの遺言でぼくが貰い受けたんだ。彼女の私財のほとんどは、世話になっていた修道院の誰かに譲られたそうだけれど、蔵書のたぐいはぼくに残してくれてね」

「どんな本？　公教要理《カテキズム》とか？」

パトリックは苦笑いした。

「そう思うだろう？　でも違ったのさ」

そして次々と挙げられた書籍は、どれも予想外のものだった。

スコットの『ウェイヴァリー』全巻にエッジワースの作品集。マーティン訳のミルトンにポープ訳の『イーリアス』と『オデュッセイア』。ラングホーン訳のプルタルコスの作品集にバイロンの『海賊《コルセア》』や『ララ』。それに格調高いガラン版の『千夜一夜物語』がひとそろいにロックの『人間悟性論』まで。

「なかなかの趣味じゃないか。宗教書はなかったのか？」

「一冊もね。それが嬉しい驚きだったのを憶えているよ」

「彼女の蔵書には、きみもかなり影響を受けたんじゃないか？」

「うん。さすがにすぐにはその価値はわからなかったけれど、じきにむさぼるように読みふけるようになったよ。そう——たしかにぼくは、ジェイン従姉さんにいざなわれた文学の世界に救われていたんだ。その世界と信仰とのあいだに、彼女自身がどんなふうに折りあいをつけていたのかはわからないけれど」

「彼女も心の癒やしは得ていたんじゃないのか」

亡きジェインの短い生涯を想いながら、おれは言葉を探した。

「それでもなにか……神に与えられた試練とでも考えなければ耐えられないような、どうしようもない苦しみが彼女にはあってさ……それを神とつながることでなんとか支えようとしていたのかもしれない。だから神のいない世界で生きるきみを、あれだけ激しく糾弾せずにいられなかったんだろう」

その激烈な反応に動揺していたのは、むしろジェインのほうだったのかもしれない。ジェインがパトリックにぶつけたのは、彼女を打ちのめした境遇に対するひそかな怒りと憎しみそのものだ。それでいてすべてをもたらした全能の神にすがる欺瞞《ぎまん》を、みずからの態度で暴きたててしまった。彼女が声もなく流した涙は、はからずも仮面を剝ぎ取られた癒えない苦しみに、息を詰まらせたゆえのものではなかっただろうか。

「……ぼくはそういう考えかたは好かないよ」

パトリックは視線を伏せてつぶやく。

「なんでもかんでも神の試練だなんて、そんなものは自分が楽になりたいだけのまやかしだもの」

それでもひどく哀しげなその目許は、彼女の苦悩に心を添わせずにはいられないことを如実に語っているようだった。

おれは部屋をよこぎり、机の抽斗に手をかける。念のために空の抽斗を次々と確認していき、数段めで発見したものにどきりとする。

「……短銃《ピストル》か？」

だがおそるおそる手にしてみて、すぐにその正体は知れた。

「なあ。これってきみの玩具じゃないのか？」

けげんそうに近づいてきたパトリックに、黒く塗られた短銃をさしだす。

彼はたちまち目を丸くし、呆然とつぶやいた。

「従姉さんがぼくに買ってくれたものだ。こんなところにあったなんて……」

「最期の滞在できみと再会した、あの日のことか？」

パトリックはこくりとうなずき、ぎこちない手つきで銃爪《ひきがね》に指をかけた。回転式の弾倉まで備えた造りは凝っていて、それなりに値の張る品であろうことがうかがえる。

「あの夜は、従姉さんがぼくの遊び相手になってくれたんだ。たしかぼくが先に寝室にひきあげて……新しい玩具のひとつを忘れていったのを、翌日にでも渡すつもりで預かったんだと思う。けれど――」

「明くる朝には容態が急変していたのか」

「それきりぼくの玩具のことなんて、忘れてしまったのだろうね」

ものさびしげな声音に胸をつかれ、おれはとっさに口にした。

「それともあえて持っていたかったのかも」

「え？」

「見舞いを禁じられたきみの代わりに、きみをそばに感じていたかったとか」

パトリックはわずかに睫毛をふるわせ、自嘲めいた吐息を洩らした。

「それはさすがに感傷的すぎないかな」

「なら病魔に打ち勝つためのお守りとして」

「銀の弾丸で悪魔を撃ち抜いてやるのかい？」

パトリックは声をたてずに笑い、目を伏せた。

「いずれにしろ従姉さんの役にはたたなかったわけだね」

ついにかける言葉をなくして、おれは沈黙するしかない。

やがてパトリックは、ながめていた短銃をそっと抽斗に納めた。

おれは意外な行動にとまどい、

「持っていかないのか？　きみのものだろう？」

「ん。でももうしばらく、従姉さんに預かっていてもらおうかなって」

「……そうか」

パトリックなりのうしろめたさが、そうさせるのか。あるいはこれを受け取ってしまえば、わずかなりとも続いていた縁が、取りかえしようのない終わりを迎えてしまうようなためらいを感じるのかもしれない。

いまのおれにできるのは、ただ見守り、待つことだけなのだろう。

そのとき部屋の外から声をかけられて、おれたちは飛びあがった。

夕食の支度がととのったことを、ブレナン家の使用人が知らせにきたのだった。部屋に不在のおれたちを捜して、灯りの洩れる四階までやってきたらしい。手間をとらせたことをパトリックが詫び、すぐに食堂に向かうと告げる。

使用人が一礼して立ち去ると、おれは訊いた。

「用意を頼んでおいたのはきみか？」

「それはきみのほうでは？」

するとおれたちはそれぞれに、夕食を辞退したままということ、というわけだ。

おれは腕を組み、むむと唸った。

「ブレナン夫人の指示だな。おれたちが仲たがいしたこと、彼女に見抜かれてたぞ」

そして早々に関係を修復するだろうと踏んでもいたわけか。

「大叔母さまも侮れないね」

パトリックは降参したように天井をあおいだ。

「大叔母さまともきみとも、本気の喧嘩はしたくないものだ」

ため息をつくパトリックに、おれは不敵な笑みを浮かべてみせた。

「そうとも。おれはあの程度の喧嘩には慣れたものだからな。パリでもどこでも、大都市の劇場の裏手なんて柄の悪い連中がうようよしていて、ときには客待ちの男娼《だんしょう》とまちがえられて身を守るはめになることだってある始末さ」

「きみならむりもないよ」

「楽器を背負った男娼がどこにいるんだよ」

「花代はチェロのトランクが埋まるだけとか」

「絶交されたいのか？」

半眼でねめつけてやると、パトリックがふふと笑う。

「笑いごとじゃない。あれほどぞっとさせられることはないんだからな」

「たしかに笑いごとではないね」

パトリックは殊勝に笑いをひっこめると、

「さっきの裏町で、きみの抵抗を受けたごろつきたちが口走っていたことを、憶えているかい？」

「そういえばなにか悪態をついていたな」

「奴ら、楽な仕事のはずが割にあわないと訴えていた。これって受け取った報酬と労力が釣りあわないことに対して、不満を述べているようにもとれないかい？」

「受け取った報酬？」

その意味を察したとたん、背すじに冷たいものが走った。

「つまり誰かがあいつらを雇って、おれたちを襲わせようとしたってことか？」

「深読みのしすぎかもしれないけれど」

「いや……でも……」

おれたちは偽バン・シーの手がかりを追って、あの住所をたずねたのだ。

つまり計画を邪魔されたくない犯人が、これ以上の深追いはするなと警告してきたとも考えられる。

おれは口許に手をあてて思案する。

「依頼人がいたのかどうか、捻《ね》じ伏《ふ》せて吐かせてやればよかったな。あいつらがつるんでいないところを、なんとかつかまえられれば……」

「だめだ！」

突然パトリックが鋭い声をあげた。

「二度とあんなところに近づいたらだめだよ。もしも取りかこまれたら、今度こそどんな反撃をされるかわからない」

そうまくしたてられては、おれも承知しないわけにはいかなかった。

「わかったよ。勝手にうろついたりしないから」

「約束だからね」

「わかったわかった」

ひらりと片手をあげて、おれは部屋をあとにする。

だがあしらう口調が悪かったのか、パトリックはいとも疑わしい目つきでぴたりとついてくる。そういえば監視でもなんでもしろと告げたのは、こちらのほうだった。

おれは苦笑しながら、

「それなら明日はどうする？　またマラハイドに？」

「うん。でもまずはワイルド先生の自宅をたずねてみようかと思うんだ」

「誰だって？」

「定期的にぼくの眼を診てくれている眼科医だよ。セント・スティーブンス・グリーンのすぐそばに住んでいるのだけれど、きみもついてきてくれるかい？」

「眼をどうかしたのか？」

付き添いを求めるほどとは、よほどの不調なのだろうか。驚いて足をとめ、パトリックの両眼をのぞきこむが、どちらもとりたてて異常はなさそうだ。

「訪問は診察を受けるためではないよ。このあいだきみにも話しただろう？　ぼくの知りあいに、アイルランドのさまざまな伝承を精力的に蒐集している紳士がいるって。それが先生さ。本業のかたわら、民間伝承にまつわる原稿の執筆もしているんだ」

「へえ」

「だからバン・シーの扱いについても、なにか有益な情報が得られるかもしれない」

「たしかに助言を求めてみる価値はありそうだな」

「いつも多忙にしているけれど、いまはクリスマス休暇でダブリンの自宅にいる可能性が高いから、無駄足にならずにすむんじゃないかな」

「ちなみにその先生は、あちらがわのものが視える性質なのか？」

「いいや。でもぼくが視たり聴いたりできることは知っているよ」

「じゃあきっと興味津々だろう」

「だからきみを連れていくのさ」

「え？」

パトリックは意味深に笑った。

「きみなら高い相談料の代わりになるからね」

第4章

1

「ううむ。やはり眼球に異常があるわけではないか……」

おれの眼窩に拡大鏡をかざしたワイルド医師は、やれ右を向け左を向けと忙しい。

そのあまりの熱心さに、さすがのパトリックも呆れ顔でたしなめる。

「よしてくださいよ。傷でもあったほうが嬉しいようなくちぶりは」

「これは失敬。視える者と視えない者の差が眼の機能に起因するものなのか、職業柄どうにも気になってしまってね」

顔の下半分に小鳥の巣のような髭《ひげ》を生《は》やしたワイルド医師は、照れ笑いを浮かべながらようやくおれを解放してくれた。

「きみ、レディントンくんだったね？　右も左もきみの眼球は正常そのものだ。安心してくれたまえ」

「はあ。それはどうも……」

「よかったね。アイルランドでも指折りの名医からお墨つきをもらえて。先生は治療の難しい患者のために、始終あちこちの町を飛びまわっているんだよ」

含み笑いするパトリックを、おれは横目で睨んでやった。

おれが実験動物扱いされることを、彼は最初から承知していたのだ。あれだけおれの自己犠牲的精神とやらに過敏な反応をしておきながらあっさり罠《わな》にかけてくるとは、変わり身が早いというか、ふてぶてしいというか。

「指折りとは大袈裟だな。わたしには伝承の採集というもうひとつの目的があるから、骨惜しみせず往診に出向いているだけだよ」

「今日はその、もうひとつの目的の方面で、先生のお知恵を拝借したいんです」

「ほう」

死の女妖精について、広く世に膾炙《かいしゃ》している以外の情報があれば教えてもらえないかとパトリックが手短に説明する。

「そういえばついこのあいだ妻がはしゃいでいたな。なんでも古い書物から、バン・シーにまつわる興味深い記述を発見したとかなんとか」

「詳しいお話をうかがえますか？」

「では本人を連れてくるとしよう」

医師は快く承知し、妻に来客を伝えるために席をたった。

「ジェイン。ジェイン。いるかね？」

そう呼びかける声におもわずどきりとする。

「奥方の名だ。ぼくもすっかり失念していたよ」

パトリックに耳打ちされて、おれは苦笑いした。

「今度の旅はよくよくジェインに縁があるみたいだな」

「まったくだね。ありふれた名といえばそれまでだけれど」

「ワイルド家のジェインとも面識はあるのか？」

「いくらかは。レディ・ジェインは優れた詩人で、サロンの女主人でもあるんだ。スペランザの愛称で、ダブリンの社交界をにぎわせてもいるらしいよ」

「へえ。才色兼備の淑女なのか」

「……会えばわかるよ」

パトリックはあいまいに目を泳がせる。その不審なさまに首をかしげていると、

「あらあらあらまあ。すてきなお客さまだこと！　あのかわいらしい仔猫《こねこ》ちゃんのようなパディがこんなに大きくなって。こちらの凜々《りり》しいアドニスはお友だちかしら？」

夫にともなわれた奥方が、感激もあらわに登場した。

豊満な肢体と、打ちあげ花火を散らしたような派手なドレスに度肝を抜かれているうちに、奥方は向かいの椅子にでんと身をおさめ、いそいそと語り始める。

「わたくしが発見した文献について、お知りになりたいそうね？」

それは四十年ほどまえに出版された回想録で、原本は十七世紀にしたためられた手記だという。

「書き手のファンショー夫人が、とある旧家に夫と滞在したときの体験だそうよ」

夫人が深夜の人声に目を覚ますと、身をかがめて窓から部屋をのぞきこんでいる人影に気がついた。

「それはまるで濃い霧のような姿だったというわ。白い服を着て、赤い髪をした、蒼白い幽霊のような顔色の女が、月の光に照らされてひっそりとたたずんでいたの」

「まさにバン・シーそのものですね」

身を乗りだしたパトリックが、爛々と瞳を光らせる。

「ええ。そして恐ろしさのあまり身動きひとつできずにいる夫人をみつめたまま、やがて風のようなため息をついて消えていったのよ」

まんじりともせぬまま夜明けを迎え、彼女は知らされたという。

まさにその晩、その旧家につらなる者がひとり、他の部屋で亡くなっていたことを。

「なんでもその家の者が死に瀕《ひん》すると、息をひきとる最期の日まで、女の人影が夜毎その窓辺にあらわれるというの。なぜならずっと昔――かつて当主の子を身ごもったひとりの女を、その当主が殺して、刻んで、窓から川に投げこんでしまったから」

レディ・ジェインは腕をあげ、おれたちの背後を指さした。

「——ええ。まさにその窓からね」

「末代まで一族の者を呪い続ける女幽霊……か」

おれが寒空に向かってつぶやくと、肩を並べたパトリックも白い息を吐きだした。

「長く続いた旧家であればあるほど、深い怨念《おんねん》を核にしたあちらがわのものが巣喰うこともあるのかもしれないね」

恐るべき逸話の余韻も冷めやらぬなか、おれたちは辞したばかりのワイルド邸の玄関先で、ひと息ついていた。レディ・ジェインの巧《たく》みな語り口もあいまって、身の毛のよだつ光景が脳裡に浮かんだまま消え去ってくれない。

一族の者に死が迫るたび、まるでその死が待ちきれないとでもいうように、夜な夜なおのれの亡骸《なきがら》が遺棄された窓辺に姿をみせるなにか。

彼女の嘆きは自分と、自分の子どものためのものなのだろうか。自分の子がその旧家を継いでいたかもしれないからこそ執着は募り、報われないままにからめとられて、離れることができずにいるのか……。

おれはさむけをおぼえて、襟巻きに顔をうずめた。

「なあ。たしかキリアン氏も、金雀枝館が呪われた屋敷だとあざけっていたよな。もしもあの科白が、彼自身のやましさに裏打ちされたものだったとしたら……」

「かつて殺した身重の愛人が、恨みのあまり祟《たた》っているのかもしれないと？」

「さすがに短絡的か」

「どうだろう。あのうなされぶりからして、それくらいのことはやっていてもおかしくはなさそうだけれどね」

「仮に偽バン・シーの件を結びつけるなら、身内による復讐の線が浮かんでくるよな」

なにげなくこぼしたとたん、風をきるようにパトリックがふりむいた。

「いまなんて？」

「え？」

おれはどぎまぎとしながら、

「だから殺された愛人の無念を晴らすために、その親兄弟とか、親友とかが仇《あだ》を討とうとしているんじゃないかって」

「親兄弟に、親友か……」

パトリックは難しい顔で考えこんでいる。

そのときすぐそばから声がかかった。

「あなたたち父の患者さん？」
十三、四歳の少年が、そうたずねながら石段をのぼってくる。

「今日は休診のはずだけれど、もしも急患なら……」

「いや。ちょうど用をすませてきたところだから、おかまいなく」

「そう。ならよかった」

父の患者というからには、ワイルド家の息子なのだろう。おれは陣取っていた玄関先から退こうとした。だが少年はなぜか吸いつくように、すすすと正面にやってくる。

「あなたとても美しい瞳をしているね」

「は？」

「ぼくはオスカー。オスカー・ワイルド。ぜひともお見知りおきを」

妙な勢いに呑まれて、おれはさしだされた手に応じていた。

「あ……ああ。オーランドだ。こちらこそよろしく」

「オーランド。オーランドー。詩的な響きだね」

少年はとろんとした瞳でくりかえす。そのさまに呆気にとられていると、

「――悪いけれど、ぼくたちは予定があるから」

パトリックに腕をつかまれ、おれはひきずられるようにワイルド邸をあとにした。

「あんな奴と握手することなんてなかったのに」

「だけどきみの主治医の息子だろう？　無下にはできないじゃないか」

「足蹴《あしげ》にしてもいいくらいだよ。あいつきみに惚《ほ》れたな」

「笑えないぞ」

「冗談ではないよ。あの目つきをみればわかる。ぞわぞわしちゃったね」

かさねてそう主張されては、こちらもなんだかおちつかない心地になってくる。いまだうなじに感じる熱視線は、気のせいかどうか。

「なんにしろすさまじい親子だったな」

昨夜はジェインを偲び、幾分しんみりとしていた気分が、いつのまにやらすっかり吹き飛んでいる。

おれのぼやきに、パトリックもしみじみと同意をかさねた。

「あれはこのダブリンでいっとう癖の強い一家だよ」

2

金雀枝館にたどりつくなり、おれたちは驚きに見舞われることになった。

上階から姿をみせたフィオナ夫人が、無惨に窶《やつ》れはてていたのだ。もとより儚げな風情ではあったが、今日はひどく蒼ざめ、ささいな風に吹かれただけでもくずおれてしまいそうなありさまだ。

「まさかあれからなにか――」

おれはそう口走り、続きを呑みこんだ。

パトリックともども身がまえていると、

「いいえ……夫にはなにもないわ。あの子も元気よ」

夫人がゆるゆると首を横にふり、おれたちは安堵の息をついた。

パトリックがたずねる。

「ひょっとして昨夜は一睡もなさっていないのですか？」

昨日おれたちは、キリアンからなるべく目を離さないよう言伝《ことづて》を頼んだはずだが、それを律儀に守って、夜を徹して付き添っていたのかもしれない。

彼女はあいまいにうなずいた。

「彼……昨日からずっとひどい悪夢にうなされていて」

おれはぎくりとした。夢魔のからみついたあの金枝を、キリアンの寝室に放りこんだままでいたことを、いまのいままですっかり失念していたのだ。

「ごめんなさいね。今日は疲れていて、お相手ができそうにないの」

「どうかぼくたちのことはお気になさらず。ゆっくりお休みになっていてください」

「パディはおれたちが責任をもってお預かりしますから」

いたたまれなさも手伝って、おれたちは口々にうながした。

ふたたび上階に向かう彼女を罪悪感とともに見送りながら、

「いまのうちに回収してきたほうがいいか？」

　小声で耳打ちすると、パトリックは一瞬くちごもり、

「……たぶんもう手遅れだ。あれはすでに格好の餌をみつけてしまった。いまのぼくよりも、よほど美味な悪夢の持ち主をね。だからよほどのことがないかぎりは、離れようとしないと思う」

「なるほど……」

　つまりキリアンはこれからも延々と、あの夢魔に弄《もてあそ》ばれることになるのだろうか。

　なんともいえない後味の悪さをかみしめていると、いつのまにかパディが階段にたたずんでいた。

「やあ。またお邪魔しているよ」

「朝の勉強はもう終わったのか？」

　おれもパトリックに続いて声をかけるが、いつもならこちらの姿を認めるなり飛ぶようにかけつけてくるはずが、今朝はいつになく不安げに手摺《てす》りにしがみついている。そばで羽を休めているロビンも、どことなく気遣わしげな様子だ。

　パトリックと視線をかわし、こちらから階段をのぼっていくと、

「あのね。ぼくあれからひとりで屋根裏を探険してみたんだ。本当は行っちゃいけないんだけど、次にお兄さんたちが来たら案内できるようにしようと思って」

「ぼくたちのためにそこまでしてくれたのかい？　誰かに叱られなかった？」

「うん。気をつけたから大丈夫だった。それでね」

パディはわずかにためらい、声をひそめた。

「ぼく妖精さんの絵をみつけたんだ」

「妖精の絵？」

とまどうおれの横で、パトリックが息を呑む。だがすぐさま動揺をとりつくろい、

「それはすごい。ぜひ連れていってくれるかい？」

「うん！」

熱心な反応が嬉しかったのか、パディは仔兎《こうさぎ》が跳ねるように踵をかえした。

階段をかけあがる彼に続きながら、おれはパトリックにささやいた。

「妖精画の画集でも掘りだしたのかな」

「たぶん古い肖像画のことだ。きみは気がつかなかったかい？　この金雀枝館には、ぼくたちの知るかぎり一枚も肖像画が飾られていないんだ」

「そういえば……サルーンに並んでいたのは古い武器とか、陶磁器のたぐいとか、風景画ばかりだったな」

たしかに先祖の武具が大切に受け継がれているほどの旧家なら、代々の当主の肖像くらいは残っていそうなものだ。それらがことごとく屋根裏にしまいこまれているとでもいう

のだろうか。

「だけど妖精の肖像なんて……」

困惑したおれは、ひと呼吸おいて目をみはる。

「まさかバン・シーのことなのか？　夜更けにパディの寝室にあらわれたっていう？」

「おそらくはね。そして死の女妖精はときとして、若くして他界したその一族の娘の姿をとるというから……」

「肖像画がオブライエン家の先祖のものなら、この家に真実バン・シーが憑いている証拠になるかもしれないってことか」

パトリックはうなずき、おれたちは黙々と足を動かして屋根裏に向かった。

三階の片隅の扉から、埃っぽい階段をのぼっていくと、暗い通路にずらりと扉が並んでいた。間口の狭い部屋が続くさまは、学寮を彷彿とさせる。かつてはここが使用人の寝室として使われていたのだろう。

パディに手招きされ、そのいくつめかの部屋に踏みこむと、飾り気のない板壁の部屋には敷布をかけた家具が雑然と詰めこまれていた。

「この絵だよ」

パディが指さした壁際には、こちらも無造作に布をかぶせただけの額縁が、幾枚もたてかけられていた。しゃがみこんだパトリックが、そっと布をめくる。そしてひとりの若い娘のかんばせがあらわになったとたん、おれたちはそろって息をとめていた。

「おい。彼女まるで……」

「パディに生き写しだね」

黒い髪と瞳はもちろんのこと、優しげな目鼻だちがそっくりだ。これがオブライエン家に連なる女性の肖像なら、子孫のパディに面影《おもかげ》があるのも道理だ。やはりこの館に憑いているのはいにしえの乙女──早逝した一族の娘の姿をまとうバン・シーなのだろうか。

「けどこれってかなり新しい絵だよな？　画法もそうだし、傷みもほとんどない」

「たしかにそのようだね」

パトリックは両手で絵を持ちあげ、額縁の彫りこみやキャンバスの裏までくまなく検めると、ほどなく目を丸くした。

「これはヘレン嬢だよ。描かれたのも……一八五四年だから時期にも齟齬《そご》はないね」

「八年まえに亡くなったパディの叔母君だな」

そういえば古参の使用人であるサリヴァン氏も、パディのおもざしがヘレン嬢を偲ばせるものだと語っていた。

ふりむいたパトリックが、目線をあわせたパディに確認する。

「きみの寝室で泣いていたという妖精は、この女性に似ていたんだね？」

「それに秋の妖精さんも」

「秋の？」

「うん。秋に妖精の国で会った妖精さん。あの妖精さんは、やっぱりバン・シーだったんだね。一度めは失敗したから、今度こそぼくを妖精の国に連れていこうとしているのかもしれない。でもずっと妖精の国で暮らしていると、人間は死んじゃうんだよね？　だってバン・シーは死を呼ぶ妖精だから──」

「ちょ、ちょっと待ってくれないか」

おれはたまらずさえぎった。パディの不安は痛いほどに伝わってくるが、発言の意味がよくわからない。

「きみは夢……じゃないか。裏の森から迷いこんだ妖精の棲み処で、バン・シーに会っているのか？」

パディはおずおずとうなずく。

怯えを含んだその瞳を、パトリックがひたとのぞきこんだ。

「パディ。もう一度そのときのことを詳しく教えてくれるかい？　ゆっくりでいい。思いだせることならなんでもかまわないから」

「ええと……森でどんぐりを拾っていたら、だんだん眠くなってきて、いつのまにか知らないお庭を歩いていたの。なんだか足がふわふわしていたけど、手をつないで案内してくれた女の妖精さんがいたんだ」

「どんな妖精だった？　顔は憶えているかい？」

「あんまり。でも長い髪が、晴れた日の金雀枝の花みたいにきらきらしていて、とってもきれいだったよ」

「そう。それでバン・シーに会ったんだね」

「うん。薔薇《ばら》の花のたくさん咲いたお庭で、お菓子とお茶をもらったんだ。バン・シーの眼は赤くて、肌は幽霊みたいに白くて、優しそうだったけど、ちょっと怖かった」

「なにか話をしたかい？」

「ううん。ただ黙ってぼくをながめていた。笑っているみたいな、泣いているみたいな顔で……でもバン・シーだからやっぱり泣いていたのかもしれない。そのうちまたぼんやりしてきて、気がついたら森でブリジットに揺さぶられていたんだ」

訥々と語られる体験を、パトリックはひとつひとつ吟味するようにかみしめる。

「よくわかったよ。ところでもうひとつだけ訊きたいことがあるんだ。その薔薇の咲いた庭には、とても高い壁がなかったかな？」

「あったよ。蔦のからんだ煉瓦の壁だった」

「……そうか。ありがとう」

労《いたわ》るようにつぶやいたきり、パトリックは目を伏せて黙りこむ。その瞳は乾いていたが、すでに泣きはらして涙の涸《か》れはてたかのような双眸だった。

「パトリック？」

いたたまれずに呼びかけると、パトリックは気力をふりしぼるように顔をあげた。

パディの肩に手をやり、寄る辺ないまなざしをとらえて語りかける。

「パディ。きみがそのときに出逢《であ》った女妖精はバン・シーではないし、この先きみが妖精に連れ去られることもないから、安心していいよ」

「そうなの？」

「ああ。どうやらぼくも、その妖精たちの棲み処を知っているようだ。ずっとまえに自分からたずねていったんだ。それでもほら、こうしていまも元気に生きているだろう？」

「うん！」

パディの頬にようやく安堵のほほえみが広がる。

その様子におれも胸をなでおろしつつ、腰をあげたパトリックにささやきかける。

「なあ。いまの話……」

「きみにその気があるなら、これから連れていくよ」

おぼろげな予感とともに、おれはその誘いを受けとめる。

「きみはかまわないのか？」

パトリックは肩越しにふりむき、ほのかに笑んだ。

「――大丈夫。本当にずいぶん昔のことだから」

3

ダンドラムの村は、ダブリンから南に馬車で小一時間ほどの距離にあった。

車窓の景色はさきほどから変わらない。街道の左手に、高い石塀が延々と続いているのだ。おれの背丈《せたけ》の二倍はありそうな、異様なほどの高さの壁だった。

まるで監獄のようだ。

そう感じずにはいられないことで、なおさらたまらない息苦しさにとらわれる。

おれの動揺を察したのか、向かいの席のパトリックがおもむろに説明を始めた。

「ダブリンの近郊では、随一の療養施設だそうだよ。ぼくの母も、しばらくここで暮らしていたらしい。なかなかダブリンでの生活になじめなくて、しだいに衰弱して、心を病んで……療養で一時期は安定したようだけれど、結局は故郷のギリシアに帰ることが母にとって一番の治療になったのだろうな」

「当時のきみは、そういう事情を知らされていなかったのか？」

パトリックは肩をすくめた。

「それどころか、大叔母さまはいまだに詳しくは教えてくれないよ。なにしろぼくは長らく、異様に暗がりを恐れる神経過敏で病的な子どもとみなされてきたからね。母親が施設で療養していたなんて知れば、いっそう悪影響を及ぼすことになると警戒せずにいられないんだろう。だから聖カスバート校に送りこまれるまえに、一度こっそりたずねてみたんだ」

肯定も否定もしかねて、おれはあいまいな相槌をかえす。そしてふと考えた。ヘレン嬢や、他の患者も、そんなふうに人知れず存在を隠蔽《いんぺい》されてきたのかもしれないと。

「使用人にも好かれていたはずのヘレン嬢の墓に花が供えられていなかったのは、そこに遺体がないと……彼女がいまも生きていると知っていたからだったんだな」

「そうだね。そしてそのヘレン嬢のために、危ない橋を渡ってまでパディを金雀枝館から連れだしたのは――」

「女学校時代からの親友のリーガン女史か」

「おそらく屋敷裏の森を抜けた先に馬車を待機させておいて、眠気を催したパディをここまで運んできたんだろう。急げば汽車なしでも日帰りで往復できる距離だから」

「パディの朝食に鎮静剤でも盛ったのかな」

「そのあたりはブリジットが手を貸したんだと思う。彼女には彼女なりの理由があって、女史の計画に協力していたんじゃないのかな」

ふたりが共犯関係にあったと考えれば、パディが忽然《こつぜん》と姿を消した経緯もおのずと浮かんでくる。

そもそもあのときパディが森に出向いたのは、リーガン女史の与えた課題があってこそだった。女史はその日がモイラの休日であることを見越して、屋敷を留守にするための急用をでっちあげたのだ。

家庭教師もナースメイドも不在なら、パディの付き添い役はブリジットになる。森に誘いこんだパディを、そのブリジットが即《つ》かず離れず見守り、やがて朦朧《もうろう》とし始めたところを保護して、森の外で待つ女史に受け渡したのだろう。

あとはブリジットが半日の時間稼ぎをするだけだ。騒ぎが広まりすぎないよう、うまく誘導しつつ、戻ってきたパディの身を逆の手順で受け取れば、すべてをうやむやのうちに終わらせることができる。

残されるのは、夢うつつの少年のあやふやな記憶だけだ。

美しく波打つ金の髪の妖精は、見慣れた女家庭教師がその謹厳な仮面を脱いだ姿と認識されることもなければ、熱に潤《うる》んだような双眸のバン・シーが、病み窶れた叔母だと思い至ることもない。

「たぶん……ヘレン嬢のほうから、パディと会うことを望んだんだよな」

「そうだろうね。詳しい事情を彼女に訊くべきではないのかもしれないけれど、ともかくパディがここに連れられてきたかどうかだけでも確認してみよう」

「だな」

敷地の正面は、ものものしい錬鉄の門で外界と隔絶されていた。

その時点でますます気おくれしたが、幸い正門脇《わき》の小門が訪問者の窓口になっていたので、患者の見舞いのためにおとずれた旨を門番に告げると、身なりのおかげか怪しまれずに通してもらえた。慌ただしく買い求めた瑠璃雛菊《フェリシア》の花束《はなたば》を、おれが持参していたのも効果があったのかもしれない。

広々とした植えこみに挟まれた小道を抜け、煉瓦造りの病棟でふたたび取り次ぎを願いでた。マラハイドのオブライエン家から遣わされた者と名乗ると、担当の者を待つように指示される。

やがて呼ばれてきたのは、溌剌《はつらつ》とした足どりの看護婦だった。

「あら。今日はいつものご友人ではないのね」

「彼女の代理でお見舞いにうかがいました」

「ひょっとして生徒さんかしら？」

「そうです」

流れるように嘘を吐いてみせたのは、おれではなくもちろんパトリックのほうである。

「せっかくいらしたのに申しわけないけれど、今日の面会は難しいかもしれないわ」

「そんなにお悪いんですか？」

「肺病のほうがね。もともと病がちではいらしたのだけれど、この半年ほどで急に病状が悪化して、近ごろは寝たきりで意識もはっきりしないことが多いの。それでしばらくまえから、医師の詰めている奥の病棟に移していてね。病室をのぞくだけでもよければ、ご案内するけれど」

「かまいません。お願いします」

「わかりました。ではこちらにどうぞ」

複雑に入り組んだ通路を、彼女はすいすいと先導していく。

渡り廊を歩きながら窓に目をやると、そこは蔦の這う壁にかこわれた庭だった。患者服だろうか、ゆったりとした白いガウンをまとった女性がちらほらと、付添人とともにそぞろ歩いている。

「じつはぼくの母も、以前こちらにお世話になっていたようなんです。ほんの一時期のことですが、療養のおかげでひどい発作もおちついたとかで」

「それはよかったわ。この病院は、アイルランドでも有数の充実した環境で知られているのよ。ここで治療を受けられて、お母さまは恵まれていらっしゃるわね」

誇らしそうに笑んでから、やや気まずげに声をおとす。

「もちろんここには、さまざまな境遇の患者さんもいるものだけれど」

これからたずねようとしているヘレン嬢も、まさにそうした複雑な事情をかかえているらしいことに思い至ったのだろう。

「ご家族がお見舞いにいらっしゃることはないのですか？」

「入院してまもないころ……もう八年近くまえのことになるのかしら。わたしはまだここで働いていなかったけれど、当時はたびたび様子をうかがいにいらしてたそうよ。たしか義理のお姉さまだったかしら」

「フィオナ・オブライエン夫人ですね」

「そうそう。でも訪問を受けると、むしろ病状が不安定になることが多くて。それで徐々に足が遠のいて、ここ数年は遣いの者としてミス・リーガンが」

おれはおもわず訊きかえした。

「数年？」

「一昨年あたりからよ」

その時期のリーガン女史は、まだパディの家庭教師としてオブライエン家に雇われてはいないはずだ。

「……こちらの患者から、外に連絡を取ることはできますか？」

「手紙を書いたり？　もちろんできるわよ。外出の機会はかぎられているけれど」

とするとヘレン嬢のほうから、リーガン女史にみずからの状況を訴えたのかもしれない。他界したと知らされていた親友が生きていることを知ったリーガン女史は、彼女との交流が再開したのを隠したままオブライエン家に近づいたのではないか。そうでなければひそかにパディを連れだす必要もなかったはずだ。

パトリックがさりげなくたずねる。

「リーガン先生はご自分の生徒——七歳くらいの、黒髪の男の子を連れてこちらにいらしたことがありますよね」

看護婦はちらとパトリックに目を向け、なにもかも察したようにため息をついた。

「そうね。でもただの生徒さんではなかったわ。あれだけおもかげがあれば、嫌でもわかることでしょうけれど。……ここがオブライエン嬢の病室よ」

おれたちを外に待たせたまま、患者の様子をうかがうために部屋をのぞく。

「やっぱり眠っているようだわ」

「では花束だけ枕許に。それですぐにおいとまします」

「お静かにね」

おれたちはうなずき、足音をたてないように寝台に近づく。

ひとめであの肖像画の女性だとわかった。ゆるく編まれた黒い髪。まろやかな額に上品な鼻とくちびる。だが白樺《しらかば》のような膚に精気はなく、頬は痛々しく削《そ》げているが、もしも目を覚ませば、その瞳は黒く濡れているのだろう。

それでもいまはかすかに上下する胸の動きだけが、彼女の魂がまだこの世にとどまっていることを伝えていた。

枕許の小卓にそっと花束を横たえ、おれたちは病室をあとにした。

「医師の診たてではもうあまり長くはないだろうと」

静まりかえった通路に、おれたち三人の足音だけが響いている。

「でもこのまま最期くらいは安らかに逝けるのなら、彼女にとっても慰めになるかもしれないわね。あのかたがもっとも幸せだったのは、とうの昔に過ぎ去った女学校時代だったのでしょうから」

おれは彼女の横顔をうかがった。

「リーガン先生とは、その女学校で知りあわれたそうですね」

「ええ。だからお見舞いにいらしたときは、まるでいまでも女学生であるかのように接していらしたわ。お友だちが心穏《おだ》やかでいられるよう、楽しい記憶だけをよみがえらせて。甘い秘密をささやくように、おたがいヘレンにジェインと呼びあって」

「ジェイン？」

おれはおもわず足をとめた。

「ですが先生の名はたしかシネイドですよね？　シネイド・リーガン」

「ジェインは女学校時代からの綽名《あだな》だそうよ。わからない？　『ジェイン・エア』の主人公のジェイン」

「女家庭教師《ガヴァネス》が、雇われた家の当主と禁断の恋に落ちるっていう……」

読んだことはないが、母の本棚にも並んでいたし、その手の恋愛小説が巷で流行っていることくらいは知っていた。

「それは後半の展開ね。物語はジェインの不遇な生いたちから始まって、寄宿制の女学校ではヘレンという少女と唯一無二の親友になるの。その友情がすてきなのよねえ」

みずからも愛読者のひとりなのか、彼女はしみじみと語る。

「のちにジェインはロチェスター氏の屋敷で教師の職を得るのだけど、ミス・リーガンもいずれ家庭教師として身をたてるつもりでいたそうだから」

それで主人公のジェインにちなんだ綽名をつけたのか。

「もっとも当時のミス・リーガンは、ふたりの関係を小説になぞらえることを不吉に感じて、ためらったそうだけれど」

「どうして不吉なんです？」

彼女はやるせない吐息をついた。

「小説のヘレンは、胸を病んで若くして亡くなってしまうのよ。それもだきしめるジェインの腕のなかで、ジェインが眠りについているうちに息をひきとってね」

暗い雲の垂れこめた空からは、いつのまにか霧雨《きりさめ》が降りだしていた。

冷気を孕んだ紗が睫毛をなで、またたくと涙のように頰を濡らす。

おれたちは黙々と門をくぐり、道端に待たせていた辻馬車をめざした。歩きながら右手に目をやれば、そこには高い壁が延々とそびえたっている。

おれはささやいた。

「いつかパディが、真実に思い至ることはあるかな」

「真実なら、あの子はもうわかっているよ。高い壁の向こうに幽閉された彼女たちは、昔なら取り替え子とみなされていたかもしれない女妖精なのだからね」

それならば——アイルランドの暮らしになじめず、ギリシアに去った母ローザも、パトリックにとっては永遠の妖精なのだろうか。美しくも恐ろしく、理解しがたくも魅了してやまない、もはや手の届かない常世《とこよ》に住まうもの。

「ヘレン嬢の死をバン・シーが予期したかどうか、金雀枝館の面々にたずねたときの反応がまちまちだったのは、死の事実そのものがなかったからだったんだな」

「そうだね。サリヴァン氏は激しく否定しておきながら、そんな自分の態度にうろたえた様子だったし」

「義父が他界してから、バン・シーの実在を信じきっていたはずのフィオナ夫人は、にもかかわらずヘレン嬢の死にぎわについては記憶があやふやだとはぐらかした。それ自体が不自然だったわけか」

いるのだ。

ふたりとも、たとえ方便であろうと、ヘレン嬢がバン・シーに死を予告されていたと口にすることをためらったのかもしれない。死後の作り話ならまだしも、彼女はまだ生きているのだ。

この世の営みから隔てられた、あの壁の向こうでヘレン嬢が暮らし始めて、すでに八年近くになるという。彼女の墓碑に刻まれていた没年もまた八年まえだった。

そしていま——パディは七歳を迎えている。

おれは幾度かためらい、意を決してきりだした。

「ヘレン嬢の変調は、パディの出生と係わりがあると思うか？」

パトリックは顔をうつむけるようにうなずいた。

「おそらくは望まぬままにあの子を宿したんだ」

「なら相手はいったい……」

そう考えて、我ながら胸の悪くなるような想像が浮かぶ。

「まさか実兄のキリアンなのか？」

「ただひとつ気になることがある。ヘレン嬢の肖像画をまのあたりにするまで、ぼくたちはパディが母親のフィオナ夫人に似ていると感じていたはずだ。その理由こそが、すべての謎を解き明かす鍵になるはずなんだ」

「偽のバン・シーの目的も？」

するとパトリックが足をとめ、まっすぐにおれをみつめた。

「それを暴くために、これからもうひと仕事する気はあるかい？」

「……なにをさせるつもりだ？」

パトリックは不遜に笑んだ。

「墓荒らしさ」

4

降りたばかりの辻馬車が、夕暮れの並木道を去っていく。

雨はあがっていたが、上空はすでに闇に沈みかけていた。

「これで帰りの足はなくなったわけだな」

おれはくちびるをひき結ぶ。もうあともどりはできない。

「怖気づいたのかい？」

「冗談」

おれは鼻で笑い飛ばし、パトリックとふたり、金雀枝館に向かって歩きだした。

ダンドラムの村からダブリンにひきかえし、休むまもなく汽車に飛び乗ってマラハイドの町まで。そんなめまぐるしい一日も、ついに終局を迎えようとしている。

身体はくたくたのはずだが、疲労は感じなかった。からみあう謎の真相に迫りつつあるという胸騒ぎめいた高揚が、四肢をかけめぐっているからかもしれない。

「もうすぐ陽が暮れる。そうしたら館の裏にまわって、菜園の納屋から円匙《シャベル》とランプを失敬しよう。ひとそろいの農具がそこにそろっていたから」

「準備がいいな」

「そのうち役にたつかと調べておいたんだ。誰のものよりも新しいはずのヘレン嬢の墓碑が、ぞんざいにかしいでいたのが気になったものだからね」

おれは目をまたたかせた。

「おれたち以外にも、彼女の墓を掘りかえそうとした誰かがいたってことか？　リーガン女史が……いや、そうじゃないか。彼女が金雀枝館に来たときにはヘレン嬢が生きていると知っていたはずだから、わざわざそこまでする必要はないよな」

「それをこれから見定めるのさ」

おれたちはヘレン嬢の墓を暴くためにここまでやってきた。

パトリックにはなにやら確信めいたものがあるようだが、こちらはつながりそうでつながらない謎に、もどかしさがつのるばかりだ。

ともかくも暗がりにまぎれたおれたちは、それぞれ盗掘の道具を調達して、丘のふもとの墓地をめざした。

「この墓か」

「そう深くは埋まっていないはずだよ」

「だといいけどな」

おれは切実に祈りながら、冷たい土に円匙を突きたてた。

ふたりで黙々と作業を続けていると、やがてかつんと手応えがあった。急いで左右に土をどかすと、すぐに棺があらわになる。空のはずの棺からは、気のせいか死臭が漂いでてくるようで、おれは身をふるわせた。

「開けてみるのか？」

「それが目的だもの」

しゃがみこんだパトリックが、燐寸《マッチ》の焔をかばいながらランプをともし、墓穴に近づける。すると棺と蓋《ふた》の継ぎめに、ひっかき傷のようなものが走っているのが見て取れた。

おれはいくつもの傷跡を指先でなぞり、

「これ……一度こじ開けた跡があるな」

「二度かもしれないよ」

「え？」

「きみはそちらを持って」

おれは不穏なとまどいを感じつつ、パトリックの指示に従った。地面に片膝をつき、息をあわせて勢いよく蓋を持ちあげたとたん――。

「うわあっ！」

視界に映りこんだものに、悲鳴をあげて飛びのいた。

ばたんと棺が閉じ、胸の悪くなる臭いがぶわりと顔面に吹きつけてくる。

「きみ！　なんだって急に手を離すのさ。危ないじゃないか！」

「だ、だってそ、それ――」

「死体だよ。ほら、へたれていないで手を貸して」

完全に腰がひけたおれを、パトリックが叱咤《しった》する。おれはしぶしぶながら、ふたたび棺に手をかけた。

「まさかヘレン嬢なのか？」

それならおれたちはダンドラムの病院で、いったい誰に面会を求めたというのか。

だが混乱するおれに、パトリックは呆れたまなざしを投げた。

「きみの眼は節穴かい？　これは男だよ」

「男？」

「しかも死装束ではなく、外套を着たまま埋められている」

おれは袖を口に押しあて、おそるおそるそれに目をやった。

「……本当だ」

「齢は三十代くらいかな。布地の様子からして、そう古い遺体でもなさそうだ」

空のはずの棺に隠された謎の死者。これはいったいなにを意味するのか。

おぞましい予感がひたひたと迫り、おれを戦慄《せんりつ》させる。

パトリックが棺をのぞきこみ、

「ああ。やっぱりあった」

「なにが」

「杖さ。紳士の身だしなみというよりは、かなり実用向きの品だね。飾り気はないけれど丈夫そうだ」

「足が不自由な男だったとか？」

そう口にしてみてはっとする。そのような傷痍軍人の話を、おれたちはこの金雀枝館でたしかに耳にしていた。

「ひょっとして今年の春先に亡くなったっていう、ブリジットの兄？」

「兄か、あるいは恋人か、同志のたぐいか。彼女がぼくたちにどこまで真実を語っていたのか、いまとなっては定かではないけれどね」

「同志……そうか！　フィニアンの独立運動だな」

ここ数日のさまざまな記憶が、怒濤《どとう》の勢いで頭をかけめぐる。ブリジットはフィニアンの活動について詳しく、またその志に共感を寄せてもいるようだった。

「たしか三月の蜂起は、資金集めに苦戦していたんだよな？」

おれは急くようにまくしたてた。

「ひょっとして彼女の兄……かどうかはわからないけど、彼は資金援助を求めてかつての戦友をたずねてきたんじゃないか？　それでキリアン氏が頼みを断ったか、独立をめぐる意見の相違かなにかで、激しい諍《いさか》いにでもなって」

「殺したあと、ひそかにここに埋めたのだろうね。頭に殴打されたような傷もある」

「いまさらおまえがたずねてこなければ、こんな結果にもならなかった——キリアン氏がうなされていたあの悪夢は、そういう意味だったのか」

「でも彼が命を奪われた理由は、おそらくそれだけではないはずだよ」

「え？」

「いいかい？　キリアン・オブライエンが手にかけたのかもしれない死者は、これでふたりめだ。ひとりめは——」

「リフィ河に浮かんでいたニール・オブライエン？」

あの遠縁の男の溺死には死神——仮面をつけた男の影がちらついていたはずだ。

「そう。そしてそのどちらもが、かつてのキリアン・オブライエンと近しいつきあいのある者だった。クリミアの激戦地で負傷し、退役して以来すっかり人が変わってしまうまでの彼とね」

「人が変わるってまさか」

パトリックはゆらりとおれをふりむいた。

「取り替え子《チェンジリング》さ。きみはすでに謎の核心をついていたんだよ。現在オブライエン家の当主の座についているのは、キリアン・オブライエンを騙る偽者だ」

おれは愕然《がくぜん》と目をみはった。

はたして本当にそんなことがありえるのだろうか？

仮面で目許が隠されていたとはいえ、婚約者のフィオナ夫人や、妹のヘレン嬢や、幼少期からその成長を見守り続けたはずのサリヴァン夫妻ですら、成り代わりを見抜けないなどということが？

さまざまな疑いがめまぐるしくぶつかりあい、やがてひとつの結論を導きだす。

「つまりキリアン・オブライエンの帰還を待つ者たちは、そろいもそろって成り代わりを承知で偽者を受け容れたのか？　どうして？」

「彼女たちの誰にとっても、キリアンが生きていたほうが得策だったからさ。彼が戦死すれば家督は遠縁の男に受け継がれ、フィオナ夫人はもちろんのこと、病弱なヘレン嬢まで生まれ育った実家から放りだされてしまう。サリヴァン夫妻にしても、おそらく長年の職を失うことになったはずだ。ならば誰にも利益をもたらさない死など、隠蔽してしまえばいい。違うかい？」

「だけどいったい誰が身代わり役を……」

「誰よりもオブライエン家の内情に通じていて、誰よりもキリアンと親しかったはずの男さ」

おれは息を呑んだ。

「クリミアで戦死したはずの、フィオナ夫人の兄か」

「エイダン・マクシェイン。彼以外に考えられない」

「バラクラヴァの墓地に埋葬されたエイダンの遺体は、たしか損傷がひどかったって」

「それこそがキリアンの遺体だよ。親しい戦友のほとんどが死に絶えるほどの激しい戦闘でキリアンが命を落とし、エイダンはその混乱にまぎれて、遺体が自分のものであるかのように偽装をほどこしたんだろう。身許《みもと》を証明する所持品を交換するなどしてね」

そしてみずからはキリアンを名乗り、おそらくは負傷兵として前線を退いて、それきり軍隊とは縁を切ったというわけか。

旧家とはいえ、マクシェイン家にはまともな財産も土地もないという。あえてそんな家名を継ぐよりは、自分自身を殺したほうが皆のためにもなる——そうエイダンが考えたのかどうか。

それでも成り代わりの人生は、エイダンに予想していた以上の苦しみをもたらすことになったのではないか。現在に至る彼の荒れようこそが、その悲惨を証明しているかのようでもある。

「すると十三年まえの十月に、先代の当主の死を予期したらしいバン・シーは……」

「遠いクリミアでのキリアンの死か、それとも両者の死を伝えていたのか。いまとなっては永遠の謎だけれど、当時のフィオナ夫人が感じなかったはずのないその不安を、あえてぼくたちに打ち明けなかったのも、キリアンの死という真実を隠したい気持ちのあらわれだったのかもしれないね」

隠蔽された真相を知ってみれば、納得できることは他にもあった。

「夫婦の寝室が離れていたのも、ふたりが兄妹なら当然か」

エイダンが妹の貞淑さを揶揄《やゆ》してみせたのも、もとよりそんなものがまやかしであることをさしてのことだったのだろう。

それでもパディを慈しむフィオナ夫人の心に、嘘偽りはないはずだ。いまや生きがいのすべてとすらいえるかもしれない。

「彼女は甥のパディを我が児として育てているんだな」

パディはヘレン嬢に酷似していながら、育ての母のおもかげをも感じさせる。

つまり父親はやはり、キリアンに成り代わったエイダンなのだろう。もしも成り代わりの恩恵をふりかざして望まぬ関係を強いたのだとしたら、ヘレン嬢が心の均衡を崩してもなんらおかしくはない。

「生みの母のヘレン嬢が、忌《い》まわしい記憶の染みついた金雀枝館でふたたび平穏に暮らせる望みは、皆無に等しかったんだろう。だからダンドラムで静かな人生を送れるよう手筈をととのえ、月が満ちて産まれたパディを跡継ぎとして育てることにした。それがもっとも母子のためになると考えて」

「だからって、なにも死んだことにしなくたって」

あまりにも理不尽すぎる扱いに、憤らずにはいられない。

「こんな土地で醜聞が洩れれば、もうとりかえしがつかないからね」

「そんなもの、名家のくだらない体裁にすぎないじゃないか！」

「あるいは望まれて生まれた子ではないという出生の秘密が、パディの耳に届かないようにという配慮ゆえかもしれない。このぼくも、母の入院については長らく知らないままでいたくらいだ」

そう語るパトリックの寂寞《せきばく》としたたたずまいに、おれは言葉をなくした。

「いずれにせよさまざまな代償を払ってまで得たものは、なんとしても守り抜かなければならない。旧家の名誉も、土地財産も、正しくオブライエンの血を受け継いでいるパディの未来もね。その点において、マクシェイン兄妹とサリヴァン夫妻の意見は一致していたんだろう」

「じゃあ、エイダンがほとんど金雀枝館を留守にしているのは……」

「狭いマラハイドの町で、成り代わりに勘づかれるのを避けるためでもあるはずだ。彼にとっては誰も自分を知らない土地──遠い大都市の歓楽街にでも身を沈めているほうが、よほどおちつけたんじゃないのかな」

そのときだった。

がさりと金雀枝の枝が鳴り、おれたちは動きをとめた。

「よくそこまで嗅ぎつけたものだな。さすがは野良犬のような餓鬼どもだ」

ひきつるような嘲笑が背に投げつけられる。

ぎこちなくふりむいたおれは、たちまち凍りついた。

黒々とした人影が、こちらに向けて猟銃をかまえている。乱れた黒髪から、白骨のような仮面をのぞかせたエイダン・マクシェインだった。

「昨日の脅しも意味はなかったようだな。それで手をひけば見逃してやったのに」

「やはりあなたが指示をだしたことでしたか」

鋭いまなざしで、パトリックがエイダンに向きなおる。

「気がついていたか。連中の手並みはお粗末《そまつ》なものだったらしいが」

「あなたに敵意をいだく何者かが、あれこれと嗅ぎまわるぼくたちの邪魔をしようとしているのかとも考えました。ですが疑いをかけていたニール・オブライエンはとっくの昔に死んでいましたし、この館の馬車は一台きりですから、マラハイドの駅からぼくたちの足取りを追い、ごろつきを雇って襲わせることができたのは、馭者を務めたサリヴァン氏しかいません。あなたはぼくの友人が寝室で手にしたあの古い仮面から、真相を見抜かれることを危惧したんですね」

古い仮面。そのひとことで、ようやくおれは二種類の仮面の意味を悟った。

もはやなんの用もなさないあの仮面は、当初はただキリアンを装うために、死んだはずのエイダン・マクシェインの顔を隠すためのものだった。それがいまや反対の眼窩から額にかけて、焼け爛れたような傷痕が広がりつつある。かつてパリの裏町で、おれはたしかに似たものを目にしたことがあった。

「あれは傷痕なんかじゃない……」

呆然と洩らしたおれに、パトリックが冷え冷えとした声音で続けた。

「まるで呪いのようですよね」

「黙れ！」

怒声を轟《とどろ》かせ、エイダンはこちらに踏みだした。ぐらりとかしぐ肩と、ふるえて照準の定まらない銃口は、ひどい酔いのせいなのか。それとも――。

「そのままひざまずいてうしろを向け。両手をあげて頭にまわすんだ」

身動きのできないおれたちを、エイダンは追いつめた獲物のようにいたぶる。

「おあつらえ向きに墓穴も用意されている。ふたりまとめてあの世に送ってやろうじゃないか」

おれは必死で考えた。パトリックとふたりがかりでなら、隙をついてエイダンを押さえこむことはできるかもしれない。だが下手な動きをとれば、すぐにでも銃爪をひきかねない危うさが彼にはあった。めったなことはできそうにない。

「さっさとしろ！」

なすすべもないままに急きたてられ、墓穴に向きなおろうとしたときだ。

「なにをしているの！」

誰かが叫び、息せききってこちらにかけつけてきた。

「フィオナか。こいつらはおれたちの秘密をすべて知ってしまった。だからかたづけてやろうとしていたのさ」

彼女はおののいたように身をこわばらせる。だがすぐに鋭いまなざしで、兄のエイダンを睨みすえた。その華奢な手には、小型の回転式拳銃《リボルバー》が握られている。

「……そんなことはさせないわ」

「なるほど。今度ばかりは責任を取って、おまえが手を汚してくれるというわけか」

「そうよ。わたくしが兄さんを葬り去るの」

これにはおれたちだけでなく、エイダンも驚きをあらわにした。

「おやおや。いったいどういうことだ？　おれの犠牲のおかげで、婚約者を亡くしたおまえは惨めな貧乏暮らしに戻らずにすんだというのに、おれが撃てるというのか？」

「撃てるわ」

彼女は悲痛な声音で言い放った。

「だってキリアンを殺したのは兄さんなのだもの」

「おまえ……なんだって急に、そんな馬鹿なことを……」

余裕を演じていたエイダンの口調に、ついに狼狽がにじむ。

それをまのあたりにした妹は、泣き笑いのように頰をゆがめた。

「憶えていないの？　そうでしょうね。でも兄さんは自分から罪を告白したのよ。昨日の夜の、あのひどい悪夢にうなされてね」

「悪夢だと？」

「キリアン。キリアン。そ、そんな眼をおれに向けるな」

「──っ！」

エイダンはひるんだようにあとずさった。

「そうよ。兄さんは説明していたわね。兵士の遺体だらけの戦場で、すでにこときれたキリアンを発見して、彼に成り代わることを思いついたのだって。けれどそのときキリアンには意識があった。生きていたのよ！　それなのに兄さんは、兄さんに助けを求めて腕をのばしたキリアンの息の根をとめた。わたくしが心から愛していた婚約者を！　その手で殺してのけたんだわ！」

「はは……そうか」

エイダンは片手に顔を埋め、くつくつと笑いだした。

「ならもう隠しとおす必要はないわけだ。そうとも。おれは昔からあいつのことが大嫌いだった。恵まれた境遇に胡坐《あぐら》をかきながら、無邪気な善人面でおれを慕ってくるあいつがな！　だから殺してやったんだ。あの怪我では放っておいてもどうせ死んでいた。だから最期くらいは、おれたちの役にたってもらうことにしたのさ」

「……許さないわ」

いつしか頬を濡らしていた彼女は、両手でリボルバーをかまえた。

エイダンの銃口もまた彼女に向けられており、いつ銃弾が飛びだすとも知れない。

冷や汗の吹きだすようなその沈黙を破ったのは、あらたに投げこまれた声だった。

「奥さま。それはなりません」

「……リーガン先生」

さすがにあわててかけつけてきたのか、女史は荒い息で訴える。

「あなたが手を汚しては、夫殺しの母親という十字架を、パディ坊ちゃんに背負わせることになります。我が子のように慈しみ、ここまで育てあげられた坊ちゃんの一生を、だいなしになさるおつもりですか？」

パディの名に撃たれたように、フィオナ夫人は身をふるわせる。

「ひょっとしてあなた……」

「ええ。なにもかも存じあげておりますわ。すでに他界したはずのヘレンから、一昨年に便りが届いて、すべてを打ち明けられたときから」

「それなら秋にパディが森で姿をくらませたときも、やはりあなたが？」

「わたくしがダンドラムまでお連れしました。親友の最期の願いをかなえるために」

「最期？」

「ヘレンを壁の向こうに閉じこめたまま、長らくお見舞いにも出向かれていない奥さまはご存じないのでしょうね。あの子は肺を悪くして、もう長くはありません。バン・シーに怯えるあなたが、わずかでもヘレンの身を気にかけるそぶりをみせてくだされば、彼女の容態をお知らせする心積もりもありましたが」

「ヘレンがそんな病状だったなんて……」

夫人は愕然と、打ちのめされたようにつぶやいた。

「ですからわたくしは決意したのです。この卑劣な男を、ヘレンより長生きさせてなどやるものかと」

凛乎《りんこ》たるまなざしで、リーガン女史はエイダンを射貫いた。

「……そうか。それであんたは、おれに気があるそぶりで近づいてきたのか」

その真の目的をようやく察したのか、エイダンは隈《くま》の浮いた目許に自嘲をまとわせる。

「たわいないものでしたわね。気分よくおだててやれば、いつもことに及ぶまもなく酔いつぶれてしまうていたらく。それに寝室の窓からバン・シーの姿をごらんになって、内心ひどく動揺していらしたわね？」

リーガン女史は嫣然《えんぜん》と口の端をあげた。

「成り代わりとはいえ、あなたがオブライエン家の当主の座に収まっていることは事実。それを死の女妖精がどうみなすかは、わかりかねますものね？　どうやらご体調もすぐれないご様子ですから、なおさら不安にとらわれずにはいられなかったのでしょう。でもお笑いですわ。あなたのような男の死を嘆く者など、この世にもあの世にもどこにもおりはしません。傲慢で、姑息で、臆病で、まるでとるにたらない――」

「黙れ！　黙れ！」

エイダンは獣のように吠《ほ》えたて、リーガン女史に銃口を向けた。

「フィオナもヘレンも、サリヴァンたちだって、我が身かわいさに成り代わりを承知した連中だ。ごたいそうな口を利いていても、いざとなれば誰もが本性をあらわにして、親友を売るくらいのことは平気でしてのけるのさ」

「そんなことはありません」

「だったらいまからそれをあんたにも教えてやる」

エイダンはおれたちに向きなおり、ふたたび猟銃をかまえた。

「フィオナ。その銃を投げ捨てろ。いますぐにだ。でないとこいつらを順に撃ち殺すぞ」

「馬鹿なことを考えるのはやめて！」

「早くするんだ！」

そう命じるなり、エイダンは夜空に向けて銃を撃ち放した。

反動でよろめくエイダン以外、誰もが息を呑んで凍りついていた。

きん――と残り続ける耳鳴りが、このひどい状況をどこか非現実な、悪夢めいたものに感じさせる。

「次は本当に狙うぞ」

「待って！　わかったわ。言うとおりにするからおちついて」

おずおずとリボルバーが放られ、がさりと金雀枝の茂みが揺れる。

おれはとっさにそのゆくえを目で追うが、もはやどこにあるのかわからない。そう遠くはないはずだが、拾いあげようともたついているうちに、エイダンの猟銃の餌食になることは免《まぬが》れないだろう。相手は腐っても元軍人だ。

「餓鬼ども。おまえたちに選ばせてやる」

我にかえると、墓穴の縁にひざまずいたおれたちを、エイダンが睥睨《へいげい》していた。

「わたしが欲しいのはひとりの命だけだ。どちらかひとりをさしだせば、残りのひとりは助けてやろう」

「兄さん……あなた正気じゃないわ」

「おまえは黙っていろ！」

おれたちは固唾《かたず》を呑み、視線をかわす。あまりの展開に頭が追いつかないのは、どうやらパトリックも同様のようだった。

「どうした？　黒髪か金髪か、わたしはどちらでもかまわないぞ」

銃口が左右を行き来する。

奇妙に夢見心地な頭のかたすみで、おれは祈った。

こんな悪夢のような光景を、どうかパディが目撃していませんように。

ああ……でもパディにはロビンがついているから、彼の意識がこちらに向かないよう気を惹いてくれているかもしれない。

とすればもはやロビンの救援は期待できないだろう。しかたがない。ロビンとて万能ではないのだ。誰にだってどちらかを選ばなくてはならないときもある。

家族か、友か。

友か、自分か。

友を殺したエイダンは、それがありふれたことだと証明するために、おれたちの偽善の仮面を剝ぎ取ろうとしているのだろうか。だが見ず知らずのおれたちを追いつめずにいられないほど、魂の悲鳴に追いたてられているのは、むしろ彼のほうではないのか？

――キリアン。キリアン。そんな眼をおれに向けるな。

そんな眼とは、いったいどんなまなざしだったのか。

「そうか……そういうことか」

エイダンには認めがたい光景がある。

ならばいまそれをよみがえらせることで、動揺を誘えるかもしれない。そこに生じた隙を狙えれば、この馬鹿げた状況をくつがえす勝機はある。でもどうやって？

「さあ。そう長くは待ってやらんぞ。どちらにする？」

いや増す焦りを封じこめるように、おれは手のひらを握りしめる。

そのとき汗ばむ拳が、外套越しにふれるなにかを感じた。おれはそろそろとポケットをさぐり、指先でその存在を確かめて息を呑む。彼女の部屋から持ちだしたおぼえはないのに、いつのまにこんなものが……。

「ではこうしよう。早い者勝ちだ。先に名乗りでたほうの命を助けて――」

「ぼくだ」

すかさずパトリックがさえぎった。

エイダンの頬にたちまちゆがんだ喜色が浮かぶ。

「ほう」

「撃つならぼくを」

「……なんだと?」

唸るように、エイダンが問いかえす。

「早い者勝ちなのでしょう? だったら決める権利はこちらにあります。撃つならぼくを撃ってください」

パトリックはこちらに目をくれもしない。

おれは唖然とした。こいつ……まさか無策のまま名乗りでたのか? ただ自分のほうが犠牲になればすむと考えて?

息をとめたおれに、エイダンが視線を移す。

「……ふん。ならば貴様のほうはそれでいいんだな?」

ここでおれがうなずき、パトリックを売り渡せばエイダンの勝ちだ。ならばいちかばちかやるしかない。

「とんでもない。とうてい承諾できかねますね」

おれは破れかぶれな心地で、外套から片手をひきだした。

それをエイダンが血走った目で追い、銃口をこちらに向ける。

「貴様……なんのつもりだ!」

「こうするつもりですよ」

おれは握りしめた短銃を、自分のこめかみにあてた。

パトリックが弾かれたようにこちらを向く。

「オーランド!?」

おれはかまわず続ける。

「友人を見殺しにするくらいなら、こちらから死んでやります。あなたをわずらわせるまでもなくね」

「馬鹿な……」

エイダンの片頬ができそこないの嗤いに歪《ゆが》む。

パトリックも我にかえったように声をあげる。

「そ、そうさ。こんなこと馬鹿げてるよ！」

だがおれは無視した。

「それともあなたがおれを殺してくれますか。だけどおれがこうすれば、あなたは手を汚さずにすみますよ」

おれは銃爪にかけた指に力をこめた。

エイダンが譫言のようにつぶやく。

「……よせ」

「だめだ！」

「自分で命を絶つ罪を背負うくらい、おれにはなんてこと――」

「――やめろ！」

そう絶叫したのはエイダンだったのか、パトリックだったのか。

二度めの銃声が、夜空に響き渡った。

どさりと膝をつき、肩から地に倒れこんでうめきだしたエイダンのうしろから、リボルバーをかまえたリーガン女史の姿があらわれる。

「中《あた》ったの？」

誰ともなしにたずねるさまは、いつになく心許なげだ。おそらくとっさに茂みからリボルバーを拾いあげ、エイダンに向けて銃爪をひいただけなのだろう。だがたしかにその弾丸は、彼の腿を撃ち抜いている。

「……おみごとです」

「そう。たわいないものね」

ぽいとぞんざいに銃を投げだすさまに、おれは気の抜けた笑いを洩らした。

すると屋敷のほうから、猟銃を手にしたサリヴァン氏がかけつけてきた。

「奥さま！　それにみなさまも……ご無事でしたか」

銃声を耳にして最悪の状況まで想像したのか、胸をなでおろした老家令は、土にまみれながらなおも悪態をつくエイダンに目をやり、

「お許しを」

おもむろに銃床で殴りつけて気絶させた。

フィオナ夫人はそれを咎めるでもなく、放心したようにたたずんでいる。

「ブリジットなら治療の心得があるはずですが、いかがなさいますか？」

そうリーガン女史から指示を求められ、ゆらりと顔をあげる。

「そうね……お願いするわ。これでもわたくしの兄ですから」

うなずいたサリヴァン氏が、意識のないエイダンを担ぎあげにかかる。

手を貸すために、おれたちもそちらに足を向けようとしたときだった。

天を切り裂く絶叫が、長い尾をたなびかせて、おれたちに降り注いだ。この世を滅ぼす彗星《すいせい》が、いままさに墜落しようとしているかのように。

だがとっさにふりあおいだ宵空に異変はない。

誰もが恐れおののき立ちつくすなか、

「……ヘレン？」

ふるえる声で呼びかけたのはリーガン女史だった。

その視線を追って森の奥に目を凝らす。

そこに彼女がいた。

白装束にゆらめく極光をまとわせ、嘆きの鮮血のほとばしる赫い瞳でたたずんでいた。

霊気にそよぐ黒髪にふちどられたそのかんばせは、パディが妖精の絵だと告げた、あの肖像画によく似ていた。

「あれは……」

「真のバン・シーだ」

パトリックは声をつまらせる。

「ダンドラムの彼女は、おそらくもう……」

リーガン女史がくずおれ、ふるえる両手に顔を埋めた。

「ああ——ヘレン。愛しいヘレン。ついにあの娘は逝ってしまった」

5

「命に別状はありませんわ」

ブリジットは淡々とおれたちに報告した。

「銃弾が筋肉をえぐったくらいで、このまま膿《う》むようなことがなければ、じきに回復して後遺症も残らないでしょう」

「あなたはすでに現役の看護婦でいらしたんですね」

パトリックがたずねると、ブリジットはためらいなくうなずいた。こちらがすでに真相にたどりついていると悟り、つつみ隠さず打ち明けるつもりでいるようだ。

その隣には眼の縁を赤く染めたリーガン女史が控え、告白を見守っている。

応接間に集った残りのひとり──フィオナ夫人も悄然としながら、覚悟を決めた表情ですべてのなりゆきが晒《さら》される瞬間を待ち受けていた。

寝室で休んでいるエイダンの世話はサリヴァン夫妻が、パディにはモイラが付き添ってくれているはずだ。

「ヘレンさまの棺に隠されていたのは、今年の二月までダブリンで同居していたわたしの兄です。兄はフィニアンの活動に賛同し、蜂起に向けての資金集めに奔走していました。それが急にゆくえがわからなくなり……。兄の所持品から、失踪《しっそう》の直前にこちらの旦那さまと手紙でやりとりをして、援助を断られていたことを知りました。それでひょっとしたら直談判《じかだんぱん》に出向いたのかもしれないと、足跡を追うために金雀枝館をたずねたんです。ですが応対にでたミスター・サリヴァンに旦那さまは不在だと告げられ、フィニアンの計画について不用意に洩らすこともできずに困っていたところを……」

「偶然わたくしが耳にとめ、詳しい話を聞いたのです」

リーガン女史がそう続ける。

「そして彼の失踪にはエイダン・マクシェインが係わっていると確信して、彼女に協力を持ちかけました。あなたにその気があるなら、この金雀枝館に勤めながら様子を探れるよう後押しをすると」

　ブリジットは女史の助言に従ってフィオナ夫人にかけあい、ハウスメイドとして屋敷に潜りこむことに成功した。兄から聞いていた戦地でのキリアンとの想い出《おもで》を語ってみせたところ、かつての戦友の妹という身許もすぐに信じてもらえたという。

「先生から成り代わりの秘密をうかがい、同僚の態度などにも目を光らせるうちに、わたしは兄の遺体がヘレンさまのお墓に埋められていることを突きとめました。遺体の隠匿には、おそらくミスター・サリヴァンが手を貸したのだと思います」

　ブリジットは苦しげに目を伏せた。

「わたしは旦那さまを告発し、成り代わりの秘密もすべて暴いてやるつもりでいました。ですが先生に説得されて、考えをあらためたんです。罪のない坊ちゃんまでをも苦しめることになるくらいなら、いっそ高貴なる人格者としてあの世に送ってやることで、兄やヘレンさまの復讐に代えようと」

「それで死の女妖精を持ちだすことに？」

「はい。死のまぎわにバン・シーが現れるのは、死にゆく者にとってむしろ名誉なことですから。モイラもきっと悪気なくふれまわるでしょうし、このような田舎町では噂はすぐに広まって語り継がれるでしょう」

「つまり偽のバン・シーの姿は、あなたがたふたりが協力して、みなさんに目撃させていたんですね」

パトリックはおちついた口調で、宙に浮いたままの謎を解きほぐしていく。

「パディが森の人影に気がついたのは、リーガン先生があらかじめ夜空の月に興味を向けさせたためでしたね。そしてあなたが奥さまを森まで誘導し、先生の扮《ふん》したバン・シーがこの世ならぬものであるかのような態度を取った」

いまにしてみれば、樹の洞からバン・シーの扮装が発見された時点で、その姿をただの霧にすぎないと主張していたふたりを怪しむべきだったのだ。自分がたしかに目撃したはずのものについて、実在を疑う発言をされれば、それがますますこの世ならぬものに感じられるのが心理の作用というものだろう。

そのうえで目的を果たしたのちは、バン・シーは本当にいたのだと意見をひるがえして、伝承の信憑性《しんぴょうせい》をより高めるつもりだったのかもしれない。

実際おれたちに対するリーガン女史の証言は、理性的な女教師すら怯えさせるなにかがこの館にはいるらしいと、いかにも期待させるものだった。あれもいずれおれたちの口から噂が広まる可能性を見越したうえでの、さりげない演出だったのかもしれない。

「ぼくたちがこちらに滞在して、墓地に張りこんでいた夜には、逆にあなたのほうが森でバン・シーを演じていましたね」

そう指摘されて、ブリジットは気まずそうに首をすくめた。

「あのときはなにか計画の変更でもあって、それを知らせに先生がいらしたのかと早とちりを……。だからとっさに隠し名で呼びかけてみたんです。わたしたちが手を組んでいると悟られることは、避けなくてはなりませんでしたから」

「ジェインとヘレン。『ジェイン・エア』に登場する親友同士の名だそうですね」

パトリックはリーガン女史に視線を移す。

女史は深いため息とともにうなずいた。

「女学校を卒業してからもヘレンとは文通を続けておりまして、ときおりダブリンの町でつかのまの再会を喜びあうような関係でした。こちらのお屋敷に招かれないことについて気にかけたことはありませんでしたが、成り代わりの秘密をわたくしに対しても隠しているうしろめたさが、そうさせていたようです。それが八年まえに突然もう二度と会うつもりはないという絶縁の手紙が届き、わたくしを永遠の……永遠の親友と思い定めて生きるつもりだと伝えてきたのです。それからも返信のないままに手紙を送り続けているうちに、奥さまから訃報を受け取りまして」

エイダンの蛮行のせいで、かつての自分は打ち砕かれてしまった。そんなヘレンの絶望が、親友に背を向けさせたのだろうか。

一同の視線は、自然とフィオナ夫人に向けられた。

彼女は悔恨のまなざしを伏せ、すべての始まりを告白する。

「帰還した兄の企みに加担したことについて、申し開きをするつもりはありません。わたくしはキリアン以外の相手と結婚する気にはなれなかったし、生来病がちなヘレンも結婚を望んではいませんでした。わたくしたちはただ静かな暮らしを送りたくて、成り代わりを承知したのです。たとえ兄の詐称を表沙汰《おもてざた》にしたところで、死んだキリアンが戻ってくることはないのですから」

そしてエイダンは、キリアンと面識のある者のいるマラハイドから極力距離をおき、かつクリミアで戦死したはずの自分が生きていることが発覚しないよう、仮面で相貌を擬装する生活を始めた。

「兄がどこでどんな暮らしをしていたのか、わたくしはこちらにまわされる請求書からおぼろげに察することしかできませんでしたが、たまの帰宅のたびにその荒れようはひどくなっていくようでした。お酒に溺れる兄は戦地での記憶にさいなまれているのか、それとも自分を殺して生きることが耐えがたいのか……。いずれにせよ兄の選択は金雀枝館の者たちの平穏を守るためでもあって、わたくしたちはそんな兄に対する負いめを感じてもいたのです」

「ヘレンのその負いめに、あの男はつけこんだのですね」

悲痛にかすれた声で、リーガン女史が断罪する。

夫人は嗚咽《おえつ》をこらえるように、口許を押さえた。

「兄はヘレンも望んだことだと」

「ありえません！」

「ええ。ええ。もちろんそのとおりよ。でもそうと気がついたときには、あの子の身も心も手のほどこしようのない状態になっていて……。金雀枝館から離れた土地で療養させることしかできなかった」

パトリックがためらいがちにたずねる。

「ヘレン嬢の墓碑を建てられたのは、兄君の提案ですか？」

「わたくしは一度は反対を。でもその条件を呑めば、じきに生まれるはずのヘレンの子を養子にださずとも、わたくしたちの子として安心して育てることができると諭されたの。兄としては跡継ぎがいたほうがなにかと都合が好いと考えたのでしょうし、もとより自分の子を持つという望みの絶たれているわたくしは、その誘惑に抗《あらが》えなかった。たとえどのような忌まわしい経緯で生まれた子どもであろうと、ヘレンの子ならかわいがれないはずがなかったから……」

「ヘレン嬢もそれを望まれていたんですか？」

「あの子は……この屋敷でのおぞましい記憶をよみがえらせるものすべてを忌避し、怯えるようになっていたから」

「あなたのことも？」

夫人は伏せた目許に苦悩をにじませた。

「わたくしが病院に見舞うと、手をつけられないような錯乱に陥《おちい》ることもあったわ。出産を終えても回復のきざしはなくて……心のなかで詫びながら、パディを大切に育ててあげることを誓うしかなかったの」

結果としていくらか過保護なきらいはあるにしろ、育ての母に愛されたパディがすこやかに成長していることは事実だ。それはリーガン女史も認めているところだろう。だからこそエイダンに銃を向けた彼女が手を汚さないよう、思いとどまらせたのではないか。

おれはリーガン女史をうかがった。

「ヘレン嬢との交流は、一昨年から再開されていたようですね」

「ええ。とうに他界したはずのヘレンからの便りを受け取ったときは、どれほど驚かされたことか。その境遇は痛ましいものでしたが、すぐさま面会に出向き、なにもかもを打ち明けられました。かつて産み落とした男の子を、心ひそかに気にかけていることも」

「それであなたが家庭教師として見守ることに？」

「幸いわたくしにはすでに教師としての実績がありましたし、ヘレンの友人としてわたくしの名が奥さまのご記憶にあったことが信用にもなったのでしょう。ヘレンの存命をわたくしが知っているのではないかと、かすかな疑いは持たれていたようですが」

リーガン女史のまなざしを受けて、夫人はぎこちなくうなずいた。

「パディの姿が森から消えたときに、あなたもちょうど屋敷を留守にしていたから、あとになってひょっとしたらと……。遠からぬ死を覚悟していたヘレンが、パディに会うことを望んだのね？」

「どうしたらあの子の願いを断ることができましょう？」

女史はにわかに声をふるわせた。

「かわいそうなヘレンは、生き別れの息子と対面した自分がどのような感情に襲われるものか、恐れてもいました。それでもわたくしに約束してくれたのです。自分が何者なのか、決して坊ちゃんに名乗りでることはしない。坊ちゃんからもフィオナ奥さまからも、築きあげた絆《きずな》を奪うつもりはないからと」

彼女の頰をひとすじの涙が伝う。

「昔から誰よりも優しい子だったんです」

「バン・シーがその死を嘆いてみせるわけですね」

かみしめるようにパトリックがささやく。

彼女はおずおずと濡れた双眸をあげた。

「……ではさきほどのあれは本当に？」

「信じられませんか？」

そう問いかえされ、彼女はふたたび涙を流しながら幾度もうなずいた。

「もちろん――もちろん信じますわ」

ブリジットも胸を打たれたように身を乗りだした。

「ではおふたりがいらした晩についても？　あのときお屋敷のあちこちで聴こえた泣き声は、誓ってわたしたちが演じたものではなかったんです」

「来客の存在を感じた真のバン・シーが、ぼくたちにも切なる嘆きを訴えようとしたのかもしれませんね」

パトリックはおだやかにほほえんだ。

「それにパディの寝室には、ヘレン嬢にそっくりのバン・シーらしきものが、姿をみせたこともあったようです。あくまでぼくの私見ですが、それはことによるとバン・シーではなく、もう一度パディに会うために身体を脱けだしてきた、ヘレン嬢の生霊だったのかもしれません」

それはパトリックなりの慰めなのかどうか。

だがおれもヘレン嬢がパディとの再会を望んだことを、そしてその願いが叶ったことを祈りたかった。

リーガン女史は指先で頬を拭い、毅然と背すじをのばした。

「奥さま。もはや逃げ隠れはいたしません。みずから女妖精の存在をほのめかしてお屋敷のみなさまを惑わせたこと。そして機を狙って旦那さまを手にかけようとしたこと。わたくしどもの処遇については、奥さまにお委ねいたします」

夫人は撃たれたように顔をあげる。そして悲愴なまなざしでふたりをみつめると、

「あなたがたを裁く資格など、わたくしにはありません。……ですがもしもパディのために、兄やわたくしの罪を胸に秘めていてくださるというのなら、わたくしもパディのために同じお約束を。あなたがたはなすべきことをなされただけなのですから」

それぞれに大切な相手を喪った女たちは、癒えないおたがいの嘆きに耳を澄ましあうかのように、おとずれた沈黙に身を浸し続けた。

死の女妖精は眠りにつき、その声はもう聴こえない。

代わりに生者の吐息が、ひそやかに館を満たしてゆく。


「お加減はいかがですか？」

エイダンの横たわる寝台に近づきながら、おれは声をかけた。

付き添いのサリヴァン氏は、ちょうど部屋を離れたところである。パトリックに足どめを頼んでいるが、そう長くは保たないかもしれない。

「……くだらん質問だな」

「そうですね」

晒されたエイダンの素顔には脂汗が浮いている。怪我は重篤ではないはずだが、痛みはそれなりにあるのだろう。

「その枝はなんだ」

「悪夢除けの護符のようなものです。お役にたつかと」

おれは手にしていた金枝をさしだした。先刻パトリックに頼みこんで、譲ってもらったものである。きみは甘い甘すぎると、パトリックには渋《しぶ》い顔をされた。たぶんそのとおりなのだろう。だがいまのおれは、ことに死にゆく者には弱いのだ。

「気休めにもならんな」

「そうともかぎりませんよ」

おれは小馬鹿にするエイダンをあしらい、枕許に枝をおいた。

焦点の定まらない視線をさまよわせながら、彼がたずねる。

「おまえの……あの銃ははったりだったのか」

「ただの玩具ですからね。暗くて助かりました」

「黒髪のほうは、本気で驚いていたようだったが」

おれは肩をすくめた。

「忘れっぽい奴なんですよ」

「その齢で耄碌《もうろく》しているとは、先が思いやられるな」

「おかげでしばらくは放っておけそうにもありません」

エイダンは鼻で笑い、痛みをこらえるように顔をしかめた。

ひとつ深呼吸をして、おれはきりだす。

「リフィ河に浮かんでいた遠縁の男は、実際のところあなたが手にかけたんですか？」

「それを知ってどうする。おれの罪状を上乗せして、法廷にひきずりだすつもりか？」

「おれたちにはあなたを裁くつもりなどありませんよ。ただ神の怒りに任せまつれと聖書にもありますからね」

「白々《しらじら》しいな」

まったくもって同感だが、どうせ納得などさせられやしないのだから、なるようになれである。それでもいまさら隠しだてするだけの気力も失せたのか、エイダンは投げやりに白状した。

「ニールはたびたび金の無心をしてきたが、キリアンの筆跡を真似て書面でやりとりしていられるあいだはよかった。だがじきにまとまった金を工面したいとかで、顔をつきあわせての相談をしつこく催促してきたから、覚悟を決めたのさ」

ニールはエイダンとも多少の面識があったため、ダブリンに出向いたその日はエイダンとして偶然の再会をよそおい、しこたま酔わせてから深夜のリフィ河に投げこんでやったという。

「酒を酌みかわしているとき、奴はあろうことかおれと共謀してキリアンを亡き者にしないかと持ちかけてきた。跡継ぎが生まれるまえにキリアンが死ねば、家督は自分のものになる。そうしたら転がりこんできた財産から、おれが報酬をいただくという算段さ。あんなろくでなしにどれだけキリアンの財産がむしりとられてきたかと考えると、奴を手にかけるためらいも吹き飛んだね」

エイダンはことさら露悪的にくちびるをゆがめる。

「独立運動の活動資金とやらをせびりにきたあいつだって、似たようなものだ。ちょうどおれが帰宅したところにあいつが居あわせて、成り代わりに気づかれた。するとあいつはすぐさま交換条件をつきつけてきたのさ。詐称については口をつぐむ代わりに、資金の調達に協力しろとな」

ブリジットの兄は、一斉蜂起をなんとか成功させたい一心だったのかもしれない。だがその要求を、エイダンが卑劣な強請《ゆすり》と感じただろうことも、理解はできた。

「どいつもこいつも、オブライエンの名と富を利用しようと近づいてくる、うんざりするような輩ばかりだ」

「あなたはどうなんです」

「なんだって？」

「かつてのあなたが、オブライエン家に援助を求めたことは？」

「あるものか！」

エイダンは憤然と声を荒らげる。

「そんなあなただからこそご友人は——キリアン・オブライエンは、あなたに懐いていたんじゃありませんか？　名のある旧家に生まれついて、豊かな財産にも恵まれて、常々そのうんざりするような輩に取り巻かれてきたんでしょうから」

それゆえ持たざる者の恨み嫉《ねた》みをかわすべく、ことさら人格者としてふるまうよう努《つと》めていたという一面も、キリアンにはあったのではないだろうか。

「金に靡《なび》かないおれは善人のはずだって？」

キリアンは鼻先でせせら笑った。

「そんな甘ったれた考えでまとわりついているから、結局はおれになにもかも奪われるはめになったんだ」

「命も、名も、土地財産もですか」

「そうだ」

「ですがあなたは彼をその手で殺してはいませんよね」

そう問いかけたとたん、かすかにエイダンの喉が鳴った。

その反応で、おれは墓地で得た直感が正しいことを確信する。

おれは続けた。

「バラクラヴァの激戦で重傷を負い、おそらくは死を覚悟したであろう彼は、自分をながめおろすあなたの心に芽生えた誘惑を読みとった。霧のたちこめたバラクラヴァには、泥にまみれた敵味方の死体や瀕死の負傷者が折りかさなり、いまなら成り代わりの工作も不可能ではない。だがほどなく死傷者を回収しに味方がやってくる。それに戦地では敵兵による略奪も横行していたはずです。残された時間はかぎられていた。あなたは急がなければならなかった」

「やめろ！」

エイダンが呻《うめ》くように訴える。だがおれはやめなかった。

「だから彼は、あなたが手を汚さずにすむように──」

おれは銃をかたどった指先をこめかみにあてた。

「みずから命を絶った」

「…………」

爛れ崩れた眼窩から、絶望に染まった黒い瞳がのぞいている。

「彼はあなたの邪悪な企みを見抜き、かつそれを受け容れた。あなたはすべてを赦《ゆる》されたんだ。そのまなざしこそがあなたを打ちのめした。違いますか？」

おれは息をつめて身がまえる。だがいつまで待っても、激しい罵声《ばせい》を浴びせかけられることはなかった。

「……そうさ。敬虔なカトリックのくせに、死にぎわで神に背きやがって」

エイダンは発作のように荒い息をくりかえし、こわばる片手で目許を隠した。

「あいつは馬鹿な奴さ。こんなおれのために。こんなおれを赦すだなんて！　助けてくれと懇願されたら、やめられたかもしれないのに！　おかげでおれは永久にあいつに負けたままだ！」

たしかにエイダンは、そのとき永遠の負債をかかえこんだのだろう。

不信心なおれにもなじみ深い聖句が、嫌でも耳によみがえる。

人たる者、友のためにおのが命を捨つること、これ以上に大いなる愛はなし。

悲惨な殺戮《さつりく》の地で与えられたその愛こそが、いまもエイダンの魂をこの世とあの世の境界に縛《いまし》めているのかもしれない。

正気のままでは耐えられないほどの悪夢の世界に。

「だとしてもあなたには、まだできることがあるはずです」

「できること？」

「大勢のバン・シーに嘆かれるほどではなくても」

「……妹や息子になにかしてやれとでも？」

「さしでがましいことですが」

「まったくだな」

泣き笑いのようにつぶやいたきり、エイダンは憔悴もあらわに沈黙する。

おれは目礼をするにとどめ、無言のまま寝台に背を向けた。

いつの日かおれが、自分の人生に投げやりだからでも、自分の人生に価値を与えるためでもなく、ただ友に生きていてほしいという望みのために命を捨てることがあれば、彼はおれを赦してくれるだろうか――そんなことを考えながら。


扉の外では、意外なことにリーガン女史が待ちかまえていた。

「諍いでもあればすぐにかけこめるようにと、ご友人に頼まれましたので」

「……人使いが荒くてすみません」

「お気になさらず。旦那さまとふたりきりにさせるのは、わたくしとしても気がかりでしたから」

たしかにエイダンは、怪我で身動きがとれないとはいえ、さきほどまで猟銃をふりまわしていたような男だ。おれは不躾を承知でたずねた。

「あなたこそ、深夜にそんな男の寝室にひとりで出向いたりして、恐ろしくはなかったんですか？」

「勧めたお酒に、眠り薬をたっぷり混ぜておりましたから」

「毒ではなく？」

女史はかすかに眉をあげた。

「物騒《ぶっそう》なことをおっしゃいますのね」

「彼、すでに末期の梅毒ですよね？　手足のしびれに、歩行障害に、難聴。そして特有の顔面の崩れ。おそらく長年の放蕩《ほうとう》生活が祟っての結果でしょうが」

皮肉なことにじわじわと異変が生じてきたのは、傷痕があるふりをして隠していたのとは逆の半面だった。だから仮面を替えた時期にあわせて、住みこみの乳母もキャサリンに雇いなおしたのだろう。

「そのようですね」

女史の冷静さは揺らがない。おれはめげずに踏みとどまり、

「ですが似た症状をもたらす毒もあります。神経麻痺《まひ》に、頭痛に、皮膚炎。量によっては嘔吐《おうと》に、呼吸や心臓の麻痺。つまりその毒を投与することで、梅毒が急速に悪化しつつあると錯覚させたまま、死に至らしめることができる」

「そんな都合の好い毒があるものかしら」

「植物学にも造詣《ぞうけい》の深いあなたならご存じのはずです。金雀枝の葉ですよ。見渡すかぎり生えていて、原料には困らない」

女史はほのかに笑んだ。生徒の奇抜すぎる解答に呆れるような、それでいて満足そうで

もある、魅惑的な微笑だった。

「おれの見解では、このまま放っておいても彼はじきに死にますよ。わざわざあなたがたが手を汚さなくても」

彼女は笑みを消し去り、おれをみつめかえした。

「……貴重なご意見をありがとう。検討してみますわ」

「光栄です」

「あなたこそお若いのに、そのような毒の知識をどちらで？」

「おれの家庭教師は変わり者が多かったんです。教えることもてんでばらばらで」

「では銃のかまえかたがさまになっていたのも、そのおかげかしら？」

「ええ。七歳のおれに本物をさわらせたせいで、さすがに母に叱られていましたが」

「まあ」

「なにしろおれの家庭教師は、たびたび母の恋人がつとめていたくらいなので」

リーガン女史は目をみはり、やがてからかうように口の端をあげた。

「でしたらあなたもパディ坊ちゃんとおそろいね」

「……え？」

遅れて息を呑むおれを残し、彼女は優雅に踵をかえす。

哀しみを秘め、それでも凛然《りんぜん》と背すじをのばしたそのうしろ姿を、おれは視界から消えるまで見送り続けた。

「気はすんだかい？」

「おかげさまで」

パトリックの客室をのぞくと、暖炉のそばに兄弟の姿があった。

やはりロビンも、パトリックとともにいるときが一番おちつくようだ。

「兄さんが、さっきは助けにかけつけられなくてごめんって」

「パディのそばにいてやったんだろう？　正しい選択だよ。自分の父親がおれたちを撃ち殺そうとしてる光景なんて、悪夢そのものだからな」

おれは膝を折り、パトリックの隣に座りこむ。燃えさかる焔に手をかざして暖をとりながら、

「そうだ。これを渡すのを忘れてたよ」

ポケットから玩具の短銃を取りだした。

「これでわかっただろう？　エイダンの挑発に乗って死んでやる気なんて、おれにはさらさらなかったこと。あいにくこのリボルバーじゃ空砲すら撃てない」

「ん……」

パトリックは決まり悪そうにくちごもる。

「だいたいだな、きみが自分でおれの外套に忍ばせておいたくせに、どうしたらあんなに驚けるっていうんだよ」

「ぼくじゃない」

「え？」

「きみがジェイン従姉さんの部屋から持ちだしたんだろう？」

「まさか。おれはきみに渡してから手をふれてない」

「ぼくはそれを抽斗にしまったきりだ」

「ならいったい誰が……」

おれたちはしばし呆然とみつめあった。

やがておそるおそるパトリックがその名を口にする。

「……ジェイン従姉さんが？」

「……そういうことでいいんじゃないか？」

おれはややぎこちなく笑いかえす。そして銃をパトリックの手に押しつけてやった。

「この銃に宿っていたなにかが、きっときみの危機を予期して、おれたちの窮地を救ってくれたのさ」

かつて移民船でダブリンを去る少年に贈られた玩具には、その門出を見送る従兄の祈りが宿っていた。十三年の雨風にさらされて、ぼろぼろになったあの機関車にも、風化しない想いはあったのだ。それなら十年来しまわれていた銃になにも残るものがないと、はたして決めつけることができるだろうか？

パトリックは手にした短銃に目をおとし、絶え入るようにささやいた。

「オーランド」

「ん？」

「従姉さんがいまも変わらず生きていてくれたらと、ぼくはこれほどまでに切実に感じたことはないよ」

「これからはいつもきみのそばにいるさ。守護天使みたいにな」

「え？　それでぼくが悪い子になりそうになるたびに、ちくちくと説教を垂れてくるのかい？　それはちょっと嫌だな」

「言ってろ」

呆れたおれは、パトリックの頭を小突いてやった。

「ついでにブレナン夫人とも、せっかくの帰省なんだからちゃんと話をしておけよ。将来についてふれるのは気が進まないなら、子ども時代の想い出とかさ。いっしょにどこかにでかけたことくらいあるんだろう？」

あの黒衣の老女は、パトリックが考えている以上に変わり者の養い子のことを気にかけている。かつておたがいの状況が、偶然ふたりを結びつけたというだけではない絆を感じているはずだ。ただそれをうまく伝えるすべを持たないのだ。

「そういえば……夏になるとよくトレモアの海岸に連れていってくれたな。普段はいかめしい大叔母さまも、海にいるときはくつろいだ顔をしていて、ぼくも気分が明るくなったものだよ」

おれは我知らず笑みを浮かべていた。

「そういう昔話なら、きっと彼女も喜んでくれるだろうさ。それでこそ有意義な休暇ってものだろう」

うなずいたパトリックが、ふと眉をさげる。

「でもきみにとっては散々な休暇になったね。ごろつきには襲われるし、猟銃で殺されかけるし、いまだに観光のひとつもしていない」

「ついでに墓荒らしの手伝いまでさせられるしな。でもまあ、かまわないさ。その埋めあわせはしてもらうから」

「埋めあわせ？」

「これから六日の公現日まで、きみにはパディとおれの案内役として、ダブリンの近郊を連れまわしてもらうつもりだからな。バン・シー騒動の報告がてら、キャサリンにパディを会わせてもやりたいし。反対か？」

「まさか！　大賛成だよ」

たちまちパトリックが瞳をかがやかせる。

「でもこんなことがあったのに、フィオナ夫人が許可してくれるかな？」

「大丈夫さ。むしろパディを屋敷から遠ざけるための理由が欲しいはずだから」

「なぜ？」

「だってヘレン嬢が本当に亡くなっていたら、遺体をひきとって、ひそかに埋葬することになるだろう？」

「あ……そうか」

それでもやがて、墓碑にはさりげなく四季の花が供えられることになるのだろう。

冬の瑠璃雛菊《フエリシア》。

春告げの待雪草《スノードロップ》。

そして黄金にきらめく豊穣《ほうじよう》の金雀枝《エニシダ》も。

参考文献

『全訳　小泉八雲作品集』全十二巻　平井呈一訳　恒文社
『ラフカディオ・ハーン著作集』全十五巻　平川祐弘他訳　恒文社
『知られざるハーン絵入書簡　ワトキン、ビスランド、グルード宛 1876-1903　桑原春三所蔵』関田かおる編著　雄松堂出版
『小泉八雲事典』平川祐弘監修　恒文社
『小泉八雲　思い出の記／父「八雲」を憶《おも》う』小泉節子・小泉一雄著　恒文社
『小泉八雲　文学アルバム　増補新版』小泉 時・小泉 凡共編　恒文社
『民俗学者・小泉八雲　日本時代の活動から』小泉 凡著　恒文社
『怪談四代記　八雲のいたずら』小泉 凡著　講談社文庫
『評伝ラフカディオ・ハーン』E・スティーヴンスン著　遠田 勝訳　恒文社
『若き日のラフカディオ・ハーン』O・W・フロスト著　西村六郎訳　みすず書房
『さまよう魂　ラフカディオ・ハーンの遍歴』ジョナサン・コット著　真崎義博訳　文藝春秋
『聖霊の島　ラフカディオ・ハーンの生涯【ヨーロッパ編】』工藤美代子著　ランダムハウス講談社文庫
『夢の途上　ラフカディオ・ハーンの生涯【アメリカ編】』工藤美代子著　ランダムハウス講談社文庫
『神々の国　ラフカディオ・ハーンの生涯【日本編】』工藤美代子著　ランダムハウス講談社文庫
『平川祐弘決定版著作集　第10巻　小泉八雲　西洋脱出の夢』勉誠出版

『平川祐弘決定版著作集　第11巻　破られた友情　ハーンとチェンバレンの日本理解』勉誠出版
『平川祐弘決定版著作集　第12巻　小泉八雲と神々の世界／ラフカディオ・ハーン　植民地化・キリスト教化・文明開化』勉誠出版
『平川祐弘決定版著作集　第15巻　ハーンは何に救われたか』勉誠出版
『オリエンタルな夢　小泉八雲と霊の世界』平川祐弘著　筑摩書房
『神々の猿　ラフカディオ・ハーンの芸術と思想』ベンチョン・ユー著　池田雅之監訳　恒文社
『ファンタスティック　ジャーニー　ラフカディオ・ハーンの生涯と作品』ポール・マレイ著　村井文夫訳　恒文社
『ラフカディオ・ハーンの日本』池田雅之著　角川選書
『ハーン曼荼羅』西川盛雄編著　北星堂書店
『「捨て子」たちの民俗学　小泉八雲と柳田國男』大塚英志著　角川選書
『雪女の悲しみ　ラフカディオ・ハーン「怪談」考』橘　正典著　国書刊行会
『ラフカディオ・ハーンの耳』西　成彦著　岩波書店
『耳の悦楽　ラフカディオ・ハーンと女たち』西　成彦著　紀伊國屋書店
『ラフカディオ・ハーン　虚像と実像』太田雄三著　岩波新書
『ラフカディオ・ハーン　異文化体験の果てに』牧野陽子著　中公新書
『〈時〉をつなぐ言葉　ラフカディオ・ハーンの再話文学』牧野陽子著　新曜社
『オペラ対訳ライブラリー　ワーグナー　さまよえるオランダ人』高辻知義訳　音楽之友社

『世界歴史大系　アイルランド史』上野 格・森 ありさ・勝田俊輔編　山川出版社
『図説　アイルランドの歴史』リチャード・キレーン著　鈴木良平訳　彩流社
『クリミア戦争　上・下』オーランドー・ファイジズ著　染谷 徹訳　白水社
『ナイチンゲール　神話と真実　新版』ヒュー・スモール著　田中京子訳　みすず書房
『妖精事典』キャサリン・ブリッグズ編著　平野敬一他共訳　富山房
『妖精学大全』井村君江著　東京書籍
『妖精のアイルランド「取り替え子《チエンジリング》」の文学史』下楠昌哉著　平凡社新書
『ジェイン・エア　上・下』シャーロット・ブロンテ著　小尾芙佐訳　光文社古典新訳文庫
「ダブリンにおけるフィニアンの蜂起（1867年）」高神信一著『三田学会雑誌』Vol.84 No.4
「フィニアン運動史研究の諸問題：1858年─1873年」高神信一著『三田学会雑誌』Vol.78 No.1

本稿の執筆にあたり、小泉八雲記念館館長の小泉凡氏にご協力いただき、貴重なお話をうかがいました。

この場を借りて厚く御礼を申しあげます。

解説

東　雅夫（文芸評論家／アンソロジスト）

過日、ビックリ仰天するような話を聞いた。

小泉八雲は、元々そういう名前の日本人で（笑／いや、笑いごとではない）、『怪談』や『骨董』、『知られぬ日本の面影』等々の代表作も、元から日本語で書かれていたのだ……八雲の著作に親しんでいる者にとっては、ただの冗談としか思えないような話だが、最近の若い人の間では、決してありえない誤解ではない、というのだ。

本当かしらん……と、学生さんたちの事情に通じていそうな知り合いに訊いたところ、確かにそれはあってもおかしくない誤解だ、という。少なくとも、若い方に限らず、〈小泉八雲〉と聞いて〈ラフカディオ・ハーン〉という本来の名前がスラスラ出てくるような人は、少数派であることは間違いない。そう言われてしまった。

だとすれば、八雲／ハーンが、アイルランド人で軍医の父と、彼の赴任先だったギリシアの名家の娘である母との間に一八五〇年（嘉永三）に生まれ、ギリシアを振りだしに、アイルランド、英国、仏国、米国、西インド諸島などを経て、一八九〇年（明治二十三）

に来日。そのまま日本に棲みつき、最初の赴任地（英語教師）となった松江（島根県）の士族の娘・小泉節子（セツ）と結婚、一八九六年には日本に帰化して〈小泉八雲〉と名告り、多くの著作を英語で執筆した……などというプロフィールは、いまや一部の文学好きにとってしか、メジャーではないのかも知れない。淋しいことだ。

　いまから半世紀ほど前くらいまでは、すなわち私が小・中学生の頃までは、小泉八雲という名前は、一般の日本人にも、もう少しポピュラーだったように思う。

当時、怖い話や不思議な話に関心を抱く子供たちが、最初に手にとる〈おばけ話〉の本といえば、八雲の『怪談』が定番中の定番だったのである。「雪おんな」や「耳なし芳一のはなし」「ムジナ」等々、日本の古い伝承に取材した人気作品は、舞台やアニメ（恐怖の『まんが日本昔ばなし』！）の原作としても、大いに人口に膾炙《かいしゃ》した。

　ちなみに先日、某誌の仕事で人気浪曲師の玉川奈々福さんと対談する機会があったのだが、奈々福さんが調査したところでは、浪曲化された怪談話で「牡丹燈籠」や「四谷怪談」など講談・落語・歌舞伎に由来する過去の演目と並んで目につくのが、八雲の『怪談』に含まれる作品群だったそうな。青い目の日本人・八雲が創始した怪談は、伝統的な演目と並び、日本の怪異を代表する作品になっていたのである、明治・大正・昭和を通じて！

雲行きが怪しくなるのは、昭和が終わり平成が始まる頃。児童文学者の松谷みよ子や常光徹らの活躍によって、いわゆる〈学校の怪談〉が一大ブームを巻き起こした。この頃から、怖い話を読もうとする若者たちが最初に手に取る怪談本が、八雲の『怪談』から学校の怪談本へと次第に変わっていったのだ。学校の七不思議や〈トイレの花子さん〉など、現代の子供たちの日常に即した都市伝説的なお話は、分かりやすく、確かに面白い。子供たちの非日常に対する素朴な興味が、そちらに移行するのは致し方ないことなのかも知れない。しかし……。

さて、本書『奇譚蒐集家　小泉八雲』の本文を、すでにお読みになった向きには、こうした前置きは、あるいは無用の長物かも知れない。

本書に登場する、たいそう魅力的な二人組の若者——寄宿制の神学校にかよう主人公のオーランド・レディントンと、同僚でこよなき相棒となるパトリック・ハーンのうち、後者のモデルとなったのが、実在した作家・ジャーナリストであり、あの『怪談』の作者としても名高いパトリック・ラフカディオ・ハーン（Patrick Lafcadio Hearn　一八五〇〜一九〇四）であることとは、多くの読者にとって自明のことだろうと思われるからだ。

そして本書の成功の一因は、少年時代のハーンそのひとを主役に据《す》えるのではなく、彼と同い年だが対照的な性格の熱血漢オーランドの目を通して、ハーンという人物の数奇な生い立ちと複雑怪奇な個性を、浮かび上がらせようとしている点にあると思える。〈動〉のオーランドと〈静〉のハーン――何かと対照的な両者には、しかしひとつの重大な共通点があった。この世ならぬ存在（死者）を感知する特殊な能力である。初心者（＝オーランド）とベテラン（＝ハーン）という違いはあるけれど。そして、この能力は、対処法を誤ると、その当事者に生命の危険すらもたらしかねないという、まことに厄介《やっかい》な性格を有するのだけれど……。

仄暗《ほのぐら》い生と死の境界領域を、好むと好まざるとにかかわらず、彷徨《さまよ》わざるをえない宿命を負った二人の若者。かれらが遭遇するミステリアスな事件と、その意外な真相――本書の内容を要約すれば、そのように評することが可能だろう。〈妖精の国〉とも呼ばれるアイルランドの民間伝承が、物語の核心に関わる謎として、ふんだんに鏤《ちりば》められている点も、実に魅力的である。

すでに御承知の向きも多いと思うので書いてしまうが、本書には「前日譚」とも称すべき連作群がある。〈講談社タイガ〉のレーベルから発売された『ふりむけばそこにいる　奇譚蒐集家　小泉八雲』（二〇一八）と、続篇の『ふりむけばそこにいる　奇譚蒐集家　小泉八雲　罪を喰らうもの』（二〇一九）である。本書の冒頭近くで言及されているオーランドとハーンの出逢いのエピソードなどは、そちらの物語で詳しく語られている。つまり物語のプラットフォームを、タイガから通常の講談社文庫に移して、再起動する形で書かれたのが、通算三冊目の本書、ということになるわけだ。

ヤングアダルト系レーベルから一般向けに移動したといっても、作品自体に大きな変化があったわけではない。もともと著者の文章は、一般向けでも十二分に通用するレベルであり、たまたま御縁があって前作・前々作を拝見していた私などは、むしろ一般向けの体裁で勝負したほうが、本書のメイン・テーマである〈小泉八雲〉に関心を抱く老若男女の読者に、より広くアピールできるのではないかと、ひそかに考えていたくらいなのだ。


これにはさらに、然るべき理由がある。

あるいは意外に思われる方があるかも知れないが、本書に描かれるエピソードの多くは、作者の純然たる創作つまりは絵空事でなく、若き日のハーンが実際に体験した出来事に、多くを負っているのだった。とりわけ注目に価するのが、第三章に語られる〈ジェイン従姉《ねえ》さん〉をめぐる不気味なエピソードだ。

この話は〈バン・シー〉や〈取り替え子《チェンジリング》〉といった本書の主題とも関わってくる重要な逸話だが、ほぼすべてが後年、ハーン自身がエッセイの形で実際に書き残した内容を、忠実に踏襲しているのである。タイトルは「私の守護天使」。池田雅之氏による邦訳（ちくま文庫『さまよえる魂のうた　小泉八雲コレクション』所収）から、最も怖ろしいくだりを引用してみよう。

「……しかし、そこには、ジェーンの顔はなかった。顔の代わりにあったのは、青ざめた、のっぺりしたものだけだった。私が驚いて目を見張っているうちに、ジェーンの姿はかき消えてしまった。しだいに消えて行ったのではなく、炎が吹き消されたかのように一瞬のうちに消えたのだった。わたしは暗くなった寝室にたった一人でいた。ただただ、怖かった。こんな怖い目に会ったことはなかった。あまりの恐ろしさに、叫び声をあげることもできなかった。」

いかがだろうか。久賀による小説版が、いかに忠実に、ハーン自身による回顧談を作品として活かしているかが、歴然とするのではあるまいか？

この例にかぎらず、本書の随処に、ハーン／八雲の実人生と照らし合わせると、まことに味わい深い照応が埋め込まれているのは、驚くばかりである。本書の巻末には、大量の参考文献が掲げられているけれども、これは決して伊達ではなく、作者による十九世紀英国とアイルランドに関するリサーチの周到さを示すものなのである。

本書を皮切りに、久賀理世の魅力的な作品世界が、より多くの理解ある読者を勝ち得ることを、私は願ってやまない。

二〇二〇年十一月

本書は文庫書き下ろしです。

|著者| 久賀理世　東京都出身。東京音楽大学器楽科ピアノ演奏家コース卒業。『始まりの日は空へ落ちる』で集英社ノベル大賞受賞。「王女の遺言」「倫敦千夜一夜物語」シリーズ（集英社オレンジ文庫）、『招かれざる小夜啼鳥《さよなきどり》は死を呼ぶ花嫁 ガーランド王国秘話』「英国マザーグース物語」シリーズ（集英社コバルト文庫）、本書の前日譚となる「奇譚蒐集家 小泉八雲」シリーズ（講談社タイガ）などがある。

奇譚蒐集家《きたんしゅうしゅうか》 小泉八雲《こいずみやくも》 白衣《はくい》の女《おんな》
久賀理世《くがりせ》

講談社文庫
定価はカバーに
表示してあります

2021年1月15日第1刷発行

発行者――渡瀬昌彦
発行所――株式会社 講談社
東京都文京区音羽2-12-21 〒112-8001
電話 出版 (03) 5395-3510
　　 販売 (03) 5395-5817
　　 業務 (03) 5395-3615

デザイン―菊地信義
本文データ制作―講談社デジタル製作
印刷―――豊国印刷株式会社
製本―――株式会社国宝社

Printed in Japan

ISBN978-4-06-521940-9

講談社文庫刊行の辞

二十一世紀の到来を目睫に望みながら、われわれはいま、人類史上かつて例を見ない巨大な転換期をむかえようとしている。

世界も、日本も、激動の予兆に対する期待とおののきを内に蔵して、未知の時代に歩み入ろうとしている。このときにあたり、創業の人野間清治の「ナショナル・エデュケイター」への志を現代に甦らせようと意図して、われわれはここに古今の文芸作品はいうまでもなく、ひろく人文・社会・自然の諸科学から東西の名著を網羅する、新しい綜合文庫の発刊を決意した。

激動の転換期はまた断絶の時代である。われわれは戦後二十五年間の出版文化のありかたへの深い反省をこめて、この断絶の時代にあえて人間的な持続を求めようとする。いたずらに浮薄な商業主義のあだ花を追い求めることなく、長期にわたって良書に生命をあたえようとつとめるところにしか、今後の出版文化の真の繁栄はあり得ないと信じるからである。

同時にわれわれはこの綜合文庫の刊行を通じて、人文・社会・自然の諸科学が、結局人間の学にほかならないことを立証しようと願っている。かつて知識とは、「汝自身を知る」ことにつきていた。現代社会の瑣末な情報の氾濫のなかから、力強い知識の源泉を掘り起し、技術文明のただなかに、生きた人間の姿を復活させること。それこそわれわれの切なる希求である。

われわれは権威に盲従せず、俗流に媚びることなく、渾然一体となって日本の「草の根」をかたちづくる若く新しい世代の人々に、心をこめてこの新しい綜合文庫をおくり届けたい。それは知識の泉であるとともに感受性のふるさとであり、もっとも有機的に組織され、社会に開かれた万人のための大学をめざしている。大方の支援と協力を衷心より切望してやまない。

一九七一年七月

野間省一